은수의 레퀴엠

ONSHUU NO REQUIEM

나카야마 시치리 장편소설
이연승 옮김

思慕の鎮魂曲

은수의 레퀴엠

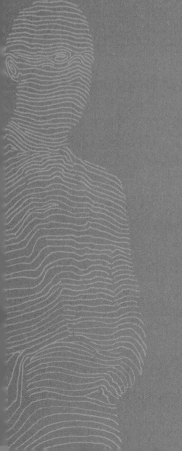

블루홀6

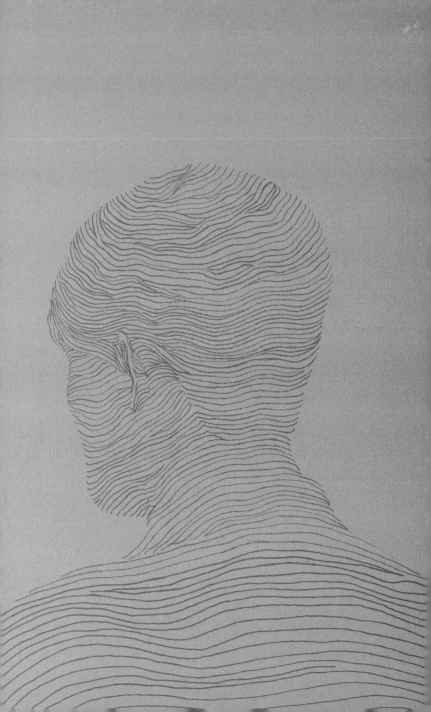

절망이란 이렇게나 정신을 갉아먹는 것일까.
자기혐오란 이렇게나 기운을 앗아 가는 것일까.

1

피고인의 순종

1

바다는 괴물이다.

남자는 크게 기운 갑판 위에서 바다를 바라보며 절실히 느꼈다.

아직 해가 저물지도 않았는데 하늘이 어두컴컴하다.

발밑에서 미쳐 날뛰는 바다는 더욱 어둡다. 한없이 칠흑 같고 빛이라는 빛은 모조리 흡수해 버릴 기세의 어둠이 펼쳐져 있다.

파도는 용처럼 난폭하게 솟구쳐 목과 몸통을 선체에 부딪친다. 굽이치고 끌어당기고 튀어 오르고 흩날린다. 파도가 산산이 부서지는 소리와 바람의 낮은 신음이 하나로 합쳐져 괴수의 포효처럼 들리기도 한다.

이 세상의 것으로 생각하기 어려운 소리에 남자는 몸을 부르르 떨었다.

허공을 이리저리 날아다니는 물보라는 사람 몸을 밀어낼 정도로 거세다. 실제 갑판에 있던 승객 몇 명은 기관실 벽에 몸을 부딪쳤다. 높은 파도는 비단 갑판에만 머무르지 않는다. 전망대 창문에까지 도달해 유리를 깨뜨릴 것처럼 거세게 두드린다. 마치 거대한 뱀이 혓바닥으로 사냥감을 툭툭 치며 괴롭히는 것 같기도 하다.

남자는 난간을 붙잡고 그 광경을 지켜보고 있었다.

선체는 이미 30도 정도 기울어 우현이 바닷물 속에 가라앉아 있다. 갑판에 있던 탁자와 의자는 모두 바다로 내팽개쳐졌다. 우현에 구명보트가 묶여 있지만 물결에 떴다 가라앉기를 반복해 도저히 쓸 수 있을 것 같지 않다. 조금 전에도 선원으로 보이는 남자가 우현에서 보트를 분리하려고 했지만 얼마 안 돼 포기하고 선미 쪽으로 사라져 버렸다.

갑판에서는 구조를 기다리는 승객 몇 명이 난간을 움켜쥐고 있지만 이따금 덮쳐 오는 거대한 파도에 한 명씩 휩쓸려 간다. 파도에 휩쓸리지 않아도 흔들리는 충격 때문에 갑판에 부딪히고 조금씩 해면 쪽으로 미끄러져 간다.

정신을 잃은 채 바다에 잡아먹히는 것은 그나마 나은 편이다. 남자는 승객이 머리에서 피를 뿜으며 물결 위를 떠다니는 광경도 보았다. 승객은 잠시 발버둥 치기도 했지만 이내 움직임을 멈췄다.

배에 올라탔을 때부터 좋지 않은 예감이 들었다.

한국적籍 블루오션호. 부산과 시모노세키를 하루에 한 번 왕복하는 여객선이다. 노후한 일본 선박을 한국에서 가져다 개조했다고 들었다. 그 말을 처음 들었을 때 다른 배로 옮겨 탔어야 했다.

배는 일직선으로 나아갈 터인데 어째선지 선체가 불안정했다. 파도는 잔잔한데 배의 중심이 끊임없이 흔들리며 이동했다.

배에 실린 화물도 이상하리만큼 많았다. 여객선인데도 갑판 양쪽 현에 상당히 큰 컨테이너가 실려 있어 화물선 같은 위용을 뽐내던 것을 기억한다. 아마 과적 때문에 균형이 무너질 무렵 이 거친 바다를 맞닥뜨리고 만 것이리라.

쿵, 하고 또다시 큰 충격을 받아 배가 흔들렸다. 파도가 부딪힐 때마다 들리는 마찰음은 배가 지르는 단말마의 비명이다. 남자의 몸이 허공에 흔들렸다. 머리부터 발끝까지 물을 뒤집어쓴 탓에 난간을 감은 팔도 자꾸 미끄러져 고정되지 않는다.

아니, 그보다 더 절실한 문제가 있다.

남자는 구명조끼를 입고 있지 않았다.

새삼 이 배가 너무하다는 생각이 들었다.

처음에 배가 크게 흔들릴 때도 따로 선내 방송은 나오지 않았다. 선체가 복원되지 않고 점차 옆으로 기울어도 "파도가 잠시 거칠어졌으니 승객 여러분께서는 당황하지 마십시오"라는, 마치 사람을 바보 취급하는 듯한 방송이 한국어로 나올 뿐이었다.

점점 승객들이 당황하기 시작하자 "만약의 사태를 대비해 구명조끼를 착용해 주십시오"라는 지시가 떨어졌다. 그러나 정작 구명조끼를 나눠 주는 선원은 없었다. 아니, 배가 이런 상황에 처하기 시작할 때부터 이미 객실에서 선원들은 보이지 않았다.

처음 남자가 있던 곳은 2층 구역이었다. 벽에 달린 붙박이장 속에 구명조끼가 사람 수에 맞춰 들어 있다고 들어서 적어도 그 점만은 걱정하지 않았다.

그러나 그건 큰 실수였다.

승객들이 붙박이장을 열어 하나둘 구명조끼를 꺼내기 시

작하자 구명조끼가 제법 많이 부족한 게 밝혀진 것이다.

공포는 눈 깜짝할 사이에 사람들을 집어삼켰다.

물론 구명조끼가 부족하다는 사실을 깨달았을 때에는 이미 남은 구명조끼는 없었다. 조끼를 구하지 못한 승객들은 1층 구역으로 뛰어 내려갔다. 남자도 그중 한 명이었다.

그러나 1층에 도착한 승객들은 더 큰 절망을 맛보게 되었다.

붙박이장이라는 붙박이장은 모조리 활짝 열려 있고 그 속에는 아무것도 남아 있지 않았다. 그래도 부족한지 많은 승객이 구명조끼를 구하기 위해 우왕좌왕하고 있었다. 남자는 다행히 간단한 한국어는 할 수 있어 사람들이 무슨 말을 하는지 알아들을 수 있었다.

"왜 조끼가 부족한 거야!"

"누가 한꺼번에 다 가져갔어?"

"나도 좀 줘!"

"내가 먼저야!"

"선장은 대체 뭐하고 앉았어!"

"선원들은 다 어디 간 거야!"

일부에서는 이미 구명조끼 쟁탈전이 시작되고 있었다.

승객의 절반 이상은 부산에서 시모노세키로 향하는 관광

객이다. 그들은 훈련받은 사람들이 아니고 따로 대피를 안내하는 선원도 없어 혼란스러워하는 것도 당연했다.

여기 있어 봐야 소용없다. 남자는 그렇게 판단하고 1층 객실에서 옆 식당으로 이동했다. 같은 생각을 했는지 허탕을 친 몇몇 승객도 구명조끼를 찾아 식당 문 쪽으로 몰려들었다.

그때 선체가 또다시 크게 기울었다.

균형을 잃은 블루오션호는 이제 승객의 움직임조차 견디지 못하는 듯했다.

불현듯 객실에서 비명이 터졌다.

"살려 줘!"

"엄마!"

"꺄앗!"

활짝 열린 객실 문으로 바닷물이 콸콸 흘러 들어간다.

안에 남아 있던 승객이 공포로 굳어진 얼굴로 파도에 휩쓸린다. 구명조끼를 입지 않은 사람은 순식간에 물속으로 빨려들어 가고 조끼를 입은 사람은 얼굴만 내민 채 썰물에 휩쓸린다.

블루오션호는 지금 틀림없이 침몰하고 있다. 파도에 휩쓸린 사람들이 좀처럼 위로 다시 올라오지 못하는 건 배가 기울어질 때 생기는 소용돌이에 휩쓸려서다.

남자는 서둘러 식당 안을 물색했다. 식사 중에 사고가 일어나도 대처할 수 있도록 식당에도 구명조끼가 있을 터였다.

그러나 구명조끼 같은 것은 눈을 씻고 찾아봐도 보이지 않았다.

바닥에 깨진 식기 파편이 잔뜩 널려 있어 발 디딜 곳조차 없다. 그 사이를 게걸음으로 지나며 구명조끼를 찾았지만 단 하나도 없었다.

식탁은 전부 고정돼 있어서 배가 기울어도 한쪽으로 쏠리지는 않았다. 남자 한 명이 식탁 하나에 몸을 기대고 있다. 그는 기절했는지 아니면 죽었는지 상반신을 기댄 채 꿈쩍도 하지 않았다.

자세히 보니 식당 구석에도 쓰러진 승객이 보였다. 그중에는 피를 흘리는 사람도 있다. 공통점은 그들 모두 구명조끼를 입지 않았다는 것이다. 분명 다른 승객이 빼앗아 갔을 것이다. 어차피 죽거나 기절한 사람에게 구명조끼는 필요하지 않은 물건이다.

"선원들은 다 어디 갔어!"

"찾아!"

"아래 선실이다!"

사람들은 구명조끼를 찾겠다는 일념과 선원이 안내해 줬

으면 하는 바람으로 살기등등했다. 옆에서 보기에 남자도 똑같았을 것이다.

배가 크게 기울었다고는 해도 아직 모든 구역에 바닷물이 파고들지는 않았다. 승객들은 끊임없이 선실 문을 열었다.

그러나 아무도 없었다.

어느 선실을 뒤져도 개미 새끼 한 마리 없었다. 승객 가운데 한 명이 실내를 수색했지만 구명조끼도 남아 있지 않다.

"어디 간 거야?"

"이 자식들, 대체 어디로……."

예상이 빗나가자 모두들 이마에 핏대를 세우고 선원을 찾았다.

"선장을 찾아!"

"어딨지?"

"조타실에 있을 거야!"

승객들은 갑판으로 돌아갔다. 우현은 이미 바다에 잠겨 좌현을 통해 조타실로 향하려고 했다.

그때 누군가 소리쳤다.

"저걸 봐!"

손가락이 가리키는 쪽에서 칠흑 같은 바닷물이 꿈틀거린다. 자세히 보니 사람 몇 명을 태운 주황색 보트가 바다 위에 떠 있다.

틀림없는 구명보트였다.

"도, 도망친다!"

"전부 선원이잖아!"

"승객을 그냥 두고 가다니……."

"저런 몹쓸 자식들이 있나!"

"돌아와! 이 새끼들아!"

"제기랄!"

승객들은 입을 모아 욕설을 퍼부었지만 그렇다고 보트가 돌아올 리는 없다. 애초에 승객들의 목소리가 들리는지도 모를 일이었다.

이런 곳에서 소리쳐 봐야 소용없다. 남자는 일찌감치 단념하고 무리에서 벗어났다.

아마 선장도 저 구명보트에 올라탔을 것이다. 배 안에 있다면 어떤 지시를 내렸을 테지만 그런 건 전혀 없었다.

선원들에게 의지할 수 없다면 스스로 탈출구를 찾아낼 수밖에 없다.

남자는 선박 회사와 선장, 선원, 그리고 자신을 블루오션호에 태운 여행사를 속으로 욕하며 갑판을 이동했다.

그건 그렇고 왜 아무도 구조하러 오지 않는 걸까.

항해 시간을 생각해 보면 여기는 이미 일본 영해일 것이다. 어디 모를 곳에 있는 후진국도 아니고 이제는 슬슬 해상 보안청이나 해상 자위대가 구조하러 올 시간이지만 그런 낌새는 조금도 없다.

남자는 이번에는 해상 보안청과 해상 자위대, 그리고 한국 측에 욕설을 내뱉었다.

아무튼 살아남기 위해서는 보트와 구명조끼가 필요하다. 남자는 그 두 가지를 찾아 갑판을 휘젓고 다녔다. 좌현이 이미 위로 크게 솟아 난간을 붙잡지 않으면 몸을 지탱할 수 없다.

좌현 중앙에 도달하자 남자는 또다시 절망을 맛보았다.

그곳에 고정돼 있을 구명보트는 단 한 척도 남아 있지 않았다. 보트를 묶은 밧줄만이 바람에 흔들리고 있을 뿐이었다.

아무래도 선원들이 이곳에 있는 구명보트를 전부 분리한 듯하다.

빌어먹을.

남자는 속으로 욕지거리를 하고 생각에 잠겼다.

더는 보트를 기대할 수 없다. 그렇다면 적어도 구명조끼라도. 그렇게 생각한 순간 세상이 크게 흔들렸다.

몸이 내동댕이쳐질 찰나에 남자는 아슬아슬하게 버텼다.

선체가 더 기울고 있다.

화물이다.

선창에 있던 화물이 우현 쪽으로 쏠린 탓에 배는 복원력을 완전히 잃었다.

이제 블루오션호는 우현을 아래로 향한 채 바닷속으로 가라앉을 수밖에 없다.

갑자기 공포가 온몸을 관통했다.

이대로 배와 운명을 함께할 것인가. 아니면 바다에 뛰어들어 익사할 것인가.

앞서거니 뒤서거니 정도의 차이는 있어도 어차피 죽는 것은 똑같다.

말도 안 돼!

엔고円高 현상이 계속되는 지금 가장 싸게 떠나는 해외여행이라는 광고 문구에 혹해 투어에 참가했다. 현지 물가와 뱃삯도 놀라울 만큼 저렴했다.

그러나 내 목숨까지 저렴하게 만들 생각은 없다.

이런 곳에서 죽을쏘냐.

남자는 구명조끼를 찾아 이번에는 선미로 향했다. 배에 마련된 구명조끼를 찾을 마음은 더는 없다.

쓰러져 있는 사람.

구명조끼를 입어 봐야 소용없는 사람에게서 빼앗을 수밖

에 없다.

남자는 선미로 돌아가 미쳐 날뛰는 바다를 눈앞에 두고 섰다.

남자처럼 배의 운명을 깨달은 승객들이 잇따라 바다에 몸을 던졌다. 이제는 시간과의 싸움이다. 우물쭈물하다가는 배와 함께 바닷속으로 가라앉고 만다.

여기저기서 승객들의 노성과 비명이 들렸다. 절규하는 사람도 있다.

남자는 쓰러진 채 움직이지 않는 승객을 열심히 찾았다.

그러나 선내에 쓰러져 있는 승객들은 하나같이 무방비한 상태였다. 한 치 앞을 모르는 상황이 되면 누구든 엇비슷한 생각을 하기 마련이다.

공포로 심장이 쿵쾅거렸다.

이대로는 나도 물고기 밥이 되고 만다.

죽기 싫어. 죽기 싫어.

구명조끼는 대체 어디 있을까.

구조가 필요 없어진 사람이 어디 있을까.

지금 당장 내 눈앞에 나타나라.

난간을 따라 움직였지만 역시 그런 사람은 보이지 않았다.

남자는 표적을 바꾸기로 했다.

이제 죽은 자든 산 자든 상관없다.

누구든 좋다. 강제로 빼앗아야 한다.

그리고 그제야 걸맞은 사냥감을 발견했다.

구명조끼를 입은 마른 체구의 여자.

10대 아니면 20대일까. 어쨌든 나보다는 어려 보인다.

그리고 약해 보인다.

여자는 난간에 매달려 있다. 바다에 뛰어들 결심을 좀처럼 하지 못하는 것 같다.

좋아. 이 여자다.

이 여자라면 빼앗을 수 있다.

순간적인 판단이었다. 남자는 난간을 따라 여자에게 접근했다. 여자는 휘몰아치는 파도 소리와 승객들의 아비규환 때문에 남자가 다가와도 알아채지 못했다.

5미터.

3미터.

1미터.

남자는 손을 뻗어 여자의 손목을 움켜쥐었다. 순간 여자가 남자 쪽을 돌아봤다.

분명 남자의 얼굴이 흉악해 보였을 것이다. 여자는 짧게 비명을 지르고 손을 뿌리치려고 했다.

포기 못 해.

남자는 여자의 등을 향해 달려들었다.

"하지 마!"

나와 같은 일본인이었나.

그러나 동족 의식 따위 이제는 없다. 남자는 구명조끼 끈을 움켜쥐고 억지로 풀려고 했다.

"그만하세요!"

그 말을 들을 리 없다. 남자는 여자의 반항에도 아랑곳하지 않고 약탈 행위를 계속했다.

여자는 몸부림을 치다가 곧 자세를 바꿨다.

바로 눈앞에 여자의 얼굴이 다가왔다. 여자는 남자의 마음을 읽었는지 날카롭게 남자를 노려본다.

"이런 쓰레기만도 못한 인간!"

여자가 그렇게 외치자마자 손톱이 남자의 얼굴을 스치고 지나갔다.

갑자기 뺨에서 열기가 느껴졌다.

날 할퀴다니, 이 년이.

순간 남자의 마음속에 마지막으로 남아 있는 이성의 끈이 끊어지고 대신 잔학성이 눈을 떴다.

"지금 해 보자는 거지!"

더는 안 봐 준다.

남자는 여자의 얼굴에 주먹을 꽂았다.

주먹 끝에서 푹, 하고 살이 찌부러지는 감촉이 느껴졌다. 보아하니 여자의 코에서 피가 흘러나오고 있다.

여자는 그 한 방으로 저항할 힘을 잃은 듯했다.

몇 분 후 남자는 여자에게서 빼앗은 구명조끼를 입고 있었다. 여자는 갑판 위에 축 늘어진 채 꿈쩍도 하지 않았다.

또다시 배가 크게 기울었다.

선체는 우현을 아래로 향한 채 수직이 되려고 한다.

그전까지 갑판에 있던 승객의 몸이 하나둘 허공에 떴다.

여자의 몸도 갑판 위를 주르르 흘러 바닷물 속으로 빨려 들어 갔다.

마침내 블루오션호에 최후의 순간이 찾아왔다.

갑판 위에 있는 것들이 눈사태처럼 우르르 아래로 떨어진다.

남자는 바다에 몸을 던졌다.

순간 몸이 바닷물에 가라앉았지만 구명조끼의 부력 덕에 곧 얼굴이 수면 밖으로 떠올랐다.

수온은 낮은 편이지만 이 정도면 조금은 버틸 수 있을 것 같다.

"가라앉는다!"

"도망쳐!"

침몰할 때 생기는 소용돌이에 휘말리지 않도록 바다 위에 떠 있는 승객이 일제히 선체에서 멀어졌다.

배가 쿠웅, 하고 짐승 같은 신음을 울렸다. 블루오션호의 마지막 비명이었다.

선체는 천천히 수면과 수직이 됐다.

잠시 후 배는 바닥에서 무수한 거품을 뿜으며 서서히 가라앉기 시작했다. 가장 먼저 난간이 바닷속으로 가라앉고 미처 분리하지 못한 구명보트와 우현이 자취를 감춘다.

"으아아악!"

"살려 줘!"

이곳저곳에서 비명이 터지다가 덧없이 사라진다.

미처 도망치지 못한 사람들이 선체를 중심으로 일어난 거대한 소용돌이에 휩쓸린다. 남자의 눈에는 바다가 살아 있는 생물처럼 사냥감을 포식하려는 것 같았다.

거대한 소용돌이를 만든 물결이 남자와 다른 사람들의 몸을 정신없이 흔든다. 수면으로 떨어진 이들은 파도에 휩

쏠리지 않도록 발버둥을 쳤다.

쿠우우웅, 하고 배가 또다시 포효했을 때는 조타실도 절반 이상 바닷속으로 가라앉았다.

거기서부터는 순식간이었다.

배는 갈수록 더 빨리 침몰했으며 이제 거의 바닷속으로 사라졌다.

가라앉는 도중 선내에서 몇 안 되는 사람들의 비명이 새어 나왔다. 아마 남은 자들이 쥐어짜 낸 목소리일 것이다. 그러나 손을 뻗는 이들은 없고 비명도 배가 가라앉는 소리에 휩쓸려 사라졌다.

물 위에 좌현 갑판만 덩그러니 남았을 무렵 어선이 한 척, 또 한 척 다가와 수면 위에 떠 있는 승객을 구조하기 시작했다. 남자는 세 번째로 온 어선에 구조됐다.

"괜찮나?"

남자는 어부로 보이는 남자가 말을 걸자 필사적으로 고개를 끄덕였다. 입을 열면 쓸데없는 말을 해 버릴 것 같아 일부러 열지 않았다.

잠시 후 블루오션호는 구조된 승객과 어부들이 지켜보는 앞에서 선수 부분만을 남긴 채 대부분 바닷속으로 자취를 감췄다.

사망자 251명, 실종자 57명, 생존자 25명.

블루오션호 침몰 사고는 사고를 일으킨 선박이 한국적이라는 점에서 한일 양국 간에 미묘한 긴장을 불러일으켰다. 승조원은 총 스무 명에 승객 313명 중 115명이 일본인인 탓이었다. 일본 측은 블루오션호의 선사인 대한 고속 해운에 과적 의혹을 제기했고, 해상 보안청에는 뒤늦은 구조를 지적했다. 이에 한국 측 피해자와 언론도 동조하는 목소리를 냈지만 피해자들의 피해 보상 액수를 정하는 단계가 되자 평소의 혐한, 혐일 기운이 고개를 들어 이른 시일 안에 해결될 수 없다는 분위기가 조성됐다.

수사가 진행되면서 블루오션호의 운항에 많은 문제점이 있었음이 밝혀졌다. 과적과 이를 감추기 위한 평형수 조작, 부적절한 선체 개조, 그리고 선장과 선원들의 직무 유기.

하나같이 국제 기준에서 보면 분통이 터질 이야기뿐이라 일본 측 관계자는 모두 망연자실함을 감추지 못했다.

그러나 사고 발생일로부터 이틀 뒤 한국 쪽에서 또 다른 엄청난 뉴스가 터졌다.

승객 중 한 명이 바다에 뛰어들기 직전 선내 모습을 핸드폰으로 촬영한 영상이 나온 것이다.

선미 부근을 촬영한 영상에서 어떤 남자가 여자를 폭행

하며 구명조끼를 억지로 빼앗으려 했다. 심지어 영상에는 두 사람이 다투는 목소리까지 녹음돼 있어 두 사람이 모두 일본인인 것이 밝혀졌다.

혼자만 살려고 여자에게서 구명조끼를 힘으로 빼앗은 남자.

일본 전국이 떠들썩해지는 동시에 곧장 범인 찾기가 시작됐다. 영상 속 구명조끼에 숫자가 적혀 있어 구출자 명단을 기초로 남자의 정체가 금세 밝혀졌다. 피해자 여성도 얼굴이 또렷이 찍혀 있어 가족들이 신원을 확인했다.

남자의 행위는 도의적, 윤리적으로 못 본 척 넘어갈 만한 것이 아니었다. 경찰은 남자를 폭행죄로 체포해 즉시 검찰에 송치하려고 했지만, 더 큰 문제는 그다음에 기다리고 있었다.

재판이 시작되자 남자의 변호인 측에서 '긴급 피난'에 따른 무죄를 주장하고 나선 것이다. 낯선 단어에 사람들은 고개를 갸웃거렸지만 법조계 종사자들에게는 몹시 흥미를 불러일으키는 주장이었다.

형법 제37조 '긴급 피난'.

1. 자신 또는 타인의 생명, 신체, 자유 또는 재산에 대해 현재의 위기 상

황을 회피하기 위해 어쩔 수 없이 저지른 행위는 그것으로 인해 발생한 피해의 정도가 회피하려고 한 피해의 정도를 넘어서지 않을 때에만 처벌하지 않는다. 단 그 정도를 넘어선 행위는 정상 참작을 통해 형을 감경하거나 면제할 수 있다.

2. 앞 조항의 규정은 업무상 특별 의무가 있는 자에게는 적용하지 않는다.

즉, 이번 사안에서 남자의 행위는 자신의 생명에 대해 발생하려는 피해가 여자의 구명조끼를 빼앗아 발생하는 피해보다 우월해서 위법하지 않다는 주장이었다.

일본의 판례에서 '긴급 피난'이 언급된 사례는 극히 희박하다. 회피하려고 한 피해가 제삼자에게 끼친 피해보다 우월하다는 실제 사례 자체가 매우 드물고 그 희소한 사례 중에서도 우월성이 인정되는 경우는 없었다.

일례로 재해 발생 시 주민들을 피난소로 보내기 위해 무면허로 트럭을 운전한 사례. 이 사례에서 인명 구조는 도로교통법 위반보다 명백히 우월하다. 다시 말해 이 정도의 사례가 아니면 쉽게 우월성을 인정받지 못하는 것이다.

그러나 이번 사안은 사정이 남달랐다.

원래 긴급 피난의 개념은 고대 그리스의 철학자 카르네아데스가 제시한 설문에 바탕을 둔다.

기원전 2세기 그리스에서 배 한 척이 전복해 승조원 전원이 바다에 빠졌다. 남자 한 명이 부서진 배에서 나온 판자를 붙들었지만 그때 다른 남자가 같은 판자를 붙잡았다. 판자는 두 사람의 무게를 견딜 만큼 강하지 않았고, 남자는 나중에 온 남자를 밀어 익사시키고 만다. 구조된 남자는 훗날 살인죄로 재판받게 되는데 결국 그에게 죄는 물을 수 없었다.

이른바 '카르네아데스의 판자'라고 불리는 설화인데 이번 사안은 우연히도 그 설화를 꼭 빼닮았다. 긴급 피난의 우월성을 주장하기에 그야말로 안성맞춤인 사안이라고 할 수 있었다.

검찰은 물론 긴급 피난에 해당한다고 해도 여성을 폭행하면서까지 구명조끼를 빼앗은 것은 긴급 피난이 아닌 과잉 피난에 해당한다고 반론했다. 그러나 문제가 된 영상에는 남자가 여자를 딱 한 번 때려 구명조끼를 벗기는 부분까지만 찍혀 있었고 피고인 남자도 살의를 부정했다.

법원은 폭력으로 구명조끼를 빼앗은 것 정도로 과잉 피난이 인정된다고 보기는 어렵다는 취지를 들어 변호인 측 주장대로 무죄 판결을 내렸다.

그리고 뜻밖에도 이 판결은 세간에서 큰 무리 없이 받아들여졌다. 참담한 해난 사고에 가슴 아파하던 사람들 사이에서 그가 자기 자신을 지키기 위해 어쩔 수 없이 한 행동이었다는 동정 여론이 모이기 시작한 것이다.

폭행 증거는 녹화 영상밖에 없고 그 밖의 다른 물증은 바다 너머로 사라졌다. 새로운 증거가 나오지 않는 이상 항소해도 승산은 거의 없었다. 여성은 지금껏 실종 상태이고 극단적으로 말하면 생사도 불분명한 상황이라 남자의 폭력 정도를 입증할 수도 없었다.

결국 검찰은 항소를 포기했고 남자의 무죄 판결이 확정됐다.

2

"주문. 1. 피고인을 징역 2년 6개월에 처한다. 2. 미결 구금 일수 중 60일을 형에 산입한다. 3. 판결 확정일로부터 5년간 형 집행을 유예한다."

재판장의 목소리가 법정에 울려 퍼지자마자 방청석에 앉아 있던 야마자키는 "좋아!" 하고 조용히 승리 포즈를 취했다.

예상대로 맞은편에 앉아 있는 검사는 야마자키를 힐끗 보더니 오만상을 지었다. 총도법(총기, 도검류 소지 등 단속법 – 역주) 위반, 징역 8년 구형이 2년 6개월로 감형, 거기에 집행 유예까지 붙었으니 실질적으로 검찰의 패소라고 해도 과언이 아니다.

그러나 항소에 이겼다고 거들먹거리는 퍼포먼스는 감점 요인이다. 미코시바 레이지는 다음에도 같은 검사, 같은 재판관을 만날 상황을 떠올리며 속으로 탄식했다.

피고인석에 서 있는 남자는 예상치도 못한 판결에 당장에라도 어깨춤을 출 기세였다. 미코시바는 적어도 폐정할 때까지는 얌전히 있어 달라고 속으로 빌었다.

재판장은 판결 이유를 장황하게 설명하고 마지막으로 못을 박는 것을 잊지 않았다.

"피고인은 집행 유예 기간은 물론 앞으로도 총도류를 함부로 소지하지 마십시오. 총기, 도검류는 원래 생활이나 생업 도구로 사용해야 하고 그 밖의 다른 용도를 널리 용인하지 않습니다. 알겠습니까?"

"네, 알겠습니다. 지당하신 말씀입니다."

남자는 연신 고개를 끄덕였지만 미코시바는 재판장의 첨언에 반론을 제기하고 싶었다. 조직폭력배에게 총도류는 생업 도구가 아닌가. 허울만 좋은 말을 누누이 늘어놓아 봐야 아무런 의미나 가치도 없다.

"그럼 폐정합니다."

게임 오버. 미코시바는 무표정한 얼굴 그대로 자리에서 일어섰다. 방청석으로 이어지는 작은 문을 열었을 때 등 뒤로 검사가 다가왔다.

"오늘 판결이 오죽 만족스럽겠나. '시체 배달부' 씨."

미코시바는 천천히 고개를 돌렸다.

"자네한테는 법을 피하는 게 식은 죽 먹기보다 쉽겠지?"

또냐, 하고 미코시바는 한숨을 내쉬고 싶어졌다. 아무리 내 정체가 드러났기 때문이라고는 해도 처음 보는 검사와 변호사들까지 이렇게 접근해 온다. 명예훼손의 선을 아슬아슬하게 밑돌게 조롱하는 모습이 역시 검사답다. 그러나 조롱의 종류라면 이쪽이 훨씬 풍부히 가지고 있다.

"지난달 그쪽 지검은 오인 체포 건을 그대로 기소했다지. 법을 피하는 것도 문제겠지만 무고한 사람을 죄인으로 만드는 건 더 큰 문제 아니겠나?"

미코시바가 쏘아붙이자 검사는 표정을 잔뜩 구긴 채 앞을 지나쳤다.

"또 패배를 인정 못 하고 수준 낮게 구네요."

야마자키는 기가 찬다는 듯이 검사의 뒷모습을 바라봤다.

"아무리 재판에서 졌다고 해도 저러는 건 너무 유치하지 않습니까?"

"내버려 둬. 틀린 말은 아니니."

"선생님은 역시 인격자십니다."

글쎄, 과연 그럴까. 미코시바는 속으로 자문했다.

인격자가 아니라 인간으로서 마땅히 지녀야 할 감정이 결여됐을 뿐인지도 모른다. 그 증거로 조금 전 검사가 예전 별명으로 나를 불렀을 때 내 마음은 단 1밀리그램도 동요하지 않지 않았는가.

미코시바는 소년 시절 여자아이를 살해했다. 절단한 시신을 유치원과 신사 등에 내버린 그의 행위를 두고 언론은 그에게 '시체 배달부'라는 별명을 붙였다.

미코시바는 체포되어 의료소년원에 보내졌다. 그대로 질 낮은 친구들과 교류를 이어 갔으면 지금쯤 그냥 평범한 악당이 됐을 테지만 우연한 계기로 그는 변호사라는 직업에 관심을 가졌다. 그리고 소년원 안에서 홀로 공부한 결과 어엿하게 사법 고시에 합격했다.

돈 문제에는 더럽게 굴지만 변호 능력만은 월등하다. 세간에서 변호사 미코시바 레이지를 일컫는 말이다. 다만 어디까지나 미코시바의 과거가 드러나지 않았을 때나 그랬다.

최근 어느 사건의 변호를 맡게 되면서 심리 중 미코시바의 오래전 악행이 폭로됐다. 법조계는 좁으면서 촘촘한 세계다. 미코시바의 정체가 널리 퍼지는 데는 사흘도 걸리지 않았다.

"그나저나 압승이네요, 선생님."

야마자키는 진심으로 탄복한 것처럼 미코시바를 뒤따라왔다.

"설마 집행 유예까지 붙을 줄이야. 실례지만 이렇게까지 압승을 거두리라고는 상상도 못 했습니다."

"이런 건 압승이라고 할 수 없어."

"네?"

"집행 유예가 붙으면 보통 3년이지. 그런데 5년이 나온 건 재판장의 재량, 즉 이번 건에 집행 유예를 붙여 주기는 해도 피고인을 그리 신용하지는 않는다는 의사 표시야. 심증이 한없이 검정에 가까운 회색이라고 할까. 흰색이 아니라."

"아무리 회색이라 하더라도 검지만 않으면 됩니다. 녀석은 회장님의 혈육이라 고작 총도법 위반 같은 하찮은 걸로 교도소에 들어갈 수는 없는 노릇이라서요."

야마자키는 면목 없어 하며 말했다. 회장의 혈육치고 피고인의 행색은 그야말로 건달 말고는 표현할 단어가 없을 정도다. 한 식구이면서도 그를 부끄러워하는 기운이 말 군데군데에서 묻어난다.

"당신은 감시 역할인가?"

"그렇게 거창한 건 아닙니다. 그냥 뒤나 닦아 주는 역할이죠."

야마자키는 호들갑스럽게 한숨을 내쉬었다.

야마자키 다케미. 광역 폭력단 고류회 섭외 위원장. 실질적 지위는 넘버3라는 입소문이다.

그러나 직함에 비해 정작 당사자는 전혀 조직폭력배처럼 보이지 않는다. 보통 체격에 보통 키. 흰색 와이셔츠에 수수한 넥타이를 조여 맸고 둥그스름한 얼굴이 묘하게 정감 있다. 이야기를 들어 보니 역시 힘이 아닌 뛰어난 교섭력과 판단력으로 지금의 자리에 올라온 듯했다.

미코시바에게는 오래전부터 반사회적 세력의 의뢰가 많았다. 거액의 보수를 요구하기는 해도 돈만 제대로 주면 고객을 가리지 않기 때문이다.

그리고 미코시바의 과거 범죄 이력이 만천하에 드러난 순간, 멀쩡한 의뢰인은 하나둘 떨어져 나갔고 지금은 큰손 고객이라고 하면 고류회 정도만 남았다.

"선생님. 점심 아직 안 드셨죠? 같이 드실까요? 지방 법원 지하에 식당이 있다고 들었습니다. 메뉴가 다양하고 맛있는데 가격도 저렴하다더군요."

"고류회의 섭외 위원장이 식당 같은 곳에서 밥을 먹어도 되나?"

"아, 실은 저도 오랜만에 식당에 좀 가보고 싶어서요. 이래 봬도 전에는 회사원이어서."

"정말 괜찮겠나?"

"네? 뭐가 말이죠?"

"겉모습만 보면 조직 관계자인 걸 내세우고 싶어 하는 타입 같지 않은데."

"아, 그건 그렇습니다. 요즘 같은 시대에 전 조폭입니다, 하고 다녀 봐야 좋을 건 없으니까요."

"지금 시간대에 지하 식당에 가면 법조계 녀석들이 잔뜩 몰려 있을 거야. 자랑은 아니지만 요즘 같을 때 내 옆에 있을 만한 사람은 조폭밖에 없지. 검사와 판사들에게 얼굴이 팔려도 상관없겠나?"

"음……. 그러고 보니 히비야 공원 근처에도 맛있는 밥집이 있다고 들었습니다. 그쪽으로 가실까요?"

그렇게 말하고 야마자키는 앞장서서 걸어갔다.

그가 미코시바를 데려간 곳은 히비야 공원 맞은편 프레스 센터 10층에 있는 레스토랑이었다. 천장이 높은 돔 형식 구조이고 창문으로 히비야 공원을 한눈에 내려다볼 수 있다.

웨이터가 야마자키를 보자마자 창가 쪽 자리로 안내해 그가 이 레스토랑의 단골임을 알 수 있었다.

"자주 오는 가게인가 보군."

"……뭐 친목회나 회의 같은 걸 할 때 종종."

"그런 사람이 지하 식당에 가려고 한 건 우월감을 느끼고 싶어서인가?"

"한때 회사원이었던 나 자신에 대한 일종의 앙갚음이랄까요. 아뇨, 괜한 소리를 했네요. 그냥 월급쟁이 녀석들에게 둘러싸이는 상황이 살짝 그리웠을 뿐입니다."

"혹시 조직 일에 싫증이라도 난 건가?"

"아뇨. 그런 건 아닙니다."

야마자키는 자신의 기분을 잘 설명하지 못해 곤란해하는 모습이었다.

"전 지금 하는 일에 만족하고 있습니다. 그리고 뭐, 제가 원한다고 전직할 수 있는 환경도 아니고요. 그래도 그 시절의 향수 같은 건 아직 조금 있죠."

"향수라. 꽤나 감성적이군."

"두 번 다시 오지 않을 걸 아니까요. 선생님은 그런 감정을 느낀 적이 없으십니까?"

두 번 다시 오지 않는다.

분명 미코시바에게도 그런 기억이 있다. 의료소년원에 들어가고 나서야 자신이 범한 죄의 무거움에 겁을 먹고 범행 전날 밤으로 돌아가고 싶다고 수도 없이 하늘에 빌었다. 그럴 수만 있다면 무엇이든 하겠다고 마음먹었다.

그러나 그런 건 불가능하다는 것을 금세 깨달았다. 돌아갈 수 없다는 걸 깨달은 순간부터 지금의 나 자신이 있다.

"실례지만…… 선생님이 예전에 저지른 일들이 법정에서 밝혀지기 전으로 돌아가고 싶다고 생각하지 않으시나요?"

뭐야, 그 얘기인가.

"아까도 그렇지만 검사들이 선생님을 꼭 철천지원수라도 되는 것처럼 대하더군요. 저희 같은 사람들이야 그런 취급에 익숙하지만 선생님 같은 엘리트분들에게는 절대 기분 좋은 일이 아닐 듯한데요."

"그다지. 예전부터 검사에게든 동업자에게든 눈엣가시 취급을 받아 왔어. 이제 와서 새삼스러운 일이야. 그보다 그쪽은 어떻지?"

"어떻냐고 하시면?"

"지금 자네 눈앞에는 살인자가 앉아 있어. 조직의 지시로 살인자가 된 것도 아니고 조직 사이의 세력 다툼 때문에 사람을 죽인 것도 아니지. 그야말로 본능에 충실한 상태에서 사람을 죽였어. 무섭지 않나?"

"글쎄요. 희한하게도 무섭지는 않네요."

가볍게 겁을 줄 생각이었지만 야마자키는 유쾌하게 웃었다.

"예전이라면 모를까, 지금의 선생님은 손익 계산에 능하십니다. 저를 해쳐 봐야 아무런 득도 될 게 없다는 것도 잘 아시겠죠."

"배짱 한번 두둑하군."

"아뇨, 저처럼 소심한 사람이 또 없을 겁니다. 소심하니까 다른 사람을 더 유심히 관찰하고, 안전한 사람인지 아닌지를 판단하죠. 저 같은 사람은 전쟁터에서도 오래 살아남는 법입니다. 그리고 실은 선생님이 그런 이유로 의뢰인과 동료 변호사들에게 배척당한다면 저희 입장에서는 달가운 일입니다."

야마자키는 또다시 입가를 올리며 웃었지만 이번에는 의미심장한 미소를 지었다.

이제야 본론에 들어가나.

겉보기에는 세태에 찌든 회사원 같지만 눈동자 안쪽에서 숯덩이가 이글거린다. 단순한 숯덩이가 아니다. 어느 순간 단숨에 불길이 솟구쳐 오를 것만 같은 숯덩이다.

이런 남자가 단순히 친해지기 위한 겉치레 말이나 하려

고 이곳에 나를 데려왔을 리 없다. 반드시 어떤 상담 거리를 꺼내지 않을까 싶었는데 역시나 예상대로였다.

"자, 그럼 들어 볼까."

"역시 이야기가 빨라서 좋습니다. 이왕 이렇게 된 거 단도 직입적으로 말씀드리죠. 선생님, 저희 고문 변호사가 돼 주시겠습니까?"

이 역시 사전에 예측한 제안이라 미코시바는 일부러 입을 다물었다. 침묵은 금이라고 하는데 이럴 때야말로 침묵이 돈이 된다.

"아, 선생님의 과거가 밝혀져서 이런 부탁을 드리는 건 아닙니다. 실은 전부터 호시탐탐 기회를 노리고 있었습니다. 법조계에서 이름을 모르는 사람이 없는 최강의 변호사. 그런 선생님이 우리 고류회의 고문이 돼 주신다면 우리도 안심하고 기업 활동에 매진할 수 있다……. 저희 회장님께서 그렇게 말씀하시더군요."

기업 활동이라. 역시 말은 하기 나름이라고 미코시바는 내심 조금 감탄했다.

"회장님이 직접 한 말이라니 영광이군."

"실은 저희도 고생 좀 했습니다. 선생님도 아시겠죠. 지금 변호사들이 차고 넘치는 탓에 일을 못 구한다는 이야기요."

미코시바는 자조 섞인 기분으로 고개를 끄덕였다. 자신의 일감이 줄어든 것은 과거가 밝혀져서라지만 이미 오래전부터 업계 전체가 일감 부족에 시달리고 있다.

사법 제도 개혁으로 사법 고시 합격자 수가 2008년도에 2천 명을 돌파했다. 당연히 신입 변호사가 급증했는데 그때 마치 타이밍을 잰 것처럼 리먼 쇼크가 터졌다. 변호사 수입 가운데 안정적인 재원은 성공 보수가 아닌 기업의 고문료다. 그러나 리먼 쇼크의 타격을 받은 기업들이 연이어 법조 관련 예산을 삭감했다. 거기에 사법 개혁을 꾀한 정부의 예상이 크게 엇나가 변호사 수가 급증했지만 소송 수는 조금도 늘지 않았다.

신규 의뢰가 없고 고문료도 삭감되어 대형 로펌은 변호사를 새로 고용할 수 없게 됐다. 따라서 취직할 곳을 찾지 못한 신입 변호사가 대거 발생했다.

이는 비단 신입 변호사에만 국한되지 않는다. 기업 불황은 경력이 어느 정도 쌓인 변호사들의 주머니 사정도 직격했다. 일종의 연쇄 도산이다. 최근에는 연 수입 2백만 엔 미만의 변호사가 나오기 시작했고, 누가 만들었는지 몰라도 '워킹푸어 변호사' 같은 말도 널리 쓰이게 됐다.

미코시바는 변호사 자격이 특별대우를 받는 시절은 이미

지났다고 생각했다. 배지만 달고 있으면 먹고살 수 있는 시대가 아니다. 자신처럼 현장에서 기술을 계속 쌓아 온 자만 살아남는 것이다.

"그럼 그런 변호사를 구하는 게 어때? 싸게 후려칠 수도 있을 텐데."

"역시나 듣던 대로 짓궂으시군요, 선생님. 그런 변호사들은 대체로 실력도 없습니다. 근데 희한하게도 그런 녀석들일수록 자신들이 조직의 고문 변호사 같은 걸 맡겠느냐며 허세를 부리더군요. 실은 몇 사람 접촉해 보기는 했습니다. 약이나 총을 소지해 잡혀간 아이들이 몇 명 있어서요. 검사의 구형에 맞서 얼마나 솜씨를 발휘할지 지켜봤는데……. 그야말로 최악이었습니다. 계속해서 정상 참작만 주장하고 아예 처음부터 백기를 들어 버렸죠."

"법원도 폭력단 일원들에게는 보통에 3할을 더한 양형을 내리니. 시작부터 조건이 불리해."

"하지만 선생님은 다릅니다."

야마자키는 몸을 앞으로 뻗었다.

"선생님은 차원이 다르다는 걸 오늘 판결로 확신했습니다. 선생님을 고용할 수만 있다면 평범한 변호사 세 명의 고문료가 든다고 해도 아깝지 않을 겁니다."

"그렇게 판단하기에는 아직 이르지 않나? 아직 판결이 확정된 것도 아닌데. 검찰이 항소할 가능성도 크다고."

"선생님이 이번 건을 계속 맡아 주시기만 한다면 어차피 결과는 똑같지 않겠습니까?"

야마자키는 대답을 재촉하듯 미코시바의 표정을 살폈다. 사람 좋아 보이는 얼굴을 보고 경계심이 풀어지는 사람도 있을 것이다. 그러나 미코시바의 눈은 여전히 심상치 않은 빛을 발산하고 있다.

"조금만 시간을 줘."

미코시바는 미리 준비한 말을 입에 담았다. 지금 즉시 대답해야 하는 것도 아니다. 또한 상대를 기다리게 하는 게 항상 유리하다.

"우선 고문료 조건만이라도 들어 보시겠습니까? 아니면 고민해야 할 다른 이유라도? 역시 조직 전문 변호사라는 간판이 달리는 게 마음이 걸리십니까?"

"조직원이든 평범한 사람이든 상관없어. 애초에 그런 걸 가릴 위치도 아니고."

"그럼 왜?"

"신중해서 안 될 이유는 없지 않겠나?"

때마침 음식이 나왔다. 미코시바는 야마자키에게서 시선

을 피하듯 포크에 손을 뻗었다.

"일 처리를 졸속으로 하다가는 대부분 실패로 끝나지. 그
건 이런 계략에서도 마찬가지야."

야마자키와 헤어진 미코시바는 사무소로 돌아갔다. 변함
없이 평소와 같은 벤츠에 올라탔지만 사무소로 돌아가는
길은 바뀌었다.

히비야 공원에서 고교를 지나 혼고 거리에서 북쪽으로
나아간다. 예전 사무소가 있던 도라노몬과는 정확히 반대
방향이다.

오가와마치에서 오른쪽으로 꺾어 시노바즈노이케 쪽으로
향한다. 쇼와 거리에서 북쪽으로 달리다가 아라카와를 지나
니 최근에야 간신히 눈에 익은 풍경이 시야에 들어왔다.

가쓰시카구 고스게 2번지. 보건 센터 근처 주상복합 빌딩
안에 새 사무소가 있다.

법원이 있는 가스미가세키와는 거리가 멀고 주변 환경
도 제법 다르지만 이곳을 고른 이유는 오로지 임대료가 저
렴해서다. 아야세 방면은 재개발과 새로운 이들의 유입으로
땅값이 올랐지만 이 일대는 아직 오래된 서민 동네의 정취
가 남아 있고 땅값도 도쿄 23구 안에서 저렴한 축에 속한다.

게다가 도쿄 구치소가 엎어지면 코 닿을 거리에 있어 피고인들을 접견하기에 더없이 편하다.

사무소를 이전하게 된 직접적인 원인은 고문 계약 중단이었다. 미코시바의 과거를 안 모범적인 기업들이 연이어 계약을 해지해 연간 1천 2백만 엔의 임대료를 내기 어려워졌다. 법원과 가장 가까운 절호의 환경을 포기하기 아까웠지만 어쩔 수 없는 선택이었다.

새 사무소 빌딩은 지어진 지 제법 오래되어 벽 일부가 색이 바래 있다. 엘리베이터는 다섯 명이 타면 만원일 정도로 작고 천장이 낮고 찌들어 있다. 문이 여닫힐 때 나는 소리도 요란했다.

사무소 간판이 걸려 있는 문은 표면에 습기를 살짝 머금고 있었다.

문을 열자 안에 앉아 있던 구사카베 요코가 곧장 미코시바 쪽을 돌아봤다.

"안녕하세요, 선생님."

"오늘은 뭐라고 적혀 있었지?"

"네……?"

"문을 닦은 흔적이 있던데. 또 누가 낙서라도 하고 갔겠지. 참 질리지도 않아."

미코시바는 빈정대거나 욕하는 게 아니라 진심으로 감탄했다.

낙서가 생기기 시작한 건 사무소를 이전하고 사흘째부터다. 아마 1층에 달린 표지판을 봤을 것이다. 신문과 잡지를 통해 미코시바의 과거를 알게 된 근처에 사는 사람이 늦은 밤부터 아침 사이에 낙서를 남기고 간다. 미코시바가 직접 본 것은 '시체 배달부', '살인 변호사', '죽음으로 사죄하라' 세 가지 유형이었다.

글씨체가 전부 비슷해 동일인의 소행으로 추측됐다. 사건의 직접 관계자도 아닐 텐데 참 열심히도 한다고 생각했다.

이것이 바로 일반 시민들의 정의감이다. 자신과 관련이 있든 없든, 그리고 아무리 과거에 일어난 일이더라도 '세간의 양식'에 반하면 철저하게 배척하고 찍어 누르려고 한다. 그곳에는 논리가 없고 오로지 감정만이 있다. 야마자키에게는 조직원이든 평범한 인간이든 상관없다고 큰소리쳤지만 이렇게 성실한 녀석들의 정의감을 보고 있노라면 오히려 조폭들의 편을 들고 싶어지기도 한다.

"매일같이 낙서를 지우느라 고생이 많군."

"아뇨, 어차피 전보다 시간도……."

요코는 말을 하다 말고 황급히 입을 다물었다.

전보다 시간이 많다. 그야 그럴 것이다. 고문 계약이 연달아 해지됐고 신규 의뢰도 끊겼다. 사무 업무가 줄었으니 한가해지는 것도 당연하다.

"그, 그보다 판결은 어땠나요?"

"징역 2년 6개월, 집행 유예 5년."

"그럼 또 승소네요."

"응. 그래서 이번 일을 의뢰한 폭력단 쪽에서 내가 마음에 쏙 들었나봐. 조직의 고문 변호사를 맡아 달라더군."

"맡겠다고 하셨나요?"

"그럴 리 있나."

순간 요코의 얼굴에 웃음기가 스쳤지만 미코시바는 무시했다.

"나중에 대답하겠다고 했어. 시간을 끌면 저쪽에서 고문료를 올려줄 수도 있으니. 그렇다고 계속 질질 끌면 저쪽에서 포기하겠지. 약간의 심리전이랄까."

그러자 요코가 갑자기 미코시바를 흘겨봤다.

"지금 사무소가 이런 판국인데 거절할 이유가 있나요?"

그러더니 요코는 자기 책상으로 돌아가 신문 같은 것을 가져왔다.

"저, 선생님. 이건 어때요?"

요코가 조심스럽게 앞으로 내민 것은 일본 변호사 협회 신문이다. 1면 하단에 있는 기사에 형광펜이 칠해져 있다.

〈모집 3월 20일, 신주쿠 구청에서 소비자 상담회 실시. 참가 희망 회원은 신주쿠 구청 구민과 03-3265-00xx로〉

소비자 상담회라고 적혀 있지만 상담 내용은 대부분 채무에 관한 것이다. 구청이 구민들을 위해 정기적으로 개최하며 상담료는 무료다. 상담은 생활 어드바이서와 변호사, 법무사가 맡는다. 구에서 협력금 명목으로 소정의 사례금을 주지만 본업인 상담료에 비하면 새 발의 피 수준이다.

그래도 이런 종류의 상담회에 변호사들이 모이는 것은 새로운 고객을 개척하기 위해서다. 상담회 자리에서는 시종일관 적당히 뜬구름 잡는 이야기만 하고 일부러 정확한 조언은 하지 않는다. 그리고 상담자가 자리를 뜨기 직전 "자세한 이야기를 듣고 싶으시면 이곳을 찾아 주십시오" 하고 명함을 건넨다. 나중에 상담자가 사무소를 찾아오면 어엿한 신규 고객이 되는 수법이다.

"왠지 그립군. 개인 사무소를 연 지 얼마 안 됐을 때 손님을 모으러 자주 갔었지."

미코시바는 모집 광고란을 손가락으로 툭툭 쳤다.

"그래서 나더러 다시 한번 초심으로 돌아가라는 말인가?

세심하게 신경 써 주는 건 고맙지만 이런 자잘한 일을 안 해도 자네 월급 정도는 줄 수 있어."

그렇게 비아냥거리자 요코는 고개를 푹 숙였다.

"죄송합니다. 괜히 주제넘게……."

"아니, 사과할 일은 아니지."

미코시바가 신문을 내려놓자 요코는 조심스레 신문을 다시 집었다. 다른 사람이 보면 갸륵한 사무원이라고 할 테지만 미코시바에게는 호의가 오히려 민폐가 되는 경우다. 애초에 자신의 얼굴과 과거 악행이 한 세트가 되어 세상에 노출된 지금 상담회에 가 봐야 앞에 앉아 있는 사람은 조롱하려고 온 손님, 아니면 무기를 몰래 품고 온 정의의 사도 정도일 것이다. 사람 좋은 요코는 거기까지 상상력을 발휘하지 못했다. 유능하기는 해도 이런 선량함은 미코시바 법률 사무소에 어울리지 않는다.

미코시바는 문득 묻고 싶어졌다.

"자네는 왜 여기 있지?"

"네?"

"사무소를 이전할 때도 내가 한번 제안했지. 다니자키 씨가 실력 있는 사무원을 한 명 구한다고 하니 괜찮다면 자네를 소개해 주겠다고. 다니자키 변호사 사무소라면 여기랑 월급도 별로 차이 나지 않을 테고."

"……저는 이 사무소에 필요 없는 사람인가요?"

"아니. 이곳에 붙어 있어서 자네에게 생기는 이점이 뭔지 도통 모르겠어서 그래."

"일하는 곳이 있다는 건 최고의 이점이에요."

"이점보다 단점이 더 클 것 같은데. 자네는 내가 무섭지 않나?"

미코시바는 얼굴을 앞으로 내밀어 보였다.

"나는 사람을 죽였어."

조금은 겁을 먹을 거라 예상했지만 뜻밖에도 요코는 꿈쩍도 하지 않았다.

"그래서요?"

"그래서라니."

"지금껏 이곳을 찾은 의뢰인 중에도 그런 사람은 많았잖아요. 새삼스레 이제는 아무렇지도 않아요."

의미를 바로 파악하기는 어려웠다.

"그런 문제인가?"

"그보다 조금 전 제 질문에 답해 주세요. 전 이 사무소에 필요 없는 사람인가요?"

매우 절박한 투라 미코시바는 또다시 당황했다.

이 여자는 정말 제정신인가.

오랫동안 옆에 있던 남자가 과거에 여자아이를 살해했었다는 사실보다 자신의 고용이 더 중요하다고 말하고 있다.

미코시바는 보기 드물게 당황했다.

"……사무원은 필요해."

"그럼 아무 문제 없네요."

요코는 태연히 등을 돌렸다.

정말 알 수 없는 여자로군. 미코시바는 석연찮은 기분으로 자기 책상으로 갔다. 말끔히 접힌 조간신문. 오늘은 아침부터 법원에 가느라 아직 읽지 못했다.

매일 신문을 읽는 건 변호사가 개입할 만한 사안을 찾기위해서다. 불행, 불만, 무지, 무엇이든 좋다. 비극이 있는 곳에는 반드시 돈이 굴러다닌다.

내각이 새 경제 정책을 추진한 뒤로 경기가 호조세를 띠고 있고 경제계에도 이렇다 할 문제가 없어 보인다. 원래 모든 일이 잘 풀릴 때는 대체로 그렇다. 중대한 문제가 발생한다고 해도 빛에 가려 보이지 않는다. 즉시 떠올릴 만한 건노동 조건이 악화됐다는 것 정도이지만 이 역시 소송으로이어지기에는 아직 숙성 기간이 필요하다.

사회면으로 눈길이 향했을 때 비로소 그 작은 기사가 눈에 들어왔다.

　4일 사이타마현 가와구치시의 특별 요양원 '백락원'에서 입소자가 직원을 살해하는 사건이 발생했다. 경찰이 신고를 받고 도착했을 때 같은 요양원에서 근무하는 요양 보호사 도치노 마모루(46) 씨가 쓰러진 상태로 발견됐다. 도치노 씨는 둔기로 머리를 강하게 가격당한 것으로 추정됐고 경찰은 현장에 있던 입소자 이나미 다케오(75) 용의자를 살인 혐의로 체포했다. 도치노 씨는 이미 사망한 상태였으며 이나미 용의자는 도치노 씨를 둔기로 가격했음을 인정했다. 수사 관계자에 따르면 이나미 용의자는 피해자가 자신을 돌보다가 말다툼이 벌어졌고 순간 화를 참지 못해 때렸다고 진술했다고 한다.

미코시바는 순간 눈을 의심했다.

이럴 수가.

백락원.

이나미 다케오.

몇 번이나 그 이름을 되읽었다.

동명이인이 아니다. 그 이나미 다케오가 살인 사건의 용의자가 된 것이다.

'뭔가 잘못됐겠지' 하는 생각이 머릿속을 가득 채웠다. 미코시바가 간토 의료소년원에 있을 때 담당 교관이 이나미였다. 그는 성격이 무뚝뚝하고 거칠었지만 미코시바는 그에게서 속죄의 의미를 배웠다. 자신의 삶에 한 줄기 빛이 내린 것도 이나미 덕분이었다.

불현듯 그의 두꺼운 눈썹과 아래로 처진 눈꼬리가 뇌리를 스쳤다. 불도그처럼 우락부락한 인상이었지만 웃을 때 묘한 매력이 느껴졌었다.

그런 이나미가 사람을 죽이다니. 꿈에도 상상 못 할 일이다.

미코시바는 자기도 모르게 자리에서 일어나 있었다.

"잠깐 다녀올게."

3

미코시바는 가와구치 경찰서로 향하는 차 안에서 일찍이 후회하기 시작했다. 이나미의 변호를 맡겠다는 결심을 후회하는 것은 아니다. 아무 준비도 없이 이나미를 접견하러 나선 것이 후회스러웠다.

원래라면 사건의 개요를 조사하고 큰 줄기와 핵심을 명확히 파악하고 나서 변호 방침을 정한다. 수사 기록을 꼼꼼히 읽고 수사의 결함과 맹점을 찾는다. 그것이 미코시바의 기존 방식이었다.

그러나 이번에는 오로지 신문 기사만을 읽고 사무소를 뛰쳐나왔다. 전에 야마자키에게 큰소리친 것처럼 졸속이라는 비난을 피하기 어렵다.

평소의 자기 자신이 냉정해지라고 스스로에게 경고한다.

우선 정보를 수집해라. 신문에서 얻는 정보는 사안의 일부에 지나지 않는다.

그리고 인간을 봐라. 지금의 이나미는 네가 아는 이나미와 다를 수 있다. 얼굴을 못 본 지 오래됐지만 그의 나이를 고려하면 치매를 앓고 있을 가능성도 있다. 그렇다면 우발적인 과실 치사 사건일 수도 있다.

그러나 한편으로 정보에 휘둘리는 자기 자신이 있다.

어쨌든 개입하고 봐라. 네가 설 위치를 확보하라. 자잘한 건 나중으로 미뤄도 된다. 지금 네게 이보다 중요한 안건은 없을 것이다.

냉정과 충동. 미코시바는 두 가지 상반된 감정을 안고 가와구치 경찰서로 향했다.

경찰서에 도착한 미코시바는 우선 신원을 밝혔다. 나는 피해자의 변호인이다. 면회를 요청한다. 그렇게 전하고 일단 본인을 먼저 만나 변호인 선임계를 제출하게 한다. 미코시바의 계획은 그랬다.

그러나 계획은 처음부터 높은 장벽에 부딪혔다.

신원을 밝히고 15분. 대기실에서 가만히 시간을 보내고 있자 잠시 후 스가야마라는 젊은 형사가 나타났다.

스가야마는 미코시바의 명함을 힐끗 보자마자 주먹을 쥐어 명함을 구겨 버렸다.

그 몸짓을 보니 그가 자신의 과거를 알고 있는 것이 느껴졌다. 명함을 받자마자 눈앞에서 구기는 것은 예의에 어긋나는 행동이지만 면전에서 욕설을 퍼붓는 것보다는 훨씬 신사적이라고 해야 할까.

이런 행동을 보이는 자는 스가야마가 처음은 아니다. 과거 행태가 보도된 이후 미코시바를 만난 대부분의 사람들이 이와 비슷한 반응을 보였다. 따라서 스가야마의 태도에 딱히 기분이 상할 일도 없다.

"도쿄 변호사회의 미코시바 레이지 선생님께서 피의자에게 무슨 용건이 있으십니까?"

"이나미 다케오의 변호인으로 면회를 요구합니다."

"오, 변호인 말인가요. 변호인이라."

스가야마는 비웃는 것처럼 같은 말을 반복했다. 상대를

단순히 도발하는 게 아니라 미코시바가 맨몸으로 온 것을 이미 알아챈 듯한 태도다.

"선임계 사본을 보여 주시겠습니까?"

"신문을 읽고 서둘러 달려오느라 지참하지 못했습니다. 피의자에게 명함을 보여 주면 알 수 있을 겁니다."

"글쎄요. 아무리 예전 지도 교관이라 해도 모든 원생의 이름과 얼굴을 기억하기는 어렵겠죠."

이나미의 과거 경력도 이미 조사를 마친 듯하다. 이나미가 의료소년원의 지도 교관이었다는 것을 안다면 미코시바와의 관계도 즉시 밝혀낼 수 있다.

"이런 곳에서 그쪽과 이러쿵저러쿵 시간 보낼 생각은 없습니다. 지금 당장 피의자를 만나게 해 주십시오."

"제대로 된 절차를 밟아야 하지 않을까요?"

"변호사의 접견은 피의자에게 주어진 권리입니다."

"본인이 그걸 원한다는 전제에서 그렇겠죠."

스가야마는 뺀질뺀질하게 미코시바의 말을 하나하나 되받아쳤다.

과거만 밝혀지지 않았다면 이런 애송이에게 이렇게 조롱당할 일도 없었을 것이다.

"선생님께서 얼마나 실력 있는 변호사인지는 모르겠지

만 그는 순순히 자기 범행을 인정했습니다. 자신의 죄를 속죄하고 싶다고도 했죠. 재판정에서도 변호사 선생님이 나설 기회는 없어 보입니다만."

"그쪽 의견은 묻지 않았습니다."

그러자 스가야마는 흥, 하고 코웃음을 쳤다.

"담당 형사입니까?"

"네. 취조도 제가 맡았죠."

"그럼 알 수도 있을 텐데요. 이나미라는 인물이 고작 말다툼 정도로 타인을 죽일 만한 사람이 아니라는 걸."

"한때의 '시체 배달부'와는 다르게 말이죠?"

"비꼬는 건 거기까지만 하고 얼른 만나게 해 주지 않겠나?"

나도 모르게 공격적으로 말이 튀어나왔다.

안달을 내면서 반말로 되받아친 것은 스스로도 의외였다. 평소였다면 이런 빈정거리는 말 따위에 마음이 흔들릴 리 없는데 이번에는 어째선지 몹시 애가 탔다.

그러나 여기서 다시 태도를 바꿀 생각은 없다. 이제 와서 이 남자의 비위를 맞춰 봐야 우습게만 보일 것이다. 그러면 괜히 먹힐 이야기도 안 먹힌다.

"피의자가 변호인과 면회를 희망하는데도 면회를 막는 건 나중에 성가신 일로 발전할 가능성이 커."

어떤 과거가 있다고 해도 변호사의 권위를 앞세운 위협은 효과적이다. 스가야마는 마치 들으란 듯이 쳇, 하고 혀를 차더니 복도 끝으로 사라졌다.

드디어 이나미와 면회할 수 있다. 그렇게 생각하자 문득 옛정이 되살아났다.

마지막으로 얼굴을 본 지 벌써 25년이 넘었다. 이나미는 미코시바에게 너 때문에 휠체어 신세를 지게 됐으니 책임을 지라고 했다. 속죄하면서 죽은 사람 몫까지 열심히 살라고 했다.

그때 가슴을 파고든 말이 현재 미코시바의 행동 규범이 됐다. 그러나 미코시바가 지금껏 한 보답이라고는 이나미가 백락원에 입소했다는 소식을 들었을 때 익명으로 돈을 송금한 것 정도다. 이번 사건에서 이나미를 구한다면 그것이야말로 진정한 보답이 될 것이다.

한 가지 마음에 걸리는 것은 신문 기사는 물론 스가야마 형사까지 이나미가 혐의를 전면 인정했다고 하는 점이다. 스가야마에게도 말했지만 이나미가 한순간의 충동으로 사람을 죽였으리라고는 도무지 생각하기 어렵다.

의심이 가는 근거는 하나 더 있다. 이나미와 피해자 도치노의 나이 차다. 이나미가 일흔다섯이고 도치노가 마흔여섯.

거기에 이나미는 휠체어 신세다. 하반신이 마비된 일흔다섯 노인이 마흔여섯 보호사를 어떻게 때려죽인다는 말인가.

아니, 지금 상황에서는 판단할 만한 재료가 너무 적다. 본인을 직접 만나 자세한 이야기를 전해 들어야 비로소 모든 게 시작될 것이다.

잠시 후 복도 끝에서 스가야마가 돌아왔다. 드디어 면회인가. 그렇게 생각해 한 걸음 내디뎠을 때 스가야마의 얼굴을 보고 다시 불안에 휩싸였다.

스가야마는 희미한 미소를 머금고 있었다.

"피의자는 선생님의 면회 요청을 거절했습니다."

뭐라고.

"제대로 알린 거 맞나?"

"선생님, 그 말씀은 좀 실례 아닙니까? 미코시바 레이지라는 성함을 또박또박 말씀드렸습니다. 그러자 이나미 씨는 단호하게 대답하더군요. '그 녀석과는 만나고 싶지 않아'라고."

그럴 리가.

설마 내 이름을 잊어버린 걸까.

"만약을 위해 '시체 배달부'라는 별명도 말씀드렸습니다만, 선생님을 기억하기는 해도 만나고 싶지 않다고 했습니다."

스가야마의 옅은 미소가 냉소로 바뀌었다.

눈에 훤하다. 분명 은인마저 등을 돌린 딱한 변호사라고 생각하고 있을 것이다.

"아아, 이 말씀을 깜빡했네요. 이나미 씨에게는 이미 변호사가 붙었습니다."

깜빡한 것이 아니다. 일부러 입 다물고 있었을 것이다.

"피의자가 직접 고른 건가? 누구지?"

"국선입니다. 제1도쿄의 쓰루가 마키오 변호사."

제1도쿄의 쓰루가. 만난 적은 없지만 이름은 들어본 적이 있다.

국선 변호사는 각 변호사회가 번갈아 맡는다. 그저 의무로 변호할 뿐이고 국가에서 나오는 비용도 최저 수준이라 열심히 뛰지 않는 변호사도 있다. 따라서 미코시바에게도 방법은 있다.

"체포 날짜가 어제였어. 그런데 벌써 국선 변호사가 정해졌다고?"

"피의자가 요청하니 변호사회에서 발 빠르게 처리해 줬습니다. 운이 좋다고 해야 할지 나쁘다고 해야 할지."

더는 스가야마의 얄팍한 정의감을 상대할 의무는 없다. 미코시바는 군말 없이 가와구치 경찰서를 나섰다.

지방과 달리 도쿄에는 변호사회가 총 세 곳 있다. 도쿄에 변호사가 집중돼서가 아니라 과거 변호사회의 임원 선거를 둘러싸고 갈등이 있었기 때문이다. 우선 도쿄 변호사회에서 젊은 임원을 싫어하는 원로들이 협회를 탈퇴해 제1도쿄 변호사회를 창립했다. 그 후 두 협회가 다시 통합을 꾀했고, 중재 역할로서 각 협회에서 분리 독립한 변호사가 모인 곳이 제2도쿄 변호사회다.

최근에 일어난 일은 아니고 1900년대 초까지 거슬러 가는 이야기다. 그러나 대부분 파벌이 그렇듯 지금도 대립 구조에 이렇다 할 변화는 없다. 그러기는커녕 각 협회가 갈라졌을 때의 성향이 지금도 계속되고 있다. 예를 들어 도쿄 변호사회는 혁신적 성향이 강하고 반대로 제1도쿄 변호사회는 보수적, 그리고 제2도쿄 변호사회는 그 중간이라는 평가다. 덧붙여 제1도쿄 변호사회는 권력에 협조적이고 전직 검사가 많이 소속해 있다.

쓰루가 마키오도 한때 검사로 근무한 검사 출신 변호사 가운데 한 명이었다. 미코시바와는 소속 협회가 달라 얼굴을 마주할 기회가 없었지만 평판은 익히 들어 알고 있다.

흔히 말하는 융통성 없는 정통파 변호사. 변론도 의뢰인의 이익보다 법 해석을 우선시하는 경향이 있다고 한다. 다시 말해 미코시바와는 정반대의 타입이다.

쓰루가 법률 사무소는 오차노미즈의 준텐도 대학 근처에 있었다. 그곳에는 학교와 학원이 밀집해 있어 주로 학생들이 많이 살고 월세도 비교적 저렴하다. 이런 곳에 사무소를 둔 것은 그가 겉치레에 얽매이지 않는다는 뜻일까. 아니면 미코시바처럼 경제적 사정 때문일까.

약속은 미리 잡아 뒀다. 쓰루가가 미코시바를 어떻게 생각하고 있든지 그와 만날 수 있게 된 것은 행운이었다.

주상복합 빌딩의 2층. 유리문을 여니 바로 앞에 여성 사무원이 안내데스크 직원처럼 앉아 있었다.

이름과 방문 목적을 알리자 사무원의 눈에 살짝 겁먹은 기색이 스쳤다. 이런 반응도 요새는 자주 봐서 익숙하다. 변호사 사무소에 근무하면서 과거 살인을 저지른 인물을 만나는 게 그토록 드문 일일까.

사무원은 필요 이상으로 거리를 두고 미코시바를 응접실로 안내했다. 상대가 이토록 겁먹은 것을 보니 역시 나는 이질적인 존재인가 싶었다.

얼마 안 돼 쓰루가가 모습을 드러냈다. 나이는 60대 후반, 무테안경 안쪽에서 의심으로 똘똘 뭉친 눈이 빛나고 있다. 역시 전직 검사 출신답다. 사람을 믿기보다는 의심하기에 적합한 눈이다. 하지만 미코시바의 태생이 태생이니 어쩔 수 없는 측면도 있을 것이다.

"오래 기다리게 해서 미안합니다. 미코시바 선생님이시군요. 소문은 익히 들었습니다."

"변변한 소문도 아니겠죠."

"아뇨. 승률 9할이 넘는 대단한 실력을 지녔다더군요. 고객층이 다소 편중돼 있기는 해도 요즘 같은 때에는 큰 문제도 아니죠."

두어 마디 나누고 깨달았다. 이 남자는 생각이 얼굴에 고스란히 드러난다. 조금 전 사무원 만큼은 아니지만 눈썹 부근에서 상대에 대한 혐오감이 배어난다. 그리고 그전에 다른 사람을 칭찬하는 법을 모른다. 눈앞에 앉은 사람을 추어올릴 때는 꾸며낸 것이라도 좋으니 웃어야 할 것이다.

이런 상대와 대화를 길게 해 봐야 시간 낭비. 미코시바는 곧장 본론으로 들어갔다.

"선생님께서 얼마 전 이나미라는 피의자의 사건 변호를 맡게 되셨다더군요."

"그렇습니다. 어떻게 아셨습니까?"

"질문 하나 해도 될까요? 가와구치시에서 일어난 사건인데 어떻게 제1도쿄 변호사회에 속한 선생님께서 사건을 맡게 되신 겁니까?"

"아, 그건 저도 좀 의아했습니다만 순번이 돌아와서 일단 받을 수밖에 없었습니다. 뭐 가와구치 지부의 변호사가 스무 명 정도뿐이라 국선을 맡을 사람이 없어서……. 그런데 그 사건에 무슨 문제라도 있습니까?"

"변호를 제게 넘겨주실 수 있겠습니까?"

쓰루가는 제안 속에 담긴 진의를 가늠하듯 미코시바를 바라봤다.

"무슨 말씀인지 잘 모르겠군요. 아시다시피 국선입니다. 선생님과 별로 접점이 없는 안건 같은데요."

"피의자 이나미 다케오가 과거에 무슨 일을 했는지 아십니까?"

"의료소년원의 지도 교관인가 뭔가를 했다던데……. 아, 그런 건가요."

쓰루가는 그제야 이해한 듯이 고개를 끄덕였다.

"선생님이 아는 분이군요. 피의자가 지인이라 변호를 맡으시려는 겁니까?"

"네. 꼭 교대해 주셨으면 합니다. 재판은 물론이거니와 피의자와 아직 제대로 말씀도 못 나누셨겠죠. 물론 제가 맨입으로 이러는 건 아닙니다. 이번 건의 비용에 해당하는 금액을 저희 쪽에서 부담하겠습니다."

순간 쓰루가의 표정이 혐오에서 적대로 바뀌었다.

"아무래도 저라는 사람을 좀 오해하신 것 같습니다."

쓰루가는 가슴을 뒤로 살짝 젖혔다.

"이래 봬도 저도 변호사 나부랭이입니다. 맡은 안건을 손도 대지 않고 다른 사람에게 넘길 수는 없습니다."

"그래서 이렇게 부탁드리는 겁니다. 사례라면……."

"돈 문제 같은 게 아닙니다. 이건 신의와 직업윤리 문제예요."

신의와 직업윤리라.

그야말로 해가 잘 드는 길만 골라 걸어온 자가 좋아할 만한 단어다.

"직업윤리 말입니까. 단어가 폐부를 찌르는군요. 그럼 묻겠습니다만, 쓰루가 선생님은 이나미를 어떻게 변호하실 생각입니까?"

"예? 변호 방침은 아직 안 정했습니다. 이제 막 사건의 개요를 들었을 뿐이고 본인에게 이야기를 들은 것도 아니고요."

"가와구치 서에서는 이나미가 혐의를 전부 인정했다던데요."

"저도 그렇게 들었습니다."

"자백 사건이니 양형을 다투게 되겠죠."

"그렇겠죠."

"검찰의 구형이 타당한지. 감형 요인으로 정상 참작을 고려할 여지가 있는지. 또는 피해자에게 과실은 없었는지."

"……뭐 그렇겠죠."

"그런데 변호사법 제1조를 어떻게 생각하십니까? 변호사는 기본적 인권을 옹호하고 사회 정의를 실현하는 것을 사명으로 삼는다는 조항입니다만."

"어떻게 생각하느냐니요? 당연히 변호사가 반드시 지켜야 할 약속이죠."

"그것이 결과적으로 의뢰인의 이익에 반해도 말입니까?"

"물론이죠. 법은 사회 질서를 위해 존재합니다. 의뢰인의 이익을 위해 존재하는 게 아니고요."

쓰루가는 한 치의 망설임도 없이 의뢰인의 이익보다 사회 정의 실현을 택했다. 아마 이런 면이 전직 검사의 신념이자 변호사로서의 한계일 것이다.

"고상하기 이를 데 없는 이상론이라는 생각이 드는데, 의뢰인도 그걸 이해할까요?"

"이해해야죠. 변호사가 준법정신의 테두리 안에서 의뢰인의 이익을 보호하는 건 지극히 당연한 겁니다. 물론 돈만

벌 수 있으면 테두리든 뭐든 무시하고 무조건 발부터 뻗고 보는 변호사도 있다고 들었지만요."

대화를 주고받는 동안 얼굴에 쓴 가면이 천천히 벗겨지고 말투도 점차 거칠어진다. 본심과 감정을 숨기는 게 어지간히 서툰 듯하다. 역시 변호사 일에 맞지 않는 사람이다.

"법률만으로는 구제할 수 없는 사람도 있습니다."

"그건 처음부터 구제할 도리가 없었던 거예요. 누구처럼 법률로 처벌받지 않은 사람도 있지요? 그것과 똑같아요. 아무리 그물망이 촘촘해도 어차피 인간이 만든 거라 틈새로 빠져나오는 사람이 한둘은 나오기 마련입니다."

"그런 사람에게 손을 내밀 마음은 없으십니까?"

"거참 끈질기군."

쓰루가는 거만하게 툭 내뱉었다.

"아까부터 군말 없이 듣고 있자니 참 거슬리는군그래. 꼭 자기라면 그 이나미라는 피의자를 무죄로 만들 수 있다고 호언장담하는 듯한데."

"그 말씀이 맞습니다. 제가 변호인이 되면 그를 구할 수 있습니다."

"구한다고? 흥. 무죄를 거머쥘 수 있다고 단언은 못 하는군."

"사건에 대한 자세한 정보도 모르는데 가볍게 입을 놀려야 되겠습니까. 무죄를 거머쥐든 뭐든 일단 저라면 최고의 변호를 할 수 있습니다."

"대단한 자신감이로군."

"그만한 실적도 있죠."

"자네 과거가 밝혀지기 전 실적이겠지. 아무리 의료소년원을 나와 새 삶을 시작했다고 해도 그런 과거가 존재하는 한 누구도 자네 말에 귀 기울이지 않을 거야. 그게 아무리 논리적이더라도 말이지. 재판관과 피고인에게도 감정이란 게 있어."

쓰루가는 의기양양하게 말했다.

"미안한 말이지만 법정에 선 자네를 변호사로 받아들일 사람이 법정 안에 몇이나 있을까? '시체 배달부'의 이미지를 지위와 실적만으로 깨끗이 없앨 수 있을 것 같나? 아무리 열변을 토해도 재판관과 배심원들의 심증은 최악 아니겠어?"

재판관의 심증이 아니다. 단지 당신의 심증이 최악일 뿐이다. 이 남자는 바로 눈앞밖에 보지 못한다. 자신의 심증과 가치 기준이 일반인들을 대표한다고 믿어 의심치 않는다.

"죄송하지만 굳이 그런 과거가 없어도 저에 대한 세간의

평가는 최악입니다. 동업자든 검찰이든 재판관이든 모두 절
혐오하죠. 비단 어제오늘 일이 아니에요. 그래도 전 지금껏
재판에서 계속 이겨 왔습니다."

"그래서 이번 건도 이길 수 있다? 피고인의 권리를 지킬
수 있다?"

"제 과거가 법정에서 거론돼 손가락질을 당하더라도 그
건 피고인과는 무관합니다. 피고인에게 중요한 건 판결 내
용뿐이죠."

쓰루가는 평가하는 듯한 눈빛으로 미코시바를 봤다.

"안건을 양보해 달라고 했나?"

"꼭."

"거절하겠네."

이번에는 미코시바가 쓰루가를 쳐다봤다.

오만한 걸까. 단순히 편협한 걸까. 표정에 여유가 전혀 느
껴지지 않는다. 오로지 상대를 추궁하고 몰아붙여 자신이
원하는 조건을 끌어내는, 그야말로 교섭에 서툰 자의 얼굴
이다.

그렇다면 공세 방식을 바꿀 수밖에 없다.

"아시다시피 피의자는 저의 예전 지도 교관이었습니다.
조금 전 선생님이 말씀하신 것처럼 제게도 이번 일은 돈 문

제와 무관합니다."

"옛 스승을 구하고 싶은 건가. 실로 훈훈한 미담이로군."

"미담을 싫어하십니까?"

"진정한 미담이라면 싫어할 리 없겠지."

쓰루가는 빈정대듯 말했다.

"자네에게는 정반대의 목적이 있을 거야."

"무슨 뜻이죠?"

"그토록 변론에 자신이 있다면 피고인에게 일부러 불리하게 변론해 내릴 수 있는 양형을 구형대로 하거나 그 이상으로 올릴 수도 있지 않은가? 배심원 재판이라면 배심원들은 대부분 전직 '시체 배달부'에게 의심을 품겠지. 혐오하는 사람도 있을 거야. 변호 측, 더 나아가 피고인의 심증을 안 좋게 만드는 데 그 이상의 재료가 있을까? 자네는 옛 스승을 구하고 싶다고 하지만 소년원 시절 그 지도 교관에게 체벌이나 괴롭힘을 당했다면? 오래전 겪은 아픔과 굴욕을 갑절로 되갚을 절호의 기회가 찾아온 셈이지. 손가락만 빨고 있을 수 없을 정도로."

과연. 이렇게 볼 수도 있겠군. 미코시바는 조금 감탄했다.

"일단 맡은 변호를 내팽개치는 건 둘째 치고 애초에 난 자네를 믿지 못하겠네. 미안하지만 제안을 거절하겠어."

"무슨 일이 있어도 말입니까?"

"그 집념도 소문대로군. 미안하지만 자네를 보는 내 심중은 검디검어. 다른 변호사에게 넘기더라도 자네가 아닌 다른 이를 택하겠네. 의뢰인을 지금보다 더 불리하게 만들고 싶지는 않아. 당사자도 이상한 꼬리표가 붙은 변호사에게 자신의 변호를 맡기고 싶지 않을 테고. 자, 이제 그만 돌아가 주겠나? 그쪽은 모르겠지만 난 그럭저럭 바쁜 몸이라."

그렇게 말하고 쓰루가는 몸을 일으켰다.

주인이 자리에서 일어났으니 손님도 따라야 한다고 몸으로 말하고 있다. 어차피 더 말해 봐야 무의미할 테니 미코시바도 그를 따라 허리를 일으켰다.

"진심으로 의뢰인이 걱정된다면 그냥 묵묵히 추이를 지켜보게. 나도 의뢰인을 위해 최선을 다할 생각이니."

"비용의 범위 안에서 다하는 최선이겠죠."

"뭐?"

"법률로는 구하는 것에도 벌하는 것에도 한계가 있다고 하셨죠. 그건 당신이 법률밖에 몰라서입니다. 법률 이외의 지침, 법률 이외의 규정이 존재한다는 걸 인정하지 않아서입니다."

"무슨 턱도 없는 소리를……."

당신한테는 당연히 턱도 없는 소리겠지.

미코시바는 출구로 향하며 생각했다.

죄를 저지르고, 도망치고, 거짓말을 내뱉는 악인들만을 보아 온 인간은 도무지 이해하지 못할 것이다.

구제받지 못하는 게 얼마나 잔인한지를.

처벌받지 못하는 게 얼마나 가혹한지를.

4

미코시바가 정한 만남 장소는 어제와 같은 레스토랑이었다. 사전에 무슨 얘기를 한 것도 아닌데 눈앞에 앉은 야마자키의 얼굴에는 일찍이도 기대하는 기색이 보였다.

"왠지 즐거워 보이는군."

"그야 당연하죠. 어제 제안을 받아들여 주실 테니."

"아직 아무 말도 하지 않았어."

"얼굴만 봐도 알 수 있습니다."

미코시바는 왠지 머쓱해졌다. 평소 얼굴에 감정이 드러나지 않도록 신경을 기울인다. 법정에서 꼭 필요한 기술이기 때문이다. 그 덕에 웬만큼 포커페이스를 유지한다고 자부하지만 아직 알고 지낸 지 얼마 되지도 않은 야마자키에게 간

파당할 줄은 생각지도 못했다.

"하하. 얼굴로 마음이 들통나니 놀라신 것 같네요. 괜찮습니다. 선생님은 제가 만난 사람 중 가장 표정을 읽기 힘든 분이에요."

"그런데 자네는 읽어 냈지."

"네. 원래 저는 상대 얼굴만 보고 무슨 생각을 하는지 다 파악합니다. 굳이 따지면 제 특기랄까, 하나밖에 없는 장점이지요. 이런 세계에 몸담기에 힘이나 배짱 같은 건 도통 쓸 만한 게 못 돼서요. 사람의 마음을 읽어 선수를 치지 못하면 살아남지도 못합니다. 어느 책에서 읽었는데 기린 중에는 목이 짧은 종도 있었다더군요. 하지만 높은 나무에 달린 먹이에 입이 닿는, 목이 긴 종만이 생존 경쟁에서 살아남았다고 합니다."

"자네가 기린이라는 건가."

"생물학적으로는 비슷한 게 맞겠지만 기린이란 건 꽤 진귀한 짐승이죠. 저도 그렇습니다."

"아닐 텐데."

"네?"

"자네는 내 표정을 읽지 않았어. 이건 간단한 추리지. 만약 내가 제안을 거절할 생각이었다면 전화 한 통으로 충분했을 거야. 자네를 굳이 이런 곳까지 부른 건 제안을 받아들이겠다는 증거라고 생각했겠지. 그런데도 굳이 표정을 읽었다고 운운하는 건 자네에게 특별한 능력이 있다는 걸 상대의 머릿속에 심을 목적이 아닐까? 자네에게 그런 능력이 있는 걸 알면 상대는 더는 거짓말을 못 하게 될 테니."

그러자 야마자키는 마치 장난을 들킨 어린아이처럼 머리를 긁적였다.

"역시 선생님께는 안 통하네요. 대부분 잘 먹히는데 말이죠. 근데 뭐 제안을 받아들여 주신다면야……. 승낙하시겠죠?"

"조건이 있어."

"역시 그렇게 나오시는 겁니까. 이런 분이니 조건이 더 붙으리라고는 예상했습니다. 네, 네. 저도 알고 있습니다. 고문료와 별개로 성공 보수. 입회나 법정에 가는 건 간부들이 엮인 건에만 한하겠습니다."

"희망만 있다면야 말단이든 누구든 받아들이겠어. 계급을 구분할 필요는 없네."

"네?"

미코시바는 검지를 세워 보였다.

"일 년. 고문 계약을 일 년마다 갱신한다."

"흐음. 계약 갱신이야 그렇다 쳐도 기간이 왜 그리 짧죠?"

"그쪽이나 나나 반사회적 세력이야. 오래 이어 갈 수 있을지 없을지 그때그때의 상황에 따라 달라지겠지. 원래 용병을 고용할 때도 계약 기간은 짧잖나?"

"선생님이 용병이라는 건가요? 뭐 알겠습니다. 딱히 저희한테 불리한 조건도 아니고, 받아들이겠습니다."

"그리고 또 하나. 이건 당신들이라 일부러 제시하는 조건인데."

"저희라서 일부러? 대체 뭐죠?"

"어떤 변호사를 좀 손봐 줬으면 해."

"…… 좀 더 자세히 말씀해 주시죠."

"오차노미즈에 사무소를 두고 있는 쓰루가 마키오라는 변호사가 가와구치시에서 일어난 사건의 국선 변호를 맡았어. 그 사건에서 손을 떼게 해 주면 고마울 것 같아."

"가와구치시에서 일어난 사건……. 아아, 노인요양원 입소자가 보호사를 살해한 그 사건 말입니까? 그런데 그게 돈이 될 만한 사건인가요? 요양원에 입소한 노인에게 돈을 얼마나 뜯어낼 수 있을까요. 하물며 국선이면."

"그 이상은 비밀 유지 의무라."

"알겠습니다. 그런데 저희 방식대로 해도 괜찮겠습니까?"

"신체에 직접적인 위해를 가하는 건 삼가 줘. 어디까지나 그 사건을 맡기 싫어질 정도로만."

쓰루가의 태도로 보아 제안을 거절한 것은 전직 검사다운 편견과 좁쌀만 한 자부심 때문이다. 결코 정의감 같은 것 때문은 아니다. 그 정도 의지라면 조직폭력배의 위협 정도로도 쉽게 꺾을 수 있다.

"네. 저희도 그런 쪽이 좋습니다."

"폭력이 전매특허 아닌가?"

"이쪽 세계도 그냥 으르렁거려서 겁주는 게 대부분입니다. 특히 요즘은 칼부림이라도 나면 뒤처리가 어려워서 동업자들을 상대할 때도 주의하는 편이죠. 네, 그러죠. 몸에는 손도 대지 않겠습니다."

"말 나온 김에 하자면 상대는 전직 검사야."

"전직 검사요? 검사직에 오래 있었습니까?"

"정년 퇴임 후 전직."

"오, 보기 드문 사례네요. 검사는 임기 중 전직하는 경우가 대부분이라고 들었는데……. 음, 사무소가 오차노미즈에 있다고 하셨죠? 별로 비싼 곳은 아니네요."

야마자키는 고개를 살짝 기울인 채 골똘히 생각에 잠겼다.

"……그럼 가망이 없으려나."

"무슨 가망 말이지?"

"아, 실은 미코시바 선생님께는 간부급 선을 부탁드리고 간부 미만 녀석들은 다른 선생님을 쓸 생각이었거든요. 전직 검사라면 현역 검사와 연결 고리도 있을 테고요."

전직 검사를 조직의 고문 변호사로 고용할 생각이었나.

전직 검사가 폭력단 고문 변호사를 맡는 일은 드물지만 전례가 아예 없지는 않다. 고류회와 쌍벽을 이루는 광역 폭력단 야마시로파의 고문 변호사도 전직 검사라고 들었다. 전직 검사라면 야마자키의 말대로 검찰과 접점이 있고 검찰의 수사 방법을 속속들이 알고 있어 조직을 지키는 데 큰 도움이 된다. 그러나 정작 야마시로파의 고문 변호사는 이미 완연한 그쪽 세계 사람이 돼 버렸다.

"이야기를 들어 보니 별로 실력 있을 것 같지 않네요. 검사 중에서도 출세를 못 했거나 뭔가 멍청한 짓 같은 걸 해서 한직으로 밀려난 케이스 아닙니까?"

"안 당기나 보군."

"한직에 있던 검사가 제대로 된 연줄이 있겠습니까. 전직 검사장이나 특수부 에이스 같은 연줄이 없으면 별 쓸모도 없어요."

"가차 없군."

"검사든 경찰이든 다 등 뒤에 거대 권력이 있으니 어깨 펴고 다니는 거죠. 실제로 알고 지내는 그쪽 사람들 중에도 꼴보기 싫은 인간이 한두 명이 아닙니다. 그런 인간들은 권력의 비호에서 벗어나는 순간 얼간이가 돼요. 뭐 단순 사무직이면 모를까 저희와 같은 세계에서 살아가기는 어렵습니다.”

쓰루가가 이 말을 들으면 어떤 반응을 보일까.

“마지막으로 하나.”

“네? 더 있습니까?”

“고류회의 정보망은 거대하면서 촘촘하다더군.”

“칭찬 고맙습니다.”

“섭외 위원장으로서 어떻게 평가하나?”

“선생님은 잘 아시겠지만 원래 교섭이란 건 사전 조사와 정보 수집 단계에서 일의 8할이 끝납니다. 정보량과 정확도로 상대를 압도하지 않으면 이쪽의 목이 위험하니까요. 그러니 현시점에 제가 보기에는 80점 정도라고 할까요.”

“그 자랑스러운 정보망으로 조사해 줬으면 하는 게 있네. 조금 전 말한 가와구치시 사건 말인데, 원래라면 관할인 사이타마 변호사회가 나서야 했는데 무슨 이유에선지 제1도쿄 변호사회가 맡았더군. 그 이유를 조사해 줬으면 해.”

“할 수는 있겠지만 변호사회 내부 사정이면 선생님이 조사하는 편이 더 정확하지 않겠습니까?”

"나는 쓰루가 변호사와 소속이 달라서. 그리고 협회 문턱이 전과 달리 꽤 높아져서 말이야."

물론 대충 둘러대는 구실이다. 야마자키가 얻은 정보를 곧이곧대로 받아들일 생각은 없고 나도 변호사회를 캐 볼 것이다. 그리고 양쪽 정보를 정리하고 합쳐서 정확도를 높인다.

가와구치 지부의 변호사 수가 적어서 국선 담당자가 부족한 것은 사실이지만 고시가야나 가와고에 같은 다른 지부에서 충당할 수도 있다. 그런데도 전광석화처럼 제1도쿄 변호사회로 넘어간 것이 그야말로 미심쩍었다.

야마자키는 미코시바를 지그시 관찰하다가 잠시 후 도통 속을 모르겠다는 듯이 이맛살을 찌푸렸다.

"세 가지 조건은 전부 받아들이겠습니다. 자, 그럼 고문 계약서를⋯⋯."

"이미 만들어 놨어."

미코시바는 가방에서 서류를 꺼내 야마자키 앞에 놓았다. 오늘 아침 요코가 구시렁거리면서 작성해 준 고문 계약서다. 야마자키는 서류 다발을 훌훌 넘기며 가볍게 고개를 끄덕였다.

"역시 일 처리가 빠르시군요. 그럼 저희도 서둘러야겠네요."

'시체 배달부' 과거가 밝혀진 이후, 평소에도 얼굴도장을 찍기 어려웠던 다니자키 사무소에 발길을 향하기가 더 어려워졌다.

그러나 사면초가 상황에 있는 미코시바에게 다니자키는 몇 안 되는 정보원 중 하나다. 게다가 다니자키는 전직 도쿄 변호사회 회장이니 정보의 양과 질도 보증할 만하다. 문전 박대를 당할 각오로 찾아갈 가치가 충분했다.

사무소에 발을 들이자 뜻밖에도 순순히 들여보내 줘서 미코시바는 흠칫 놀랐다. 이 노회한 너구리가 대체 무슨 생각을 하는 걸까.

응접실에서 기다리자 다니자키가 붙임성 있게 "여어" 하고 다가왔다.

"뭐야. 생각보다 좋아 보이는데?"

"덕분입니다."

이 남자 앞에서는 자연스럽게 고개가 수그러든다. 거듭된 징계 요구를 모조리 물리쳐 준 은혜도 있지만 넓은 아량과 위엄이 느껴지는 자세에서는 항상 경외감을 느꼈다.

"사무소를 이전했다던데. 고스게 부근이랬나? 피의자를 접견하기에는 이상적인 환경이군."

"낙향 같은 거죠. 전에는 폐를 끼쳤습니다."

미코시바의 과거가 언론에 보도되자마자 비판의 칼끝은 미코시바가 소속한 도쿄 변호사회에도 향했다. 같은 회원은 물론이고 일반 시민들에게서도 징계를 요구하는 목소리가 높았다고 한다. 그러나 아무리 과거에 살인을 저질렀어도 '변호사에게 있을 수 없는 과거'라는 명목으로 징계를 내리기는 어렵다. 무리한 이유를 갖다 붙여 징계를 내려 버리면 이미 새 삶을 사는 사람의 노력과 권리를 무시했다며 외부에서 간섭이 들어올 수도 있다.

　다니자키는 매서운 눈매로 미코시바를 째려봤다.

　"그래. 아주 큰 폐를 끼쳤지. 자네 정체가 온 세상에 드러난 마당에 자네를 회장 후보로 추천할 수 없게 됐잖나."

　아직도 그런 말도 안 되는 생각을 하고 있었다니. 미코시바는 기가 찼다.

　"고독한 늑대라면 모를까, 그런 과거가 밝혀진 마당에 추천한다면 변호사회가 공중분해될 수도 있겠지. 뭐 그것도 좋은 구경거리이긴 하겠지만."

　다니자키는 빙긋 웃어 보였다.

　"농담이시죠?"

　"절반은 진심일세."

　표정을 읽고 싶어도 읽을 수 없다. 다니자키는 미코시바가 당황하는 모습조차 재미있어하는 듯했다.

"그런데 특별 요양원 사건 때문에 왔댔나? 가와구치에서 일어난 사건을 왜 제1도쿄가 맡게 됐는지 궁금하다고?"

"네."

"별거 아니야. 사건의 배경인 요양원 말인데, 그런 시설은 대체로 사회 복지 법인이 운영하잖나. 그런데 그 복지 법인의 이사장이 직접 제1도쿄 간사를 찾아가 부탁한 모양이야. 두 사람의 과거를 거슬러 가면 둘은 대학 동창이었어. 아마 그때부터 알고 지냈겠지. 마침 가와구치 지부에서 국선을 맡을 사람이 없었고 시설 책임자가 직접 의뢰한 탓에 사이타마 변호사회가 끼어들 상황도 아니었나 보더군."

"이상하네요."

"그래. 그냥 모르는 변호사에게 변호를 맡기기 싫은 것치고는 뭔가 거창하지."

다니자키는 불쾌한 듯 말했다.

"피의자는 혐의를 전면 인정하고 있어. 하물며 피해자가 시설 쪽 사람이라지. 국선이라면 변호사가 파고들 수 있는 부분도 얼마 없을 거야."

다니자키의 말에서 그도 사건에 의문을 품고 있는 게 느껴졌다.

용건을 꺼낸다면 지금이다.

"만약 쓰루가 선생님이 사임한다면 국선 변호를 도쿄 변호사회가 맡을 수 있을까요?"

"제1도쿄도 파벌 싸움이 끊이지 않아서 간부끼리 사이가 좋지 않지. 회장은 사리 분별을 잘 하는 편인데, 실은 이 회장이 그 간사를 눈엣가시처럼 여겨서 말이야."

다니자키는 심술궂게 웃었다. 다른 사람이라면 천박하게만 보일 텐데 이 남자가 이런 표정을 지으면 다른 속내가 있는 것처럼 느껴지니 신기할 따름이다.

"왜? 무슨 움직임이라도 있나?"

"경우에 따라 안건이 이쪽으로 넘어오면 제가 맡을 수 있을까요?"

"모두가 호시탐탐 노릴 안건은 아니니. 하지만 자네가 눈을 번득일 이유가 있겠나?"

"피의자는 간토 의료소년원 시절 제 지도 교관이었습니다."

그러자 다니자키는 호오, 하더니 얼굴에서 웃음기를 지웠다.

"은혜라도 갚을 생각인가?"

"그럴 리가요."

미코시바는 딱 잘라 부정했지만 다니자키가 곧이곧대로

받아들일지는 의문이었다.

"일단 상담부터 받아 보는 게 어떻겠나?"

순간 미코시바는 어안이 벙벙해졌다.

"…… 그게 무슨 말씀입니까?"

"지난번 때도 그렇지만, 자네는 자살까지는 아니어도 자해 버릇이 있어 보여. 그 대상이 몸은 아니지만."

"농담도 잘하십니다." 웃어넘길 생각이었지만 미소가 잘 지어지지 않았다.

"두루미의 보은 이야기를 알고 있나?"

"자신의 날개로 베를 짰다는 전래동화 말이군요. 그런데 그게 왜?"

"가끔 떠올리곤 하네. 두루미의 날개로 짠 베가 아주 아름다워서 시장에서 비싸게 팔렸다지. 노부부가 기뻐하니 두루미는 계속 베를 짰고 그러다가 점차 지쳐 초췌해졌지. 하지만 만약 그 날개로 짠 베를 사람들이 싫어했으면 어땠을까? 색깔이 오싹할 만큼 너무 생생해서 전혀 팔리지 않았다면? 두루미가 할 수 있는 봉사가 계속해서 자기 날개깃을 잡아 뜯는 것밖에 없었다면 그래도 두루미는 계속 베를 짰을까?"

모든 일에서 약속을 실천하는 것은 신뢰의 기본이다. 그런 의미에서 야마자키는 각별히 신뢰할 만한 업무 상대였다.

야마자키에게 일을 의뢰하고 이틀 뒤 쓰루가가 미코시바를 불렀다. 잔뜩 화가 난 목소리로 일방적으로 날짜를 알리고 끊어 야마자키가 접촉했음을 금세 알아챘다.

약속 장소는 JR 오차노미즈 역 근처 햄버거 가게였다. 평일 오후 시간대라 2층 흡연석에는 손님이 몇 명 없었다. 약속 장소로 이런 곳을 정했다는 점에서 쓰루가의 속내가 엿보였다. 자기 사무소에 부르기는 불쾌하고 그렇다고 상대 사무소에 찾아가기도 거슬린다는 의미 아닐까.

쓰루가는 안쪽 자리에서 팔짱을 낀 채 기다리고 있었다.

"오래 기다리게 해서 죄송합니다."

미코시바가 맞은편에 앉자 쓰루가는 서류 한 장을 테이블 위에 툭 올렸다.

"원하는 대로 사임 통지 사본이야. 원본은 조금 전 법원에 제출했네."

미코시바는 서류를 힐끗 보고 내용에 오류가 없음을 확인했다.

"같은 변호사로서 자네는 정말로 상종 못 할 부류야."

미코시바가 통지문을 다 확인하기도 전에 쓰루가는 그렇게 내뱉었다.

"세 살 버릇 여든까지 간다고들 하지. 의료소년원에서의 생활이 자네에게 아주 못된 잔꾀까지 물려준 듯하군."

소년원에서 못된 잔꾀를 물려받은 건 분명하다. 소년원 친구들에게 얻은 귀중한 자산이기도 하다.

"구체적인 지시도 자네가 내렸나?"

"지시? 글쎄요. 무슨 말씀이신지."

"시치미 떼지 말게! 사건에서 손을 떼라는 팩스가 집에 도착했어. 우리 딸이 다니는 대학에는 수상쩍은 남자가 출몰하고 외출한 아내에게는 험상궂은 남자가 다가와 말을 걸었다더군. 전부 자네가 시킨 거잖나!"

그렇군. 야마자키는 그런 수법을 썼나. 익명의 팩스를 보내거나 학교 주변에서 어슬렁거리고 타인에게 말을 거는 것 정도로는 경찰이 제지할 수도 없다.

"예전에 범죄자였다고 해도 변호사로서 최소한의 양식은 있을 줄 알았는데 당치도 않은 과대평가였어. 설마 조폭을 써서 위협해 올 줄이야."

"실례지만 무슨 근거나 증거가 있는 발언입니까?"

미코시바가 감정을 싣지 않은 목소리로 묻자 쓰루가의 얼굴이 더 굳어졌다.

"제가 분명 평판이 안 좋은 변호사이긴 하지만 확증도 없으면서 반사회적 세력과 결탁했다는 말을 들으면 대항할 수단을 떠올릴 수밖에 없습니다."

그러자 쓰루가는 입을 다물었다. 이것이 이 전직 검사의 한계다. 이쪽이 변호사다운 위협을 가하면 같은 식으로 피하면 될 것을 굳이 정면에서 받아 낸다. 검사 시절에는 추궁만 하면 됐으니 방어할 일이 얼마 없었을 것이다.

"그럼 최소한의 양식을 지녔다는 걸 보여 주게. 두 번 다시 나와 우리 가족 주변에 수상한 녀석들이 얼씬거리도록 하지 마."

"애초에 그런 적도 없습니다만, 약속은 해드리죠."

"그럼 이걸로 용건은 끝이야."

쓰루가는 몸을 일으켰다.

"잠깐만요."

"뭐지?"

"이 안건은 제가 맡게 될 겁니다. 모처럼 만나 뵀으니 이곳에서 업무 인계를 부탁합니다."

"자네 내키는 대로 해."

"조금 전 변호사로서의 최소한의 양식을 운운하셨죠. 업무 인수인계도 변호사가 지녀야 할 최소한의 양식 아닐까요?"

쓰루가는 할 수만 있다면 테이블을 뒤엎을 기세였다.

그래도 그는 공공장소에서 어른스럽지 못한 짓을 하지 않을 정도의 상식은 있는지 불만 가득한 얼굴로 의자에 다시 앉았다.

　"체포 후 나흘이 지났습니다. 이미 검찰에 신병은 송치됐겠죠?"

　"그래."

　"구류 청구는?"

　"피의자가 자백했고 증거도 갖춰져 있어. 당연히 담당 검사가 청구했겠지."

　검찰에 피의자 신병이 송치되면 담당 검사는 필요한 서류를 첨부해 법원에 구류를 청구한다. 구류가 결정되면 열흘간 구류를 인정받는다. 최장 구류 기간은 23일이다.

　그러나 이번에는 피의자 본인이 혐의를 모두 인정하고 있어서 일련의 절차가 무서울 만큼 빠르게 진행됐다. 현 단계에서 변호사가 할 수 있는 일이라고는 피의자에게 조언 정도 하는 게 고작이고 모든 시시비비는 법정에서 가려야 할 공산이 크다.

　"담당 검사가 누구죠?"

　"사이타마 지검의 야노 검사."

　야노 검사. 이름은 알지만 법정에서 맞붙은 적은 아직 한

90　은수의 레퀴엠

번도 없다. 나중에 자세한 프로필과 과거 이력 등을 확인할 필요가 있다.

"피의자 본인과 접견하셨습니까?"

"아니, 아직. 그저게 구류 청구 이후 피의자는 재판관과 면접 중이네. 이쪽이 만날 기회는 없었어."

구류 청구가 들어오면 재판관은 피의자를 만나 혐의가 씌워진 범죄 사실을 전하고 관련 진술을 듣는다. 이나미는 혐의를 전면 인정하고 있어서 아마 순식간에 구류가 결정될 것이다. 구류 기간 안에 이나미와 접견해 불리한 진술을 하지 않도록 해야 한다. 진술 조서 내용이 어떤가에 따라 정상 참작에 영향을 끼칠 수도 있다. 또 조서 내용이 사실과 같다고 해도 작은 표현상의 차이 하나만으로 주관적 인식이나 살의 유무 등의 평가가 갈린다.

이나미를 아직 접견하지 못했다면 쓰루가가 사건의 자세한 내용을 파악했을 리 없다. 담당 형사를 찾아가 이야기를 전해 듣는 방법도 있지만 이 남자가 국선 변호 안건에서 그렇게까지 열심히 했을 것 같지도 않다. 이로써 쓰루가에게 들을 이야기는 전부 들었다.

"그럼 실례하겠습니다."

미코시바가 자리에서 일어서자 이번에는 쓰루가 쪽에서

입을 열었다.

"마지막으로 알려 주게. 예전에 입은 은혜를 갚을 목적이라고 해도 이런 범죄 비슷한 수법까지 동원하는 걸 과연 피의자가 원할까?"

"무엇보다 의뢰인의 이익이 우선이라서요."

"어디까지나 자네가 생각하는 이익이지. 당사자가 원하는 건 아니야."

"쓰루가 선생님은 사회 정의의 관점에서 모든 것을 내려다보고 계시는 것 같군요."

미코시바는 사임 통지문 사본을 흔들어 보였다.

"그러나 안타깝게도 저는 그 사회 정의라는 단어가 영 못 미더워서요. 태생이 태생인지라."

마지막 말을 내뱉고 가게를 나선 순간 핸드폰이 울렸다. 화면을 보니 신뢰하는 업무 상대에게서 걸려 온 전화였다.

– 선생님. 일이 어떻게 진행되고 있습니까?

"바로 조금 전 사임을 확인했네. 그나저나 아주 훌륭해."

– 뭐가 말이죠?

"당사자가 아니라 그 가족에게 접촉하는 수법. 상대의 약점을 정확하게 파악했군."

– 칭찬이시죠?

"물론."

―근데 그 정도는 누구든 떠올릴 겁니다. 얼마 전에도 말씀드리지 않았나요? 권력을 끼고 있는 사람은 그 자리를 벗어난 순간 얼간이가 된다고요. 그 쓰루가라는 선생이 아주 전형적이더군요. 눈앞의 가족을 지킬 방법도 모르던데요.

"안건이 제1도쿄로 넘어간 이유도 알아냈나?"

야마자키가 털어놓은 내용은 감탄스럽게도 다니자키의 말과 거의 다르지 않았다. 역시 고류회의 정보망은 신뢰할 만하다.

―말 나온 김에 말씀드리면 사건의 개요랄까, 용의자의 진술 내용도 입수했습니다.

"정보원은?"

―가와구치 서입니다.

그 대답을 듣고 적잖이 놀랐다. 일부 경찰이 폭력단과 엮여 있다는 이야기는 들어 본 적 있지만 설마 취조실에서 나온 이야기까지 새어 나갈 줄은 생각도 못 했다.

"알려 주게."

야마자키가 설명한 사건의 개요는 다음과 같았다.

3월 4일 오후 1시가 조금 지났을 무렵, 요양 보호사 도치노가 입소자들에게 나눠 준 식기를 정리하고 있었다. 백락원에서는 각 입소자의 증세와 건강 상태에 맞춰 메뉴를 만들지만 식사는 한 식당에서만 하도록 되어 있다. 덧붙이자면 이날 배식 당번은 도치노 말고도 한 명이 더 있었지만 그가 화장실에 간 사이 사건이 일어났다.

도치노가 이나미의 식기를 치울 때 둘 사이에 언쟁이 붙었다. 도치노가 "밥을 지저분하게 먹는다"라고 한마디 말을 했기 때문이었다. 그 말을 들은 이나미가 "보호사 주제에 입소자를 그렇게 대하느냐. 당신은 아마추어만도 못하다"라고 대꾸했다. 도치노는 보호사 자격을 취득한 지 20년이 된 베테랑이라 그 말을 그냥 듣고 넘길 수 없었는지 또다시 받아쳤고 그 후 본격적인 말다툼이 벌어졌다.

도치노와 이나미는 평소에도 사이가 좋지 않았다. 평상시에도 서로에게 불만을 품고 사사건건 험한 말을 주고받았다고 한다. 그러면서 쌓인 울분이 단숨에 표출된 것인지도 모른다.

말다툼이 심해져도 이나미는 휠체어에 의지하는 몸이라 서로 멱살을 움켜쥐거나 하지는 않았다. 그러나 화를 삭이지 못한 이나미가 먼저 손을 뻗었다. 눈앞에 놓인 식기를 뒤엎어 버린 것이다. 그러자 식기 안에 남아 있던 음식물이 바닥에 떨어졌다.

"정말 더러워 죽겠네. 망할 영감탱이."

그 말이 도화선이 되었다.

도치노가 바닥에 떨어진 음식 찌꺼기를 치우려고 허리를 숙이자 그의 머리가 휠체어에 앉은 이나미의 허리 부근에 내려왔고, 이나미는 순간 테이블에 있는 유리 꽃병을 집어 눈앞에 있는 도치노의 머리를 수차례 내려쳤다. 정신이 들자 도치노는 이미 움직임을 멈춘 상태였고 머리에서 피를 흘리고 있었다. 황급히 몸을 흔들어 보았지만 그는 꿈쩍도 하지 않았다.

잠시 후 또 한 명의 배식 담당 보호사가 달려와 도치노가 사망한 것을 확인하고 경찰에 신고했다.

비단 백락원뿐만 아니라 요양 시설이 점차 증가함에 따라 보호사와 입소자 간의 트러블도 매년 증가하고 있다. 사례를 열거하면 이번 사건도 그중 하나로 꼽을 수 있을 것이다.

그러나 이나미의 인품을 아는 미코시바는 도무지 이해할 수 없었다. 사건의 개요를 전해 들은 지금도 마찬가지다.

이제는 본인을 직접 찾아가 이야기를 들어야 한다. 그렇게 생각하고 있을 때 수화기 너머에서 야마자키의 목소리가 들렸다.

– 여보세요? 미코시바 선생님?

"응. 듣고 있어. 뒤늦게 감탄하는 중이야."

─범인인 이나미라는 사람이 선생님의 원생 시절 교관이었다죠?

"그래."

─선생님. 혹시 옛정 때문에 이번 사건을 맡으시려는 겁니까?

야마자키의 말투가 미묘하게 바뀌었다.

─노파심에 말씀드리지만, 만약 그런 거라면 조심하시는 게 좋습니다.

"왜지?"

─선생님은 철두철미하게 논리로만 움직이는 분이라고 생각합니다. 도덕과 감정 따위를 버리고 그저 의뢰인의 이익을 위해서만 일하시죠. 분명 선생님은 지금껏 제가 보아 온 변호사 중 최고의 변호사이십니다. 그런 논리 머신 같은 분이 감정에 휘둘리면 좋을 게 있겠습니까.

말에 진지함이 묻어난다. 다른 사람을 관찰하고 약점을 찾는 데 심혈을 기울여 온 사람의 말에는 상당한 설득력이 있었다.

"충고는 달갑게 받아들이겠어. 그럼 이만."

통화를 마치고 미코시바는 무심코 실소를 터뜨렸다. 지금

야마자키의 충고는 다니자키의 말과 겹친다.

무려 도쿄 변호사회의 원로와 광역 폭력단의 넘버3가 서로 비슷한 말을 하고 비슷하게 나를 걱정하고 있는 것이다.

세상과 법조계 사람들의 미움을 한 몸에 받는 자신을 웬일인지 두 사람은 감싸려 한다. 그 점에서만큼은 두 사람이 똑같이 조직의 틀에서 벗어난 사람들이라고 볼 수밖에 없었다.

5

회장 자리에서 물러났다고 해도 다니자키의 후광은 지금도 엄연했다. 쓰루가가 사임한 것과 거의 동시에 도쿄 변호사회를 통해 국선 변호 의뢰가 들어왔고, 미코시바는 순조롭게 이번 사건을 맡게 되었다.

선임계에는 확실히 이나미의 자필 서명이 들어가 있었다. 자신과의 면회를 거절한 이나미에게 어떤 심경 변화가 있었던 걸까. 변호와 직접 관계는 없어도 미코시바는 궁금해졌다.

미코시바는 선임계를 들고 곧장 가와구치 경찰서로 향했다. 이나미는 아직 기소 전이라서 유치장에 구류돼 있다.

가와구치 경찰서에 도착해 종합 안내데스크에서 방문 목적을 알리자 잠시 후 스가야마가 모습을 드러냈다.

"단 사흘 만에 느닷없는 변호인 교체. 대체 무슨 수를 쓰신 겁니까?"

미코시바가 정식 변호인이 되어 다시 방문하니 스가야마는 지난번처럼 그를 업신여기지는 않았지만 그래도 미심쩍어하는 눈빛은 여전했다.

"수를 썼다고 할 것도 없어. 정당한 절차를 밟아 선택된 거지. 자, 최소한의 협력은 해 주겠나?"

"그래야죠. 미코시바 선생님을 면회실까지 모셔다드리겠습니다."

스가야마는 공손히 고개를 숙였다. 은근히 무례한 태도는 여전하다.

면회실로 향하는 길에 스가야마가 입을 열었다.

"면회 시간이 너무 길어지지 않게 부탁드립니다."

"변호인 접견이야. 시간 같은 건 상관없지 않나?"

"뒤에도 차례가 있어요. 이 점만은 지시에 따라 주십시오."

"스가야마 형사랬나? 손목시계 좀 볼 수 있겠나?"

스가야마는 고개를 갸웃거리면서도 왼팔에 찬 시계를 앞으로 내밀었다.

"싸구려 국산 시계군. 그렇게 시간에 민감하게 굴 거면 좀 더 고급 시계로 시간을 재 주지 않겠어?"

순간 스가야마의 안색이 변했지만 오래 가지 않았다.

"안타깝게도 박봉이라서요. 요즘 같은 때에는 제대로 일할수록 오히려 월급이 더 샙니다."

"월급만 새는 게 아니겠지."

정보가 새어 나간 것을 두고 빈정거릴 생각이었지만 과연 스가야마가 어디까지 알아들을지는 불분명하다.

"참, 면회에는 제가 동석합니다."

"유치 담당이 동석하지 않나?"

"이것도 저희 관례라서요."

노골적으로 방해할 생각이라면 그건 스가야마 혼자의 의지가 아니라 가와시마 경찰서 전체의 의지일 것이다. 예를 들어 적진 한가운데에서 포로와 잡담을 나누는 상황이라고 해야 할까.

"그건 그렇고 선생님의 끈기에 정말 탄복했습니다. 비꼬는 말이 아니라 진심입니다."

"끈질긴 변호사라는 존재가 당신들에게는 오죽 눈엣가시 겠나."

"선생님은 그중에서도 특별합니다. 실례지만 그 끈기의

원동력이 뭡니까?"

어차피 알려 준다고 해서 이 남자가 이해할 리 없다. 그렇게 생각해 입을 다물고 있자 스가야마는 계속 말을 걸어왔다.

"정말 신기해서 그럽니다. 25년 이상을 계속 증오할 수가 있나요?"

"무슨 뜻이지?"

"중학교 시절 제 담임이 아주 진저리가 나는 인간이었습니다. 툭하면 학생들에게 손을 뻗었고 입도 아주 험했죠. 전문 분야 말고는 아무것도 모르는 인격 파탄자였습니다. 그래도 10년 이상 흐르고 보니 어느새 미움이 사라지고 대신 뭔가 애달파지더군요. 다른 사람을 미워하려면 엄청난 에너지가 필요하지 않습니까?"

"내가 예전 교관을 지금도 미워한다고 보나?"

"그게 아니기만을 바랍니다."

스가야마의 지적은 아픈 곳을 찔렀다.

분명 나는 25년이 넘는 세월 동안 같은 감정을 품어 왔다. 따라서 엄청난 에너지를 소모해 온 것이 사실이다.

그러나 그건 절대 증오가 아니다. 좀 더 다른, 살아가기 위한 무언가다.

잠시 후 미코시바와 스가야마는 면회실에 도착했다. 안에 들어가자 가운데에 간소한 철제 책상 하나와 의자 두 개가 있는 스산하기 그지없는 방이었다. 창문에 탈주 방지용 창살이 달린 모습이 취조실과 거의 다를 바 없다.

"잠시만 기다려 주십시오."

스가야마는 미코시바를 남겨 두고 일단 면회실을 나갔다.

혼자서 기다리고 있자 곧 만나게 될 남자의 얼굴이 뇌리를 스쳤다.

인상 깊은 얼굴과 목소리. 그로부터 28년이나 흘렀는데 세세한 부분까지 기억이 생생한 것은 틈만 나면 의식의 밑바닥에서 그 모습이 되살아나기 때문이다.

미코시바는 흠칫 놀랐다.

내가 사람을 만나기 전에 긴장하고 있다.

오랜만에 느끼는 감정이었다. 일이라고는 해도 지금껏 수많은 범죄자와 연쇄 살인범을 면회해 왔지만 만나기 전에 이토록 심장이 쿵쾅거린 적은 없었다. 양손에서 땀이 흠뻑 배어났다.

미코시바의 인격은 살면서 중간에 한 번 초기화됐다. 새로운 인격을 형성하는 데 도움을 준 것은 의료소년원 관계자들과 음악이었다. 특히 이나미에게는 살아가기 위한 지침을 전수받았다. 그런 의미에서 이나미의 존재는 친아버지라고 비유해야 하지 않을까.

아아, 그렇구나. 미코시바는 불현듯 이해했다.

나는 지금 28년 만에 아버지와 재회를 앞둔 것이다.

잠시 후 면회실 문이 열렸다.

스가야마가 휠체어를 밀면서 들어왔다.

휠체어 위에 앉은 노인을 보자마자 미코시바는 반사적으로 허리를 일으켰다.

처음에는 다른 사람인 줄 알았다.

움푹 팬 볼, 정수리 부근에 얼마 남지 않은 백발, 그리고 어린아이처럼 위축된 몸.

그러나 눈썹만은 변하지 않았다. 곧게 뻗은 엄격해 보이는 굵은 눈썹.

"여어" 하고 노인이 입을 열었다.

다소 쉬어 있기는 해도 틀림없이 기억에 남아 있는 이나미의 목소리였다.

"오랜만이군, 미코시바. 아니, 지금은 미코시바 선생이라고 해야 하나."

변하지 않은 말투에 면회실 안의 분위기까지 바뀐 느낌이었다.

"이나미 교관님."

"어이, 그 교관 어쩌고는 붙이지 마. 벌써 30년 정도 지난 옛일이니."

"다른 호칭을 모르겠습니다."

"그 이후로 못 만났으니 어쩔 수 없나……. 그래, 그럼 좋을 대로 부르게."

"바쁘니까 바로 시작하겠습니다."

스가야마가 미코시바의 맞은편 의자를 뒤로 물리고 휠체어를 탄 이나미를 책상으로 밀었다. 미코시바가 자리에 앉자 두 사람의 눈높이가 정확히 맞았다.

"아차, 미코시바 선생. 본론으로 들어가기 전에 하나 물어도 되겠나?"

"뭐죠?"

"내가 백락원에 입소할 때 큰돈이 내 앞으로 입금됐어. 혹시 자네가 벌인 일인가?"

"……오래전 일은 기억나지 않습니다."

"오래전인 건 기억한다는 말이군. 어쨌든 큰 도움이 됐어. 특별 요양원은 입소할 때 일시금이 따로 필요 없지만 아무튼 그 덕에 곧장 입소가 결정됐지. 뒤늦게 감사 인사를 전하겠네. 고마워."

이나미는 머리가 거의 빠진 정수리가 보일 만큼 고개를 숙였다.

"됐습니다."

"됐기는. 예전 원생 중에 이렇게까지 날 신경 써 준 사람은 자네뿐이야. 인사 정도는 받아 주게."

"시간이 없습니다."

"괜찮아. 사건 이야기는 길어 봐야 5분이면 끝나니."

"진술 조서는 아직 안 쓰셨죠?"

"그래. 아직."

"그럼 주의해 주셨으면 하는 게 몇 가지 있습니다. 진술 조서는 법정에서 중요 증거로 다뤄집니다. 표현 하나하나에 재판관들이 받는 인상이 달라지니 절대 형사의 유도 신문에 넘어가지 마십시오. 진술할 때 형사가 멋대로 떠들어도 무시하세요. 그리고 녹화되고 있는지도 확인해야 합니다. 카메라 위치, 녹음 마이크가 있는 곳을 전부 파악해 두십시오. 비디오 영상은 30분 단위로 확인하고 싶다고 요구하셨으면 합니다."

"이봐, 이봐." 이나미는 손사래를 쳤다. "너무 많잖아. 그걸 어떻게 다 기억하겠어? 일흔다섯 노인이."

"꼭 필요한 것들입니다. 잘 들어 두세요."

"잘 듣고 있네."

"확인해 주십시오."

"확인도 잘하고 있다니까. 그나저나 미코시바 레이지는 아주 훌륭한 인물이 됐군."

"교관님."

"농담이 아닐세. 미코시바, 난 도치노를 죽인 이후 줄곧 마음이 무거웠어. 그런데 자네를 만나니 제법 가벼워진 느낌이야."

중간에 말을 막으려고 했지만 이나미의 눈빛이 허락하지 않았다.

"변호사는 되고 싶다고 쉽게 될 수 있는 게 아니지. 자네는 이 나라에서 제일 어려운 시험에 합격했어. 분명 자는 시간까지 아껴 가며 공부했겠지? 아니, 자네는 원래 머리가 좋았으니 의외로 쉽게 합격했을지도 모르겠군. 아무튼 대단해."

"지금 이런 이야기를 할 때가 아닙니다."

"흥. 칭찬에 익숙하지 않은 것도 예전 그대로군."

"거기까지만 하시죠. 교관님, 전 교관님의 변호인입니다. 사건에 대해 알려 주시지 않으면 일을 할 수가 없습니다."

"평소에 피의자를 어떻게 변호하는지 모르겠네만 나한테는 신경 쓸 필요 없어. 어차피 내가 도치노를 죽인 건 사실이니."

이나미는 사건의 개요를 설명하기 시작했지만 야마자키에게 들은 이야기와 별반 다를 게 없었다. 이번에도 역시 야마자키의 정보 수집 능력이 대단하다는 결과를 낳았다.

그러나 개요는 개요일 뿐이다.

진상은 늘 디테일에 있다.

"평소에도 도치노라는 보호사와 사이가 좋지 않았다는 게 사실입니까?"

"그래. 녀석은 입소 때부터 정말 거슬렸어. 보다시피 난 이런 몸이잖나. 무슨 일만 있으면 다리병신이니 장애인이니 욕을 해 댔지. 그뿐만이 아니야. 요양 시설은 대부분 노인들을 배려해 바닥에 대부분 턱이 없는데 도치노는 일부러 턱이 있는 곳만을 골라 휠체어를 밀고 다녔어. 밥을 일부러 늦게 갖다 주기도 일쑤였고."

"고작 그 정도로 발끈하신 겁니까? 교관님답지 않군요."

"고작 그 정도라고 해도 계속되다 보면 스트레스가 쌓이기 마련이야. 나이를 먹으면 원래 성질이 급해지기도 하고."

눈앞에 있는 이나미는 겉보기에는 전혀 그렇지 않다. 나이를 먹어서 조금 쇠약해지기는 했어도 왕년의 소탈한 모습은 그대로다. 거동이 불편한 대신 말수가 많아졌다.

"교관님. 팔을 좀 봐도 되겠습니까?"

"그러게."

앞으로 내민 팔은 나이치고는 상단부가 두툼했다.

요즘은 전동식 휠체어가 많아져서 괜찮다고 하지만 구식 휠체어는 바퀴를 스스로 돌려야 해서 그에 걸맞은 팔 힘이 필요하다. 움직이지 않는 다리에 비해 팔 근육이 쇠퇴하지 않은 것도 그래서일 것이다.

미코시바는 잠시 이나미의 팔을 관찰했다. 아쉽지만 이런 팔이면 꽃병을 집어 다른 사람의 머리에 내려칠 정도의 힘은 있어 보인다.

"당시 꽃병에 꽃이 꽂혀 있었습니까?"

"그래. 제비꽃이 꽂혀 있었지. 도치노를 때릴 때 충격으로 꽃병에 든 물과 함께 바닥에 떨어졌어."

꽃의 잔해와 바닥에 흐른 물은 당연히 감식반이 조사해 수사 기록에 남겼을 것이다. 이나미의 지문 감식은 말할 것도 없다. 수사 기록은 재판이 시작할 때 확인한다고 해도 그전에 나도 현장을 찾아가 보는 게 좋을 것이다.

"끼어들어서 죄송한데요."

멀찌감치 서 있던 스가야마가 말을 보탰다.

"피의자가 당시 입었던 옷에 피가 튀어 있었습니다. 감식

결과 피는 피해자의 것으로 판명됐고요."

"친절하시군."

미코시바는 입술을 깨물었다.

젠장, 하고 속으로 중얼거린다.

동기, 기회, 방법, 그리고 자백까지. 세 박자를 넘어 네 박자나 갖춰져 있다. 이건 공판을 통해 인정 여부를 다툴 안건이 아니다. 빠져나갈 유일한 길은 피의자의 정신 감정을 신청하는 것이지만 당사자의 말과 행동을 보면 형법 39조 적용은 해가 서쪽에서 뜨는 것을 증명하기보다 어려울 것이다.

"당시 상황을 목격한 사람은? 또 한 명의 배식 담당자가 화장실에 가 있었다고 들었는데요."

"그때 식당에는 우리 조 말고도 여러 입소자가 있었어. 나와 도치노가 다투는 모습을 그 사람들도 전부 봤지."

입소자가 노인뿐이라고 해도 이나미처럼 정신이 똑바른 사람도 있다. 그들의 목격 증언을 무시할 수는 없을 것이다.

하나부터 열까지 불리한 재료들밖에 없다.

"미코시바 선생. 이번엔 내가 좀 물어도 되겠나?"

"네."

"어떻게 국선 변호를 물려받았지?"

이나미의 눈빛이 변했다.

어린아이의 장난을 꾸짖는 듯한 눈빛이다.

"지난번 변호사 선생과 면담하려고 하니 얼마 안 돼 사임했다는 소식이 들리더군. 동시에 자네 이름이 적힌 선임계가 도착했어. 혹시 불법적인 방법이라도 쓴 거 아닌가?"

"순번이 저한테 돌아왔을 뿐입니다."

"체포됐을 때 형사가 변호사를 부를 거냐고 했어. 그때 내 머릿속에 자네 얼굴이 떠오르지 않았을 것 같나?"

"그럼 왜 부르지 않으셨습니까?"

"분명 자네가 이렇게 나올 것 같아서야."

이나미는 낮은 목소리로 타이르듯 말했다.

갑자기 시간이 되돌아간 듯한 감각에 휩싸였다.

"한번 목표를 정하면 규칙 따위 다소 무시해서라도 반드시 실행한다. 자네는 동료 원생들에게 그런 것들을 배웠어. 내가 만약 자네를 부르면 또 그럴 거라고 예상했네. 이렇게 다시 만나게 된 건 기쁘지만 솔직히 내 변호인이 돼 주기를 바라지는 않았어."

"교관님. 저는 교관님을 구하고 싶습니다."

"노력하는 건 자유지만 난 도치노가 미워서 죽였네. 나한테는 확실한 동기가 있어. 또한 완벽하게 정상적인 정신 상태에서 일을 저질렀지. 그 사실들만은 무슨 일이 있어도 뒤집지 못할 걸세."

너무도 단호하게 말하는 통에 현기증마저 느껴졌다.

실생활에서라면 모를까, 법정 다툼에서 이런 단호함은 부정적인 영향만 끼친다. 이 남자는 다투기 전부터 적의 총탄에 맞기 위해 자세를 취하고 있다.

"어떤 피의자건 보호받을 권리가 있습니다."

"그리고 어떤 인간이든 속죄할 권리가 있지. 내가 그렇게 가르친 걸 벌써 잊었나?"

미코시바는 말문이 막혔다.

잊었을 리 없다.

"남에게 가르쳤으면 스스로도 실천해야지. 난 내 손으로 직접 사람을 죽였네. 그러니 내 죄의 크기에 합당한 벌을 받으면 그만이야. 나는 기꺼이 벌을 받기를 원하네."

이나미는 결연하게 말했다. 정면에서 이야기를 듣는 미코시바는 크게 당혹했다.

모든 혐의를 인정하고 처벌받기를 원하는 의뢰인.

지금껏 수많은 안건을 맡아 왔지만 이번 의뢰인이 떠올릴 수 있는 의뢰인 중 가장 최악이다.

"하실 말씀은 다 하신 것 같군요. 그럼 이제 슬슬."

스가야마가 사무적인 투로 알리고 미코시바에게는 눈길

도 주지 않고 다시 이나미의 휠체어를 끌어 문 쪽으로 향했다.

이나미는 돌아가며 미코시바 쪽을 한 번 힐끗하기만 했다.

문이 닫혔다.

그 뒤로 미코시바만 홀로 남았다.

그로부터 이틀 뒤 미코시바는 이나미의 반란 소식을 접하게 된다. 어제, 즉 접견한 다음 날 미코시바에게 따로 연락도 하지 않고 이나미가 진술 조서를 작성해 버린 것이다.

진술 조서

본적: 도치기현 가와치군 가미노카와마치 이소오카 1374

주소: 사이타마현 가와구치시 미나미하토가야 9번지 35-4 '백락원'

직업: 무직

성명: 이나미 다케오

생년월일: 1937년 4월 7일(75세)

상기 인물에 대한 살인 사건에 관해 2013년 3월 9일 가와구치 경찰서에서 본관이 피의자에게 사전에 자기 의사에 반해 진술할 필요가 없음을 고지하고 조사한 결과 피의자는 임의로 다음과 같이 진술했다.

1. 저는 올해 3월 4일 오후 1시 무렵 가와구치시 특별 노인요
   양원 백락원에서 요양 보호사 도치노 마모루 씨를 꽃병으
   로 내려쳐 사망하게 한 일로 조사를 받고 있는 사람입니다.
   오늘은 당시 상황 등에 대해 말씀드리겠습니다.

2. 제가 2008년 4월 백락원에 입소했을 때 도치노 씨는 이미
   보호사로 근무하고 있었습니다. 저를 담당하지는 않아서
   직접적인 접점은 없었지만 왠지 서로 합이 잘 맞지 않았다
   고 할까, 사이좋게 지낼 수 없는 사람이라고 인식했습니다.
   저는 교관 시절부터 다른 사람과 대화를 나눠 보고 그 사람
   이 저와 합이 맞는지를 알 수 있습니다. 꼭 그래서는 아니겠
   지만 평소에도 저와 도치노 씨는 무슨 일이 있을 때마다 부
   딪혔습니다.

3. 3월 4일 그날 배식을 맡은 보호사 중 한 명이 도치노 씨였
   습니다. 밥을 먹는 동안에는 별일 없었지만 도치노 씨가 밥
   을 다 먹은 사람들의 식기를 치우다가 제 식기를 치우는 순
   서가 되자 저와 도치노 씨 사이에 말다툼이 벌어졌습니다.

계기는 "밥을 지저분하게 먹는다"라는 도치노 씨의 말 한마디였습니다. 가는 말이 고와야 오는 말이 곱다고, 저는 "보호사 주제에 입소자를 그렇게 대하느냐", "당신은 아마추어만도 못하다"라고 받아쳤습니다. 그리고 평소부터 쌓인 불만이 고조되어 말다툼이 더욱 거세졌습니다.

4. 말다툼이 거세져도 저는 휠체어 신세를 지는 몸이라 멱살잡이 같은 일은 벌어지지 않았습니다. 그러나 분을 참지 못하고 저는 먼저 손을 뻗고 말았습니다. 제 눈앞에 있는 식기를 뒤엎어 버린 것입니다. 식기에 약간 남아 있던 음식물이 바닥에 떨어졌고 도치노 씨는 음식물을 치우려고 "정말 더러워 죽겠네, 망할 영감탱이"라고 말하며 허리를 숙였습니다. 그러자 도치노 씨의 머리가 정확히 제 허리 부근에 왔습니다. 발끈한 저는 충동적으로 식탁에 있는 유리 꽃병을 집어 도치노 씨의 머리를 향해 내려쳤습니다. 주변에 있던 입소자들이 말리려고 했지만 두 번인가 세 번 정도 더 내려쳤던 것 같습니다. 그 후 화장실에 갔던 또 다른 배식 담당 보호사가 달려와 제게서 꽃병을 빼앗고 도치노 씨의 상태를 확인했지만 그는 이미 움직임을 멈춘 상태였습니다.

5. 그 후 구급차가 도착해 도치노 씨를 실어 갔지만 도치노 씨는 이미 즉사에 가까운 상태였다는 소식을 들었습니다. 저 말고 도치노 씨에게 폭행을 가한 사람은 없으니 제가 도치노 씨를 꽃병으로 때려 살해한 건 명백한 사실입니다.

이나미 다케오 (서명) 지장

이상과 같이 녹취해 읽어 준 결과 허위가 없음을 확인하고 서명 지장을 받았음.

가와구치 경찰서

사법 경찰관

경부보 고이케 요이치 날인

조서를 다 읽은 미코시바는 깊은 한숨을 내쉬었다.

2

피해자의 악덕

1

다음 날 미코시바는 가와구치시에 있는 '백락원'을 찾았다.

지은 지 20년은 되었을까. 원래는 하얬을 외벽이 완전히 색이 바랬고 창문 유리도 나이 든 노인의 눈동자처럼 희뿌옇다. 희한하게도 화단에는 제비꽃이 질서정연하게 아름답게 피어 있는 건 입소자 중 누군가가 손질을 하기 때문일까.

화단 앞에서는 노부인이 탁자 옆에 앉아 작은 CD 카세트에서 흘러나오는 음악을 듣고 있다. 피아노곡 같지만 소리가 작아서 곡명까지는 알 수 없었다. 노부인은 미코시바를 보더니 "안녕하세요" 하고 가볍게 고개를 숙였다.

미코시바가 이 요양원을 찾은 것은 이번이 처음이다. 이나미가 입소했다는 소식을 들었을 때 서둘러 일시금을 보냈지만 정작 이나미를 만나기는 망설여져 지금껏 발걸음이 떨어지지 않았다. 오래전 자신을 가르쳐 준 교관의 쇠락한 모습을 보고 싶지 않은 마음도 있었지만 지금의 자신을 드러내기가 두려웠던 마음이 더 컸다.

건물 안에 들어가자마자 부엽토 비슷한 냄새가 희미하게 코를 자극했다. 소독약 냄새가 아니고 방향제 냄새도 아닌 시들어 썩어 버린 듯한 풀 냄새. 냄새의 정체는 휠체어에 탄 입소자 옆을 스쳐갈 때 명확해졌다.

노인의 냄새다. 건물의 냄새가 입소자들에게 스며든 게 아니라 입소자들의 체취가 벽과 바닥에 스며든 것이다. 인간은 죽을 때가 가까워질수록 식물과 비슷해지는 존재라고 미코시바는 내심 생각했다.

사전에 방문 목적을 알렸기 때문에 바로 원장실로 향했다. 목적은 단 하나, 이나미와 도치노의 관계를 확인하는 것이다.

"고생하십니다."

쓰노다 히로시 원장은 미코시바를 정중하게 맞이했지만 미간 주변에 '민폐'라는 글자가 새겨져 있다. 머리숱이 얼마 없고 전형적인 달걀형 얼굴이다. 자세는 낮추지만 눈으로는 주의 깊게 미코시바를 관찰하고 있다.

"얼마 전 살해된 도치노 씨와 이나미 씨 건 때문에 오셨다죠? 하지만 자세한 건 이미 경찰에 다 이야기해서……."

"변호사는 검찰과 반대 입장에 있어요. 반대편에서 보면 상황이 다르게 비칠 때도 있습니다."

"그건 그럴지도 모르지만……. 변호사로 선임된 분은 다른 분 아니었나요?"

변호사가 교체된 사실을 알고 있는 듯하다. 그렇다면 복지 법인 이사장이 뒤에서 손을 써서 쓰루가에게 변호를 맡긴 과정도 알고 있을 것이다.

"그 변호사가 손을 떼서요. 혹시 제가 부족하다고 생각하십니까?"

"아뇨. 절대로 그런 건……. 그냥 갑자기 바뀌어서 놀랐을 뿐입니다."

"도치노 씨라는 분은 어떤 분이었습니까?"

"성실한 보호사였습니다."

그는 반론은 허용하지 않겠다는 듯이 딱 잘라 말했다.

"이곳에 8년 정도 근무했는데 센스가 아주 좋은 분이었죠. 입소자들 사이에서 평판도 좋았고요."

"그런데 평소에도 피의자와는 사이가 좋지 않았다더군요."

"아아, 그건 이나미 씨 책임이 큽니다. 이나미 씨는 말이죠. 성격이 고집스럽고 입도 험했습니다. 조금이라도 마음에 들지 않는 게 있으면 즉시 직원에게 따지고 드는 못된 버릇도 있었고요."

"하지만 입만 못된 것이었겠죠? 휠체어 신세를 지고 있으면 실생활에서 난동을 부리거나 할 수는 없을 테니까요. 이런 노인요양원에는 치매를 앓는 환자도 많다고 들었습니다. 오히려 그런 노인들이 더 다루기 어렵지 않습니까?"

"아뇨, 아뇨. 이곳에 입소하신 분들은 하나같이 성격이 얌전하고 온순하십니다. 물론 개중에는 치매 증세를 보이는 분도 계시지만 다루기 그리 어렵지 않지요. 이나미 씨는 특별했습니다. 틈만 나면 도치노 보호사에게 시비를 걸었는데, 제가 만약 도치노 보호사였다면 이미 오래전에 두 손 들었을 겁니다."

가와구치 경찰서에서 조사한 내용과 똑같다. 경찰은 쓰노다를 참고인으로 조사했을 테니 이야기가 일치하는 것도 당연하다.

"경찰이 왔을 때 누가 조사를 받았습니까?"

"저와 도치노 씨 동료가……."

"모든 동료분들 말입니까?"

"아뇨. 이곳 요양원에는 현재 약 서른 명의 입소자가 계시는데, 총 다섯 조로 나누어 한 조당 두 명의 보호사가 담당합니다."

즉 도치노와 같은 조인 보호사는 한 명이라는 말이다.

"다른 한 명은 마에하라라는 보호사입니다. 아직 젊지만 일을 아주 열심히 해서 도치노 보호사에게도 뒤지지 않았죠."

"만나서 이야기를 좀 들을 수 있을까요?"

"그와 직접 말입니까. 음. 지금은 근무 중이라서요. 참, 앞으로 30분 후면 점심시간이 끝나는데 그 뒤로는 약간 시간 여유가 있을 겁니다."

"협력 감사합니다. 그전까지 내부를 조금 둘러봐도 괜찮겠습니까?"

"네. 식사 중인 입소자분들을 방해하시지만 않는다면."

다시 말해 입소자들에게 쓸데없는 질문을 던지지 말라는 뜻이다. 미코시바는 인사도 하지 않고 원장실을 나갔다. 어차피 처음부터 환영받지 못할 것은 알고 있었다. 환영받지 못한다면 주고받는 예의도 최소한에 그칠 수밖에 없다.

잠시 복도를 걸었다. 이나미가 말한 대로 거의 모든 구역 바닥의 높낮이에 차이가 별로 없다. 생각해 보니 현관 앞도

경사진 슬로프 형태였다. 벽에는 허리 높이쯤에 난간이 달려 있어 붙잡고 걷기에 적당하다. 고령자를 위한 설계라고 할 수 있다.

벽에는 입소자가 그린 것 같은 수채화와 붓글씨가 전시돼 있는데 아마추어의 영역을 넘어서는 것은 없다. 개중에는 재활 훈련을 대신해 손만 움직인 듯한 그림도 섞여 있다.

천장에 표지판이 달려 있어 식당 위치는 금세 알 수 있었다. 바닥에 보호용 카펫이 깔려서 조심히 걸으면 소리가 울리지 않는다. 미코시바는 발소리를 죽인 채 식당으로 향했다. 쓰노다와는 입소자에게 말을 걸지 않는다는 약속을 했을 뿐이었다. 모습을 살피는 것은 약속 위반이 아니다.

입소자들을 위해 시설 안에 달린 문은 대부분 미닫이문이고 식당도 마찬가지였다. 미코시바는 주위에 보는 사람이 없는 것을 확인하고 문을 살짝 열었다.

제법 넓은 식당 안에 서른 명 남짓 되는 노인과 유니폼을 입은 남자 보호사 두 명이 있었다. 높은 칸막이로 총 다섯 구역으로 나뉘어 있고 프라이버시 관계상 다른 조 사람들을 볼 수 없는 구조다.

의자에 앉은 노인, 휠체어에 앉은 노인, 자기 손으로 숟가락을 든 사람, 보호사가 대신 떠먹여 주는 사람 등 사람들은 모두 다양하지만 공통점이 있다.

하나같이 얼굴에 웃음기라곤 찾아볼 수 없었다.

모두가 긴장한 채 얼굴이 잔뜩 굳어 있고 식사를 즐기는 듯한 분위기는 조금도 느껴지지 않는다. 모두들 비슷한 또래에 비슷한 처지에 있는 사람들인데 서로 웃고 떠들거나 하지도 않는다. 이 정도면 의료소년원의 점심 식사 풍경이 훨씬 떠들썩하고 화기애애하다.

마치 죄수들 같았다. 머릿속에 떠오른 서양 교도소 내부 풍경과 정확히 겹친다. 눈에 보이지 않는 쇠사슬에 묶인 채 보이지 않는 총에 위협당하고 있다. 밥을 먹는 시간조차 편안하게 있을 수 없다.

"어이, 고토 영감."

안경 안쪽에 험악한 눈빛을 한 보호사가 살집이 조금 있는 노인을 꾸짖고 있다.

"왜 숟가락으로 먹는데도 밥을 흘려! 입을 더 크게 벌리랬지!"

노인은 그 말을 듣자 마치 전기 충격을 받은 것처럼 상반신을 움찔하더니 있는 힘껏 입을 벌렸다. 그러나 턱이 생각만큼 잘 움직이지 않는지 눈에 눈물을 머금고 있다. 무리하게 시키는 게 확실해 보이는데 아무도 말리려 들지 않는다.

노인의 발밑에는 밥풀이 여러 개 떨어져 있다. 보호사는 오만상을 짓고 노인 옆을 지나 창가에 둔 대걸레로 밥풀을 모으기 시작했다.

요양 보호에도 참 다양한 형태가 있군. 미코시바는 표정을 감춘 채 그 광경을 지그시 관찰했다.

점심시간이 끝나자 원장이 찾아와 도치노가 맡았던 조를 미코시바에게 소개했다.

도치노와 같은 조였다는 마에하라 유즈루는 식사 시간에 노인을 꾸짖은 젊은 남성 보호사였다. 그는 미코시바가 변호사라는 말을 듣자마자 갸름한 얼굴에 경계심을 드러냈다.

도치노 대신 투입된 보호사의 이름은 우루시자와 다케오다. 이쪽은 위풍당당한 체격 때문에 보호사보다는 마치 레슬러 같은 분위기를 뿜냈다. 원래부터 말수가 적은지 아니면 필요 이상 떠들지 말라고 지시받아서인지 말을 하는 쪽은 거의 마에하라였다.

"이나미 씨 변호를 맡으신다고요? 당사자가 죄를 인정했는데 이제 와서 더 조사할 게 있나요?"

"피의자의 변호를 맡는 게 불만이신가요? 그래도 이곳 입소자 아니었습니까?"

"그야 그렇지만 역시 직장 선배가 살해된 마당에 피해자와 가해자를 똑같이 볼 수는 없어서요. 도치노 선배는 평소에도 존경할 만한 선배였고 반대로 이나미 씨는 아주 성가신 입소자였죠."

"손이 많이 가는 입소자였나 보죠?"

"네. 하반신 마비라 일일이 배변 뒤처리를 해야 하는 건 어쩔 수 없다고 쳐도 상반신, 특히 입이 너무 팔팔해서 아주 애를 먹었습니다. 이쪽이 아무리 성심성의껏 돌봐도 휠체어를 좀 더 부드럽게 밀어라, 입소자를 더 존중해라 등등 하여튼 목소리가 커서 골치가 아팠죠. 한마디로 휠체어를 탄 블랙 컨슈머였다고 할까요. 저도 옆에 있으면서 화가 치밀 때가 많았습니다."

"도치노 씨는 어땠죠?"

"도치노 선배는 선배 보호사로서 정말 존경할 만한 분이었죠. 눈치가 빠르고 센스가 좋아서 입소자들의 마음을 세세한 곳까지 잘 헤아리는 보호사였습니다. 그래서 저로서는 아무래도 선배에게 마음이 더 가는 게 사실이에요. 피의자의 변호사 선생님을 앞에 두고 이런 말을 해도 될지 모르겠지만, 이나미 영감님이 이 기회에 확실히 잘못을 뉘우치고 속죄해 줬으면 합니다."

단정적인 말투가 거슬렸다. 옆에 선 우루시자와는 말없이 고개를 끄덕이기만 했다.

"평소에도 도치노 씨와 이나미 씨는 사이가 안 좋았습니까? 서로 감정이 폭발하기 직전이었다는 말이 있던데."

"아뇨. 도치노 선배가 이나미 영감님을 도맡았던 건 아니라서요. 굳이 따지면 이나미 씨는 거의 제가 담당했죠. 도치노 선배는 다른 입소자를 담당했고요."

"같은 조 안에서도 서로 분담한 겁니까?"

"보호 일지를 작성해야 해서 그렇게 담당을 나눕니다. 한 조에 여섯 명이니 세 사람은 주담당, 나머지 세 사람은 부담당 같은 형태로요."

"그렇다면 도치노 씨와 이나미 씨의 접점이 그리 많지는 않았다는 말이군요. 그런데 사건 당일에는 말싸움이 크게 벌어져 결국 폭력 사태로 이어진 겁니까?"

"오히려 평소 접점이 별로 없었으니 그렇게 된 거죠."

마에하라는 뭔가 아는 듯한 표정으로 말했다.

"저처럼 평소에도 그 독설에 익숙한 사람이면 아, 이 영감이 또 시작이네 정도로 끝났을 텐데, 그때는 운 나쁘게도 제가 화장실에 가 있었던 상황이라."

그날은 도치노와 마에하라가 배식 담당이었고 마에하라

가 화장실을 가려고 잠시 자리를 뜬 몇 분 동안 사건이 일어 났다. 이나미가 가와구치 경찰서에서 진술한 내용과 다를 게 없었다.

그러나 평소에 서로에게 불만이 많았고 사사건건 트집을 잡았다는 진술 내용은 지금의 마에하라의 증언과 일치하지 않는다. 마에하라는 도치노가 이나미의 주담당 입소자가 아 니라 접점이 별로 없었다고 했다.

미코시바는 우루시자와를 돌아봤다.

"지금까지 나온 이야기 중에 사실과 다른 건 없습니까?"

갑작스러운 질문에 우루시자와는 순간 멈칫했지만 잠시 후 "전 도치노 씨를 잘 몰라서……" 하고 우물쭈물 대답했다.

다음으로 이나미와 같은 조인 입소자들을 소개받았다.

"식후 자유 시간이라 다들 흩어져 있으니 함께 가시죠."

미코시바가 부탁하지도 않았는데 마에하라는 안내를 자 처하고 나섰다. 솔직히 그럴 필요까지는 없지만 입소자 중 에 의사소통이 어려워 보이는 노인도 있는 것 같아 굳이 거 절하지 않았다.

"처음에는 그래도 대화가 되는 분이 낫겠죠."

미코시바는 기본적으로 타인을 거의 존경하지 않는다. 의 료소년원에서의 삶을 통해 인간이라는 생물이 성선설보다는 성악설에 더 가깝다는 것을 깨달았기 때문이다.

그래도 대부분 자신의 어리석음이나 잔학한 본성을 감추려고 하기 때문에 사회가 유지된다. 그러나 이 마에하라라는 보호사는 장애가 있는 입소자를 업신여기는 느낌이 말 군데군데에서 묻어났다. 본인은 감추고 있다고 생각할지 몰라도 전혀 그렇지 않다. 요양 보호가 환자의 지팡이가 돼 주는 일이라면 이 정도로 주인의 의사에 거스르는 지팡이도 없을 것이다.

마에하라를 따라간 곳은 '휴게실'이라는 명패가 걸린 방이었다. 초등학교 도서실 크기 정도 될까. 방 가운데에는 다리가 여섯 개 달린 탁자가, 구석에는 벤치가 있고 노인들이 여기저기서 대화를 나누고 있다. 물론 모두가 그런 것은 아니고 눈빛이 공허하거나 표정이 묘하게 일그러진 노인들은 대화에 참여하지 않고 홀로 가만히 앉아 있다. 그리고 그런 노인들 옆에는 꼭 보호사가 붙어 있었다.

"구니무라 씨. 이분이 말씀 좀 여쭙고 싶다네요."

마에하라가 말을 붙이자 옆 사람과 대화를 나누던 노인이 미코시바를 돌아봤다. 얼굴이 둥그스름하고 볼에 살집이 있다. 그러나 두꺼운 입술과 좁은 이마는 험악한 느낌을 준다. 입술 왼쪽에 있는 종기도 험악한 인상에 한몫하고 있다.

약간 사시 기운이 있는 눈은 의심으로 똘똘 뭉쳐 해가 동쪽에서 뜬다는 말도 곧바로 믿지 않을 것 같다.

"이분은 이나미 씨 재판에서 변호를 맡게 된 미코시바 선생님. 이쪽은 구니무라 효고 씨."

"안녕하세요. 미코시바입니다."

구니무라는 눈을 치뜨고 잠시 노려보기만 하고 답례 인사도 하지 않았다.

"변호사 선생이라고? 이나미 씨는 자기가 저지른 짓을 다 자백하지 않았어? 이제 와서 무슨 변호가 필요하지?"

"그건 여러분의 이야기를 다 듣고서 판단할 문제입니다."

"우리가 어떻게 말하느냐에 따라 무죄가 나올 수도 있다는 말인가?"

"무죄는 몰라도 정상 참작은 될 수 있겠죠. 어차피 제 의뢰인의 나이가 나이인 만큼 온정 넘치는 재판관을 만나거나 하면 감형의 여지가 있습니다."

구니무라는 의연하게 미코시바의 눈을 바라봤다. 틀림없이 눈앞에 있는 사람을 재고 있는 눈빛이다.

"예전에 우리 아버지가 틈만 나면 말했지. 직업에 '사' 자가 붙는 녀석들은 거짓말을 밥 먹듯이 하니 믿지 말라고."

듣고 보니 묘하게 맞는 말이라고 미코시바도 내심 동감

했다. 이런 사람은 공허한 이상론보다는 실리를 이용해 설득하는 편이 더 빠르다.

"거짓말에도 선의의 거짓말이 있다고 하죠. 구니무라 씨께서는 솔직함만으로 세상의 부정과 부조리를 전부 없앨수 있다고 생각하십니까?"

그러자 구니무라는 흠칫 놀란 듯이 한쪽 눈썹을 올리며음산하게 웃었다.

"아무래도 꼬장꼬장하기만 한 변호사 선생은 아닌 것 같구먼. 그래서, 나한테 무슨 이야기를 듣고 싶나?"

"사건이 일어났을 때 구니무라 씨도 현장에 계셨습니까?"

"그래. 점심시간이었으니. 평소 누워서 지내는 입소자가아닌 이상 모두 식당에 모이게 돼 있어."

"이나미 씨와 도치노 씨가 다퉜을 때 상황에 대해 들려주십시오."

"도치노와…… 도치노 선생과 이나미 씨가 갑자기 말다툼을 벌이기 시작했지. 밥을 지저분하게 먹는다. 아니, 그전에 이나미 씨가 자네는 대체 왜 그러냐면서 느닷없이 화를벌컥 내더니 식기를 뒤엎어 버리더군. 아직 밥을 먹는 중이었으니 거의 손도 대지 않은 음식이 바닥에 떨어졌어. 그래서 도치노…… 도치노 선생이 투덜거리면서 음식을 치우고 있자 이나미 씨가 꽃병으로 그의 머리를 내려쳤네."

"도치노 씨는 이나미 씨의 주담당이 아니었다더군요. 갑자기 왜 그런 말다툼이 벌어진 겁니까?"

"변호사 양반. 서로 합이 맞지 않는 사람들끼리는 두어 마디 주고받는 것만으로도 큰 싸움으로 이어질 때가 있잖나. 그 두 사람이 정확히 그런 사례였지. 돌발사고 같은 거야."

"평소에도 두 사람 사이에 갈등이 있었다는 말씀입니까?"

"음, 그건 말이지. 주담당이 아니어도 어쨌든 같은 조이니 가만히 있어도 서로의 행동이 눈에 들어오지 않겠어? 그럼 저 녀석은 왠지 마음에 들지 않아, 저 녀석은 영 거슬려, 하는 식으로 생각하는 일도 생길 테고. 그래도 그게 살의 같은 건 아니었겠지."

"어쩔 수 없는 힘 같은 게 작용했다고 보시는 겁니까?"

"그래, 그래. 바로 그거야. 밉기는 하지만 죽이고 싶을 정도는 아니다. 꽃병으로 내려친 건 어디까지나 충동적인 행동이었는데 불행하게도 하필 급소를 내려쳤던 거지. 그날 일은 그랬어."

구니무라 다음으로 소개받은 사람은 조금 전 식당에서 마에하라에게 꾸지람을 들은 퉁퉁한 노인이었다. 이름은 고토 세이지. 휠체어 신세는 아니었지만 하반신이 쇠약한지 미코시바가 다가갔을 때도 벽에 붙은 난간에 몸을 의지하고 있었다. 웃으면 그야말로 복스러운 인상일 텐데 공교롭게도 얼굴을 찌푸리고 있어 사나워 보였다.

"골다공증이라서요" 마에하라가 설명을 덧붙였다. "다리가 더 쇠약해지면 큰일이라 보행 훈련도 할 겸 일부러 휠체어를 쓰고 있지 않습니다."

미코시바는 가까이에 있는 의자를 가져와 고토 노인을 앉혔다.

"이나미 씨의 변호를 맡은 미코시바라고 합니다."

미코시바가 자기소개를 해도 고토는 겁먹은 듯 시선을 피했다.

"치매기가 좀 있어서요. 뭐 일상생활에 지장은 없는 수준입니다만."

마에하라가 당사자의 눈앞에서 귓속말을 했다. 그러나 목소리가 커서 귓속말을 하는 의미가 없다.

"이나미 씨 사건을 조사하고 있대요. 협력해 주세요."

그러자 고토는 어우, 어우 하고 말이 아닌 목소리로 답했다. 적어도 거절하는 것 같지는 않다.

"이나미 씨와 도치노 씨가 다툴 때 고토 씨도 가까운 곳에 계셨습니까?"

고토는 잠시 생각하는 듯하다가 잠시 후 이해한 것처럼 고개를 한 번 끄덕였다.

"응…… 나도 거기 있었어."

"두 사람이 다투는 모습을 지켜보셨나요?"

"……봤어."

"다툼이 어떻게 시작된 겁니까?"

"말다툼을 하고…… 말다툼을 하고…… 두 사람이 서로를 붙잡고……."

"어느 쪽이 먼저 손을 내밀었습니까?"

"이, 이나미 씨가 선생님의 멱살을 잡고 때리고 때리고…… 때리고."

"때리기 전 상황도 기억하시나요? 두 분이 어떤 말을 주고받았는지."

"기, 기억 안 나."

"두 분이 평소에도 사이가 안 좋았습니까?"

"몰라, 난 몰라."

질문을 이어 가자 고토는 느닷없이 몸을 덜덜 떨기 시작했다.

"그러시면 곤란합니다, 선생님. 치매기가 있다고 말씀드렸죠? 경도의 치매 환자는 자신의 기억이 점차 희미해지는 걸 몹시 두려워합니다. 대답 못 하는 질문을 반복하면 큰일 나요."

의료 지식이 부족한 미코시바도 알 수 있었다. 정서가 불안정해진 고토에게 더 물어봐야 제대로 된 대답이 나올 것 같지도 않다.

"다음은…… 아, 우스다 씨가 좋으려나."

마에하라는 창가 옆에서 휠체어에 앉아 있는 노인에게 다가갔다. 우스다 다이스케라는 노인은 얼굴이 홀쭉해 피부 위로 뼈 형태가 훤히 보였다. 검버섯이 얼굴 대부분을 뒤덮었고 눈은 움푹 파였다.

"무슨 병을 앓고 계시죠?"

"이런저런 게 있습니다만…… 한마디로 노환이죠, 노환."

마에하라의 설명은 사무적이기는 해도 간결하다. 사형 판결을 읽기에 가장 적합한 투 아닐까.

"제 말을 이해하실까요?"

"글쎄요. 이해는 하겠지만 저희도 일일이 확인해 보지는 않아서요. 애초에 말수가 적은 분이기도 하고."

그런 상태에서 요양 보호를 할 수 있을까. 머릿속에 소박한 의문이 떠올랐지만 그저 밥을 먹이고 정기적으로 대소변을 처리해 주는 것 정도면 딱히 의사소통을 할 필요는 없다. 요양 보호가 일상생활을 옆에서 돌봐 준다는 단순한 의미일 뿐이라면 마에하라의 태도에도 문제가 없다.

미코시바는 우스다의 눈을 바라봤다. 움푹 들어간 눈동자에서 지성의 기운은 느껴지지 않는다.

"저는 이나미 씨의 변호를 맡은 미코시바라고 합니다. 제 말이 들리십니까?"

표정에 변화가 없다. 들리지 않았다고 판단해 다시 한번 같은 말을 반복하려고 하자 갑자기 그의 입술이 움직였다.

"이나미 씨는 참 좋은 분이었어."

쉰 목소리에 말도 드문드문 끊기지만 의지가 느껴지는 목소리다. 다만 시선은 허공을 노려보기만 하고 미코시바 쪽은 전혀 보지 않았다.

"평소에 이나미 씨와 자주 대화를 나누셨나요?"

대답이 없다.

"이나미 씨가 도치노 씨와 다투는 모습을……."

"이나미 씨는 잘못 없어."

우스다는 미코시바의 말이 끝나기도 전에 입을 열었다.

"선생님이 나빴어. 선생님이 처음에 자꾸 뭐라고 해서 이나미 씨도 화가 난 거야."

"두 분은 평소에 사이가 안 좋았나요?"

"이나미 씨는 신사라 다른 사람 욕은 절대 안 했어. 이나미 씨는 품위가 있었어."

"그건 저도 알고 있습니다. 그럼 다툼의 원인은 도치노 씨 쪽에서 제공한 거군요."

"이나미 씨는 정말로 훌륭한 분이야."

"제 말 잘 들어 주십시오, 우스다 씨. 이나미 씨가 정말로 살해의 의지를 품고 도치노 씨를 공격했다고 생각하십니까?"

느닷없는 침묵. 우스다는 순식간에 입을 꾹 다물어 버렸다.

"우스다 씨?"

두어 번 말을 걸어 봐도 그는 마치 전원이 꺼진 전자제품처럼 꿈쩍도 하지 않았다.

"우스다 씨께서 그날 어떻게 느꼈는지를 들려주십시오. 제 의뢰인에게 살의가 있었는지 없었는지. 이번 재판의 아주 중요한 핵심입니다."

"쓸데없습니다, 선생님. 우스다 씨는 이렇게 입을 한번 다물어 버리면 한도 끝도 없어요."

미코시바는 잠시 우스다의 반응을 살폈지만 굳은 표정이 흔들리거나 입을 열 기색이 없어서 단념할 수밖에 없었다.

"흐음, 다음은 앞뜰로 가실까요?"

마에하라는 그야말로 사무적으로 미코시바를 안내했다.

마치 요양원을 견학하러 온 사람을 대하는 듯하다.

"저희 요양원에서 가장 멀쩡하신 분입니다. 정신도 똑바르고 이렇다 할 지병도 없고요."

"그런 분이 왜 요양원에?"

"다리가 쇠약해져서요. 재산이라고 할 만한 걸 전부 처분하고 이곳에 입소하셨죠. 노후 대비가 아주 철저하신 분입니다."

마에하라는 앞뜰로 나가 화단으로 향했다. 화단 앞 탁자에는 조금 전처럼 노부인이 의자에 다소곳이 앉아 CD 카세트로 음악을 듣고 있다. 노부인은 미코시바를 보더니 흠칫 놀라는 표정을 지었다.

"오가사와라 사카에 씨입니다. 사카에 씨, 이분은 이나미 씨의 변호인인 미코시바 선생님."

"그렇구나. 변호사 선생님이셨군요. 처음 뵙겠습니다. 오가사와라라고 해요."

나이가 들면 대부분 몸이 위축되기 마련이라지만 오가사와라 부인은 훨씬 심했다. 굽은 허리를 쭉 펴도 초등학생 키 정도밖에 되지 않을 것이다. 노인치고는 얼굴에 주름이 적지만 눈코입이 오밀조밀해서 역시 어린아이 같은 인상을 줬다.

그러나 미코시바를 지그시 바라보는 눈은 틀림없이 연륜이 풍부한 어른의 눈빛을 지녔다. 눈은 지혜의 빛을 발산했고 거기에서 온화함에 걸맞은 지성이 느껴졌다.

"다리 힘이 없어 일어설 수 없는 걸 이해해 주세요."

"조금 전에도 뵀었죠? 미코시바입니다. 제가 이곳에 올 것을 알고 계셨습니까?"

"아뇨. 원장님은 그런 이야기는 절대 안 해주셔요. 그런데 미코시바 씨가 평범한 분으로는 안 보였어요."

분명 나는 평범한 사람은 아니다. 미코시바는 그 한마디가 신경 쓰였다.

"제가 평범해 보이지 않습니까?"

"네. 아주 영민해 보이세요. 조금 무서울 정도로요. 그래서 변호사 선생님이라는 말을 듣자마자 이해했답니다. 그런데 변호사분들은 전부 미코시바 선생님처럼 이렇게 찾아오시나요?"

"글쎄요. 저는 서류에 적힌 내용만으로는 만족을 못 해서요."

"뭔가 형사님 같아요."

"방향은 조금 달라도 비슷하다고 할 수 있겠군요. 그나저나 너무 정정하셔서 놀랍습니다. 이런 시설에 계신 분들은 좀 더 판단력이 흐려진 분들이라고 생각했는데."

그러자 오가사와라 부인은 가볍게 미소 지었다.

"솔직하신 분이네요. 전 미코시바 씨처럼 솔직한 분들이 좋아요. 요즘은 말이죠. 돈이나 건강 문제도 있지만 고독사가 두려워 요양원에 오는 분도 많답니다. 저는 남편과 아이를 먼저 떠나보내기도 해서 이곳에 들어왔어요. 그래서, 하실 이야기가?"

"사건 당시에 관해 여쭙고 싶습니다. 이나미 씨가 사건을 일으켰을 때 오가사와라 씨도 현장에 계셨습니까?"

"네. 마침 식사 시간이었으니."

"그날의 상황에 대해 들려주십시오."

"식사 시간이 거의 끝나가고 있어서 도치노 선생님이 이나미 씨의 식기를 치우려고 했어요. 그런데 도치노 선생님의 '평소 행실이 나쁘다'라는 말에 이나미 씨가 '자네도 입이 더럽고 행동 하나하나가 눈에 거슬린다'라고 되받아쳤고, 그 뒤로 점점 말다툼이 심해져서⋯⋯."

오가사와라 부인은 그날을 다시 떠올리기가 괴로운 듯 보였지만 미코시바는 일부러 더욱 캐물었다.

"이나미 씨가 테이블 위에 놓인 꽃병으로 도치노 선생님의 머리를 내려쳤어요. 도치노 선생님이 바닥에 쓰러지고도 몇 번인가 더. 저희는 무서워서 두 사람 곁에 다가가지 못하고 멀리서 지켜보기만 했어요. 잠시 후 마에하라 선생님이 화장실에서 돌아왔을 때 도치노 선생님은 이미 움직임을 완전히 멈춘 뒤였죠."

"두 분은 평소에도 자주 다퉜습니까?"

"아뇨. 이나미 씨는 도치노 선생님의 주담당이 아니었고 주로 여기 계신 마에하라 선생님이 이나미 씨를 맡으셨어요. 그래도 같은 조이니 평소 서로의 모습이 눈에 들어왔겠죠. 분명 속으로 뭔가 탐탁지 않게 생각하셨던 것 같아요. 서로에 대해 잘 모르니 몇 마디 주고받는 것만으로도 말다툼으로 발전한 거고요. 그날도 그런 거였다고 생각해요."

"다시 말해 과실 치사로 해석하시는 거군요."

"법률 용어를 잘 모르는데 신기하게도 그 단어는 귀에 쏙 들어오네요. 네, 맞아요. 도치노 선생님은 그날 과실로 사망하신 거예요."

그러더니 오가사와라 부인은 작게 손짓을 했다. 미코시바는 자석에 이끌리듯 그녀의 맞은편에 앉았다.

"미코시바 선생님은 정말로 유능해 보이셔요."

"이번에 처음 뵈었는데요."

"나이를 먹어도, 아니 나이를 먹었으니 사람 보는 눈에 자신이 있답니다. 분명 미코시바 선생님이라면 이나미 씨를 구해 주실 것 같아요."

오가사와라 부인은 갑자기 테이블 위에 놓인 미코시바의 손을 꼭 잡았다. 작지만 온기가 느껴졌다.

"죄도 벌도 그에 걸맞은 사람에게 걸맞은 형태로 주어져야 해요. 그렇게 생각하지 않으시나요?"

미코시바는 평소와 달리 잠시 대답을 망설였다.

두 사람이 침묵하는 동안 CD 카세트에서는 계속 음악이 흘러나왔다. 몇 마디 더 듣고서야 그 음악이 모차르트의 '레퀴엠'인 것을 깨달았다.

다음 순간 미코시바의 머릿속에 간토 의료소년원 시절이 떠올랐다. 이나미 교관에게 줄곧 마음을 닫고 있었던 것. 교관과 원생들의 갈등을 옆에서 재미있게 지켜보며 방관했던 것, 그리고 어느 소녀가 연주한 피아노곡을 듣고 가슴이 터질 것 같았던 것.

구해 줄 것 같다, 로는 안 된다.

반드시 구해야 한다.

그러나 입 밖에 나온 말은 그야말로 진부했다.

"변호사로서 최선을 다하겠습니다."

미소 지으며 "부탁드려요"라고 한 오가사와라 부인을 남겨 두고 미코시바와 마에하라는 또다시 건물 안으로 들어갔다.

"마지막 한 분은 상대하기 조금 벅차실 수도 있겠네요."

마에하라는 히죽히죽 웃으며 미코시바를 놀리듯 말했다. 변호사라는 엘리트 직군의 사람을 업신여길 기회는 그리 많지 않을 것이므로 미코시바는 마에하라의 기분을 이해했다. 애초에 자신도 동업자를 조롱하는 것이 거의 일상이기도 하다.

마지막 한 명은 휠체어를 탄 모미야마 스미라는 노파였다.

나이는 아흔이 넘었고 생김새로 여성임을 간신히 알아볼 수는 있는 수준이다. 주름은 손가락 하나가 들어갈 만큼 깊고 머리카락은 갈색으로 색이 바래 있다. 아직 정정한 오가사와라 부인과 나이 차이가 다섯 살밖에 나지 않는다는 말을 듣고 깜짝 놀랐다.

점심 식사를 마치고 곧장 의무실에 간 바람에 그녀의 순서가 뒤로 밀렸다고 마에하라는 설명했다.

"중증 치매입니다. 최근 2년간 급격히 상태가 악화해서 직원들과도 의사소통이 잘 안 되죠."

미코시바는 허리를 숙여 모미야마의 눈을 봤다. 움푹 파인 곳에 있는 희뿌연 눈동자에서는 감정이 전혀 읽히지 않는다.

"의사 표시를 제대로 못해 확인은 못 했지만 시력도 상당히 저하돼 있을 겁니다."

마에하라는 노파의 눈앞에서 손바닥을 위아래로 흔들어 보였다. 미코시바는 말없이 그 손을 옆으로 치우고 그녀에게 얼굴을 가까이했다.

"모미야마 씨. 이나미 씨와 도치노 씨가 다퉜을 때 그 자리에 계셨나요?"

노파는 대답은 고사하고 아무 반응이 없다. 아무래도 입으로 직접 이야기를 듣는 건 포기하는 게 좋아 보인다. 그러나 방법이 아예 없는 것도 아니다.

"모미야마 씨도 그곳에 계시기는 했죠. 다만 입에 들어오는 것을 씹느라 바빠서 주변 상황을 판단하는 등의 고차원적인 행동은 못했을 겁니다."

"마에하라 씨는 잠시 조용히 있어 주시겠습니까? 모미야마 씨, 제 말을 잘 들어 주세요. 지금부터 제가 당시 상황을 순서대로 설명해드리겠습니다. 만약 사실과 다른 부분이 있으면 고개를 흔들거나 해서 신호를 주세요."

대답이 없다. 그래도 미코시바는 가와구치 경찰서에서 작성한 이나미의 진술 조서를 바탕으로 사건 당일 경위를 설명하기 시작했다.

"3월 4일 오후 1시가 조금 지났을 무렵입니다. 점심 식사를 마치고 그날 배식 당번이던 도치노 씨가 이나미 씨의 식기를 치우려고 했는데…….”

미코시바는 설명을 이어 갔다. 이나미와 도치노가 사소한 일로 말다툼을 벌였고 이나미가 식기를 엎자 도치노가 떨어진 음식 찌꺼기를 치우려고 허리를 숙였다. 그때 꽃병을 든 이나미의 손이 도치노의 머리로 향했다.

미코시바는 알아듣기 쉽게 차근차근 설명했다. 그러나 도치노가 꽃병에 맞아 쓰러지고 마에하라가 달려올 때까지의 과정을 설명해도 그녀는 고개를 움직이지 않았다.

“말씀드렸잖습니까. 이분은 사리 분별을 못하신다고요.”

마에하라가 비웃어도 신경 쓰지 않고 미코시바는 몸을 일으켰다. 모미야마 스미의 반응을 확인하는 것을 끝으로 금일 백락원 조사는 일단 마쳤다.

대부분 치매를 앓고 있는 탓에 손에 넣은 정보는 그리 많지 않다. 조사에 큰 진전이 있다고 하면 거짓말이다. 그래도 전보다 뚜렷해진 것이 하나는 있었다.

이 요양원에 입소해 있는 노인들은 대부분 공통된 옷을 몸에 두르고 있다. 오래전 미코시바는 비슷한 옷을 의료소년원에서 본 적이 있어서 잘 기억하고 있다.

바로 공포라는 이름의 옷이다.

2

잠시 손님을 받지 마라.

사무소에 돌아온 미코시바는 요코에게 그렇게 말하려다가 말았다. 예전이면 모를까 요즘 미코시바 법률 사무소에는 파리가 날린다. 손님 걱정은 하지 않아도 될 것이다.

미코시바는 아무 망설임 없이 백락원 입소자들에게 얻은 증언을 검토하는 작업에 들어갔다. 증언 내용은 IC 리코더에 전부 녹음해 두었다. 검토 작업은 모든 사람의 증언 내용을 듣고 차이점을 찾아내는 일이다.

증언을 재생해 요점을 간추려 적는다. 사건 발생 시각, 사건의 계기, 이나미와 도치노의 대화, 둘 중 먼저 손을 뻗은 쪽이 누구인가. 흉기는 무엇인가. 그리고 이나미는 총 몇 번에 걸쳐 꽃병을 내려쳤나.

뭔가를 대조할 때는 기초가 되는 자료가 필요하다. 미코시바는 이나미의 진술 조서를 기초로 삼았다.

작업은 약 한 시간 안에 마쳤다. 미코시바가 곧장 작성한 일람표에는 각 증언의 내용이 요점별로 구분됐다.

미코시바는 일람표를 바라보다가 흥미로운 점을 발견했다. 모든 사람의 진술이 이나미의 진술 내용과 조금씩 괴리가 있었다.

구니무라 효고의 증언

'느닷없이 이나미 씨가 화를 벌컥 내더니 식기를 뒤엎어 버렸다. 아직 밥을 먹는 중이었으니 거의 손도 대지 않은 음식이 바닥에 떨어졌다.'

이나미 다케오의 진술

'제 식기를 치우는 순서가 되자 저와 도치노 씨 사이에 말다툼이 벌어졌습니다…… (중략) 식기에 약간 남아 있던 음식물이 바닥에 떨어졌고…….'

고토 세이지의 증언

'이, 이나미 씨가 (먼저) 선생님의 멱살을 잡고 때리고, 때리고…… 때리고.'

이나미 다케오의 진술

'말다툼이 거세져도 저는 휠체어 신세를 지는 몸이라 멱살잡이 같은 일은 벌어지지 않았습니다.'

우스다 다이스케의 증언

'(도치노) 선생님이 나빴어. 선생님이 처음에 자꾸 뭐라고 해

서 이나미 씨도 화가 난 거야.'

이나미 다케오의 진술

'멱살잡이 같은 일은 벌어지지 않았습니다. 그러나 저는 분을 참지 못하고 먼저 손을 뻗고 말았습니다. 제 눈앞에 있는 식기를 뒤엎어 버린 것입니다. 식기에 약간 남아 있던 음식물이 바닥에 떨어졌고 도치노 씨는 음식물을 치우려고 "정말 더러워 죽겠네, 망할 영감탱이"라고 말하며 허리를 숙였습니다. 그러자 도치노 씨의 머리가 정확히 제 허리 부근에 왔습니다. 발끈한 저는 충동적으로 식탁에 있는 유리 꽃병을 집어······.'

오가사와라 사카에의 증언

'도치노 선생님의 '평소 행실이 나쁘다'라는 말에 이나미 씨가 '자네도 입이 더럽고 행동 하나하나가 눈에 거슬린다'라고 되받아쳤고, 그 뒤로 점점 말다툼이 심해져서….'

이나미 다케오의 진술

'계기는 "밥을 지저분하게 먹는다"라는 도치노 씨의 말 한마디였습니다. 가는 말이 고와야 오는 말이 곱다고, 저는 "보호사 주제에 입소자를 그렇게 대하느냐", "당신은 아마추어만도 못하다"라고 받아쳤습니다.'

모미야마 스미의 증언

＊ 자세한 이야기를 듣지 못함.

이게 어떻게 된 일일까. 미코시바는 일람표를 앞에 두고 생각에 잠겼다.

대체로 여러 사람이 지켜보는 곳에서 사고나 사건이 일어났을 때 목격자의 증언은 세세한 곳에서 차이가 나고는 한다. 돌발적인 사태를 체험한 데 따른 충격으로 정확하게 기억하지 못하거나 혹은 기억한 정보를 정확하게 끄집어내지 못하면서 증언 내용에 모순점이 생기는 것이다. 이럴 때는 각 증언자들의 위치 관계가 중요하다. 즉 대상과 가까운 곳에 있었을수록 더 정확한 정보가 나오기 마련이다. 각자의 기억력의 차이도 영향을 미친다.

그렇다면 이번 사안은 어떨까.

식당 안에서 입소자들은 조별로 나뉜 채 칸막이로 구분된 곳에 모여 있었다. 한마디로 제한된 공간에서 사건이 일어난 것이다. 나중에 현장에 달려간 마에하라를 제외하면 그날 현장에 있었던 사람은 이나미와 도치노, 그리고 다섯 명의 증인이다.

모두가 손을 뻗으면 닿을 거리에 있었는데도 왜 이토록

증언에 차이가 생기는 걸까?

물론 고령자들이라 기억이 정확하지 않을 수 있다. 또한 다섯 명 중 세 명은 치매를 앓고 있기도 하다. 신뢰도에 문제가 있다고 지적받아도 할 말은 없다.

그러나 미코시바는 이런 차이가 의아했다.

모두 전체적으로는 정확한 증언을 하는데 유독 한 부분만 이나미의 진술과 어긋난다. 게다가 어긋나는 부분이 저마다 다르다. 그곳에서 어떤 작위가 느껴진다. 작위란 허위의 다른 이름이기도 하다.

미코시바는 요양원 입소자들이 몸에 두른 옷을 떠올렸다.

공포.

공포는 생물의 본능이다. 그 본능이 있으므로 인간은 위기를 회피하고, 자기 자신을 단련하고, 퇴로를 확보하고, 그리고 거짓말을 떠올린다.

미코시바의 경험에 비춰 봐도 그랬다. 소년원 안에서 교관의 질책과 추궁에서 벗어나려고 원생 대부분은 마치 보고 온 것처럼 거짓말을 했다. 악의가 아닌 자기방어의 수단으로 필사적으로 거짓말을 떠올리는 것이다.

신기하게도 요양원 입소자들과 소년원 원생들의 모습이 겹쳤다. 원생들이 자기방어를 위해 거짓말을 한 것처럼 입소자들도 거짓말을 하는 것이 아닐까? 그리고 서로 입을 맞추는 단계에서 각자의 기억이 어긋나는 게 아닐까? 그렇게 가정하면 증언 내용이 조금씩 다른 것도 납득할 수 있다.

그렇다면 어째서 거짓말을 하는 걸까?

간단하다. 진실을 감추기 위해서다. 동기는 당연히 공포에 있을 것이다.

미코시바의 고찰은 일단 여기서 한번 멈췄다. 입소자들이 공포를 느끼는 원인. 가설이 몇 가지 떠올랐지만 증명하려면 다시 한번 그들을 만나 봐야 한다. 그러나 오늘 방문에서 원장과 보호사들, 그리고 입소자들에게서도 악의가 보였다. 그 악의를 없앨 방법은 없을까.

이나미는 대체 '백락원' 안에서 어떤 존재였을까. 보호사들의 미움을 사고 외딴섬처럼 홀로 고립돼 있었을까. 그러고 보면 의료소년원 시절에도 이나미는 조직의 윤리보다 개인의 신념을 우선하는 남자였다. 그런 존재는 굳어 버린 조직에서는 반드시 소외된다. 동료들이 합세한다면 더 말할 것도 없다.

뭔가 돌파구가 없을까. 그런 생각을 하고 있자 요코가 말을 걸었다.

"선생님, 전화예요."

"지금은 못 받는다고 해 주겠어?"

"그게…… 사이타마 현경의 와타세라는 분이에요."

사이타마 현경의 와타세.

즉시 그의 얼굴이 머릿속에 떠올랐다. 한번 노린 사냥감은 절대 놓치지 않는 맹수 같은 험악한 인상의 남자. 그와는 일전에 사야마시에서 발생한 사건 때문에 적과 아군으로 갈린 적이 있다. 미코시바의 과거도 그때 알려졌다.

"받아야겠군."

외선을 연결하자 다시 듣고 싶지 않았던 그 걸걸한 목소리가 수화기로 흘러나왔다.

─ 여, 미코시바 선생. 오랜만이로군.

"자주 만나고 싶은 상대가 아니니 당연히 오랜만이어야겠지. 그쪽도 마찬가지 아닌가?"

─ 그렇게 많이 다쳤는데도 얄미운 입담은 여전하군.

수화기 너머에서 코웃음을 치는 얼굴이 떠올랐다.

"용건이 없으면 끊겠어."

─ '백락원' 사건을 맡았다던데.

미코시바는 수화기를 내려놓으려다 말았다.

"어디서 그런 얘기를 들었지?"

─ 이봐. 우리 지역에서 일어난 사건이야. 가만히 있어도

뉴스가 흘러들어 오게 돼 있어. 이나미 교관과 모르는 사이도 아니고.

"이미 검찰에 기소된 안건 아닌가? 이제 와서 사이타마 현경이 참견할 게 있겠어?"

—이번에 살해된 도치노의 과거를 알고 있나?

허를 찌르는 질문이었다.

"뭐?"

—선생 입장에서는 정보를 찾기도 쉬울 텐데. 10년 전 재판 기록을 찾아보도록 해. 흥미로운 단서들이 나올지도 모르니.

"……그런 걸 왜 나한테 알려 주지?"

—당연히 더 재미있는 구경거리를 만들려고 그런 거 아니겠어?

그 말을 끝으로 일방적으로 전화가 끊겼다.

불길한 느낌과 함께 회의감이 가슴을 스쳤다. 단순한 와타세의 변덕일까. 아니면 모종의 함정 같은 걸까.

되짚어 보는 동안 떠올랐다. 사야마시 사건 때 와타세의 주변 환경을 조사한 적이 있다. 그때 그가 검거율 넘버원을 자랑하면서도 현경 본부 안에서는 고립돼 있다는 이야기를 들었다. 사냥은 잘하지만 절대 고분고분한 개는 아닌 듯하다. 한마디로 조직과 동떨어진 사람이라는 뜻이다.

그렇다면 도쿄 변호사회의 다니자키나 고류회의 야마자키와 비슷한 부류 아닌가. 나는 왜 그런 사람들과만 엮이는 걸까.

미코시바는 와타세의 의도가 무엇이든 간에 책상 위에 있는 컴퓨터로 곧장 판결 기록을 뒤졌다. 데이터베이스에는 판결 날짜와 심사 기관을 입력하는 곳이 있지만 특정 키워드로도 검색할 수 있다.

키워드에 '도치노 마모루'를 입력하자 몇 초 안 돼 판결문 하나가 표시됐다. 판결문 서두 부분을 잠깐 읽는 것만으로 미코시바는 자신의 기억력 부족에 화가 치밀었다.

사건의 개요는 이랬다.

2003년 8월 6일 부산과 시모노세키 사이를 운항하는 한국적 블루오션호가 전복해 사망자 251명, 실종자 57명을 낸 대형 참사가 발생했다. 그러나 이 참사 때 배에 함께 탄 승객이 갑판에서 일본인 사이에 일어난 다툼을 휴대 전화로 촬영했다. 선미 부근에서 남성이 여성을 구타하고 여성이 입고 있던 구명조끼를 앗아 간 것이다.

선명한 영상이어서 곧장 피해 여성의 가족이 나타났다. 여성은 히우라 가오리 20세. 혼자 관광 여행을 떠났다가 돌아오는 길에 사고를 당했다. 영상은 삽시간에 언론에 퍼졌고 갑판 위 구타 사건은 순식간에 사람들의 눈과 귀를 사로잡았다.

경찰은 남자를 폭행 혐의로 체포해 곧바로 검찰에 송치했지만 폭행은 사건의 전주에 지나지 않았다.

재판이 시작되자 남자의 변호인 측에서 무려 형법 제37조 '긴급 피난'에 따른 무죄를 주장하고 나선 것이다.

미코시바의 머릿속에 당시 소동이 또렷이 되살아났다. 일본 재판에서 '긴급 피난'이 쟁점화된 사례가 극히 희박해 법조계 종사자인 미코시바도 흥미진진하게 재판의 추이를 지켜봤다. 그래서 더욱 기억에 남았다.

검찰 측은 아무리 긴급 피난에 해당한다고 해도 여성을 사망케 해서까지 구명조끼를 빼앗은 것은 과잉 피난에 해당한다며 정면으로 반박했다. 그러나 법원은 결국 변호 측의 주장을 인정해 남자에게 무죄 판결을 내렸다. 폭행 증거는 녹화 영상밖에 없고 새로운 증거가 나오지 않는 이상 상급심에서 다퉈 봐야 승산이 없으므로 검찰은 항소를 포기, 결국 남자의 무죄 판결이 확정됐다.

그 남자가 바로 도치노 마모루인 것이다.

해난 사고와 그에 얽힌 '긴급 피난' 판례. 사건 자체는 기억에 남았지만 피고인의 이름까지는 기억하지 못했다. 그것을 지적해 준 이가 현경의 와타세 경부라는 사실에도 미코시바는 스스로가 한심하게 느껴졌다. 그래도 소중한 정보를 제공해 준 것은 틀림없으니 감사해야 할 것이다.

참으로 얄궂은 일이다.

세상에는 사람을 죽여도 죄를 물을 수 없는 경우가 있다. 전쟁, 사형, 소년 범죄, 형법 제39조, 그리고 긴급 피난이다. 미코시바 자신도 소년법의 보호를 받아 형을 면했으니 그 점에서는 도치노와 같은 부류에 속한다. 그러나 비단 법률에 의한 처벌만이 있는 것은 아니다. 법률에 의해 처벌받지 않은 자도 결국 다른 무언가로 판가름을 받아 골고다 언덕을 오른다. 미코시바는 범죄자의 변호를 맡는 형편이 되었고, 도치노는 전직 소년원 교관에게 살해되는 처지가 됐다.

둘 다 벌을 받은 거라고 할 수 있을 것이다. 한쪽은 앞으로도 영원히 이어지는 속죄, 다른 한쪽은 한순간에 끝나 버린 속죄.

사건 이후 도치노의 행적도 얄궂다고 표현할 수밖에 없다. 도치노는 해난 사고가 일어나기 훨씬 전에 요양 보호사 자격증을 취득했다. 약한 자를 돌보는 일에 종사하는 자가 혼자 살아남으려고 남의 구명조끼를 빼앗아 무죄 판결을 받았고 그 뒤로도 이전에 했던 일을 계속한 것이다. 남의 목숨을 업신여기다가 정중하게 다루고, 오락가락 움직이느라 참으로 바빴던 것으로 보인다.

만약 이런 사실을 요양원 원장이나 직원, 입소자들이 알고 있었다면?

판결에서 무죄를 받았다고 해도 살아남으려고 짐승의 본성을 드러낸 자다. 그런 자가 가까이 있는 것만으로도 공포 아니었을까. 그리고 입소자들이 몸에 두르고 있던 공포에도 영향을 미치지 않았을까.

미코시바는 더욱 생각에 잠겼다. 공포에 겁먹은 사람들의 입을 열게 하려면 어떡해야 할까. 안심시키는 것만으로는 너무 안이해서 실효성이 떨어진다. 미코시바 자신도 오랜 세월 경험으로 배웠다.

두려움은 더 거대한 두려움으로 극복할 수 있다. 입소자들을 겁먹게 한 공포보다 더 큰 공포를 보여 주면 굳게 닫힌 입도 단숨에 열릴 것이다.

"선생님."

생각에 잠긴 미코시바 옆에서 요코가 말을 걸었다.

"응? 뭐지?"

"지금 뭔가 나쁜 꿍꿍이를 떠올리고 계시죠? 변호사 일에 어울리지 않는······."

미코시바는 예리하다며 내심 감탄했다.

"변호사 일에 어울리지 않는다?"

"위법 행위 아니면 그에 준한 행위겠죠."

"왜 그렇게 생각하지?"

"뭔가 그런 얼굴을 하고 계셨거든요."

"얼굴만 보고 그렇게 단정 짓는다고? 초능력자나 마찬가지군."

"전 선생님이 과거에 무슨 일을 하셨는지는 신경 쓰지 않아요. 하지만 지금과 앞으로 뭘 하실지는 신경 쓰죠. 부디 피고인석에 설 만한 행동은 삼가 주세요."

꼭 어머니 같은 말투라 미코시바는 기가 찼다.

"전에도 말했지만 걱정할 필요 없어. 이 사무소가 망해도 다니자키 씨가 자네를 거둬 줄 테니."

"그러니까 그런 말이 아니라고요."

거의 화를 내지 않는 요코가 보기 드물게 목소리를 높였다.

"특공대나 조직의 행동 대장도 아니면서 왜 그렇게 스스로를 해치는 방향으로 달리시려는 거예요?"

"호랑이 굴에 들어가야 호랑이를 잡는다는 말이 있지."

"군자는 위험한 곳에 가지 않는다는 말도 있어요."

"아쉽지만 군자 같은 것과는 거리가 멀어서."

"선생님은 현명하신 분이에요. 적어도 법정 안에서는 그러지 않나요? 그럼 법정 밖에서도 현명한 방법을 택해 주세요. 부탁드려요."

요코는 거의 자포자기한 것처럼 내뱉고 곧장 자기 자리로 돌아갔다.

그러고 보니 요코는 아직 미코시바가 법정에 선 모습을 본 적이 없다. 법정 안에서 현명하다는 것은 아마도 어디서 주워듣고 상상한 것이리라.

법정에서 직접 그 모습을 봤다면 절대 지금 같은 환상을 입에 담지 않았을 것이다.

3

다음 날 미코시바가 다시 '백락원'을 방문했을 때부터 이미 징후가 느껴졌다. 방문 목적을 알리러 원장실에 들어가자 쓰노다가 눈에 띄게 긴장하고 있었기 때문이다.

"오늘은 무슨 일로……?"

눈빛이 낯익었다. 내 과거가 밝혀진 직후 법정에서 나를 보던 방청객들의 눈빛과 같은 눈빛이었다.

공포와 기피의 눈빛이다.

누군가가 내 소년 시절 범죄를 알려 줬다고 생각할 수밖에 없다. 미코시바는 즉시 그것을 이용해 보기로 했다.

"어제 조사만으로는 좀 부족해서요. 오늘은 직원분들이 안내해 주지 않으셔도 됩니다. 저 혼자 돌아다니겠습니다."

상대가 겁먹고 있으니 '돌아다녀도 될까요'가 아니라 '돌아다니겠다'라고 선언한다. 선택할 권리는 이쪽에 있다고 상대에게 인식시키는 방법이다.

"……그러시죠."

쓰노다는 고개를 숙인 채로 대답했다. 겁에 질려 꼬리를 내린 강아지 같은 모습이다.

"원장님. 질문이 하나 있습니다. 원장님은 살해된 도치노 보호사가 예전에 어느 재판의 피고인이었던 사실을 아십니까?"

"네?" 쓰노다는 진심으로 놀란 듯했다. "그, 그게 무슨 말씀이신지……."

"지금으로부터 10년 전 도치노 씨가 여행 중 탄 배가 전복됐는데 도치노 씨는 그 소란 속에서 여성 한 명을 죽음에 이르게 했습니다. 재판 결과는 무죄로 나왔지만…… 정말 모르고 계십니까?"

쓰노다는 고개를 좌우로 흔들었다. 몸짓이 자연스러워서 연기하는 것 같지는 않다.

도치노 사건은 피의자 자신이 해난 사고의 피해자라는 사정을 고려해 익명으로 보도됐다. 실명이 오가는 법조계 종사자 외에는 이름을 듣고 10년 전 사건을 떠올리기는 당연히 어려울 것이다.

"도치노 선생이 사람을 죽였다니······."

"그런 분이 다른 사람에게 살해된 것도 인과응보일지 모르죠. 처벌받지 않은 살인자는 의외로 우리 주변에 많습니다."

쓰노다는 또다시 미코시바의 눈길을 피하듯 고개를 숙였다.

원장실에서 나오자마자 마에하라와 맞닥뜨렸다. 그의 반응은 훨씬 걸작이었다. 그는 미코시바와 얼굴을 마주하자마자 세 발짝 정도 뒤로 물러섰다. 쓰노다보다 더 얼굴이 굳었고 마치 흉기를 든 살인귀를 만난 것처럼 겁을 먹고 있다.

어제의 불친절한 태도와 180도 다른 모습을 보고 미코시바는 문득 장난기가 동했다. 다른 사람의 과거 따위로 이토록 태도가 변하는 사람에게 장난 좀 친다고 죄가 되진 않을 것이다.

"왜 그러시죠? 마에하라 씨."

"아, 아뇨. 아무것도……."

"왠지 저를 피하시는 것 같네요. 혹시 누가 저에 대해 안 좋은 소문이라도 들려준 겁니까?"

마에하라는 우물쭈물하다가 몸을 홱 돌려 복도 너머로 사라져 버렸다. 이 역시 싸움에 져 줄행랑을 치는 개의 뒷모습과 꼭 닮았다.

아무래도 직원들뿐만 아니라 입소자 모두에게 내 과거가 밝혀진 게 분명하다. 그렇게 자각한 순간 문득 어깨에서 힘이 빠졌다.

어제 요코가 걱정한 대로 불법적인 협박을 하면서 증언을 얻어 낼 필요가 사라졌다. 내가 가까이 가는 것만으로 사람들이 겁을 집어먹는다면 범죄 요건은 성립하지 않는다. 겁을 먹는 상대의 잘못이다. 별 고생도 하지 않고 어드밴티지를 얻어 낸 셈이다.

'시체 배달부'라는 별명으로 손가락질당하고 두려움의 대상이 되는 데는 이미 익숙해졌다. 인간은 원래 자신의 이해 범위를 넘어서는 것을 잘 이해하지 못하고, 두려워하고, 증오하고, 배제하려고 하는 생물이다. 한때의 별명이 이나미를 변호하는 데 도움이 된다면 그보다 더 좋을 일은 없다는 생각마저 들었다.

휴게실에 들어가자마자 구니무라가 눈에 들어왔다.

구니무라는 다른 노인과 대화를 나누다가 미코시바를 보고 노골적으로 얼굴을 찌푸렸다. 더러운 존재를 내려다보는 듯한 눈빛으로 보아 그도 미코시바의 과거를 들은 게 분명했다.

"또 당신인가?"

"이나미 씨의 변호인은 저뿐이라서요."

"이나미 씨가 사선 변호인을 쓸 여유는 없겠지. 쓴다면 국선일 텐데 이런 곳까지 찾아오는 당신의 열의를 이해하지 못하다가 이제야 이해했어. 오래전에 이나미 씨가 소년원 교관이었다고 들었는데 당신과 그런 사이였군."

매우 정확한 정보여서 조금 감탄했다.

"누구에게 그런 이야기를 들으셨습니까?"

"왜? 과거 전과를 퍼뜨리고 다녔다고 보복이라도 하려고?"

"설마요. 그냥 궁금해서 그럽니다."

"직원 중 한 명이라고 해 둘까."

"인터넷 정보라도 본 걸까요?"

"대부분 그렇지 않나? 어젯밤부터 아주 신이 나서 퍼뜨리고 다니던데."

마에하라의 얼굴이 바로 떠올랐다. 어제 방문 후 미코시바에 대해 조사하려고 인터넷에 이름을 검색하자 곧장 '시체 배달부' 이야기가 나왔을 것이다. 그래서 부랴부랴 쓰노다 원장에게 보고했고 그것도 모자라 요양원 안에도 떠들고 다닌 게 아닐까. 그라면 충분히 그럴 법하다.

"구니무라 씨는 제가 무섭지 않습니까?"

"이 나이가 되면 세상 무서울 게 별로 없는 법이야. 저승사자도 안 무섭지. 무서운 거라면……"

구니무라는 갑자기 말을 하다가 말았다.

"무서운 거라면?"

"……아무것도 아닐세. 나한테 무서울 게 있겠나? 지옥에 떨어져도 삼도천에서 도깨비와 씨름 한판 할 생각인데."

구니무라는 흘러간 옛노래의 가사를 들먹여가며 기세등등하게 말하지만 미코시바의 눈에는 허세를 부리는 것처럼 보였다.

"그건 그렇고, 구니무라 씨는 도치노 보호사가 과거에 폭행 혐의로 피고인이었던 걸 아십니까?"

"뭐라고?"

"10년 전 부산에서 시모노세키로 향하는 배가 전복된 사고를 기억하시나요?"

"아, 그래……. 수많은 승객이 목숨을 잃은 사고였지. 그때 아마 일본인끼리 서로 구명조끼를 빼앗으려고 다툰 게 사건으로 발전했지?"

"그때 여성을 구타해 구명조끼를 빼앗은 사람이 바로 도치노 씨입니다."

그러자 구니무라는 입을 반쯤 떡 벌렸다.

"녀석이 그랬다고?"

진심으로 놀란 것처럼 눈을 휘둥그레 뜬다. 연기라면 아카데미상 감이다.

"그런데 구니무라 씨. 입술에 붓기가 생긴 지 얼마 안 된 것 같은데, 어디 부딪히기라도 했습니까?"

구니무라는 미코시바의 말을 듣자마자 손으로 입을 가렸지만 이미 늦은 걸 깨달았는지 마지못해 손을 뗐다.

"넘어져서 다친 거야."

"아, 넘어지셨군요. 카펫이 깔린 이 바닥에 넘어져서 그렇게 다쳤다는 말씀입니까?"

"원래 나이를 먹으면 몸 이곳저곳이 무르고 약해져!"

미코시바는 구니무라를 몰아붙였다. 구니무라는 허를 찔린 것처럼 살짝 뒷걸음질 쳤다.

"대체 뭘 감추고 계신 겁니까?"

"가, 감추다니. 그런 거 없어."

"오, 그런가요."

미코시바는 가볍게 웃어 보였다. 어떻게 웃어야 상대가 가장 섬뜩하게 느낄지는 평소 경험을 통해 이미 진저리가 날 만큼 잘 알고 있다.

"나이가 들면 약해지는 게 몸만은 아니죠. 마음도 그렇습니다. 삼도천에서 도깨비와 씨름하겠다고 하셨는데, 상대가 도깨비가 아닌 악마라면 어떨까요?"

"아, 악마라니."

"지금은 '시체 배달부'라는 별명이 널리 회자되지만 실은 다른 별명이 붙었던 적도 있습니다. '열네 살의 악마'라는 별명이죠. 이건 작명 센스가 별로라 금세 묻혔지만, 개인적으로는 마음에 듭니다. 도깨비라면 화기애애하게 씨름할 수 있겠지만 악마는 그렇지 않거든요. 등 뒤에서 몰래 다가가 가장 고통스러운 방법으로 상대의 숨통을 끊어 놓는 게 악마입니다."

구니무라의 눈빛에 공포가 스친다. 그러나 이 정도 말은 협박으로 인정되지도 않는다.

"덧붙이면 악마들은 더없이 현명할뿐더러 끈기도 대단하지요. 구니무라 씨가 지금 숨기고 있는 걸 순식간에 폭로해 낼 겁니다. 그다음에 기다리는 것은 구니무라 씨가 지적한

대로 보복입니다. 내 의뢰인을 끌어내리려 한 이들에게는 일말의 동정심도 필요하지 않다. 악마는 자신이 가진 모든 권력, 떠올릴 수 있는 모든 책략을 총동원해 상대를 지옥으로 떨어뜨릴 겁니다."

"그런 위협에 대체 누가……."

미코시바는 얼굴을 바싹 갖다 붙였다.

"직접 손을 뻗는 것 같은 어리석은 짓은 하지 않습니다. 교활한 악마는 다양한 수법을 터득하고 있죠. 부디 얕보지 말아 주셨으면 합니다, 구니무라 씨. 나중에 후회하지 마시고 지금 숨기고 있는 걸 전부 털어놓는 게 좋지 않을까요?"

아무래도 효과가 있었는지 구니무라의 얼굴에서 순식간에 핏기가 사라졌다. 이 이상의 위협은 허용 범위를 넘는다.

"분명 악마와 손을 잡기는 싫으실 테죠. 그렇지만 악마라서 할 수 있는 일들도 있습니다. 이나미 씨를 구하려면 그 사악한 힘이 필요할 겁니다."

구니무라의 눈빛이 망설임으로 흔들린다. 뭔가를 끝까지 감출 것인지 아니면 털어놓을지를 아직도 고민하는 듯하다.

"사진 한 장을. 잠시 실례하겠습니다."

미코시바는 말하기가 무섭게 가져온 디지털카메라로 구니무라의 얼굴 사진을 찍었다. 불의의 습격에 구니무라는 미처 얼굴을 가릴 새도 없었다.

"지금 당장이 아니어도 됩니다. 마음이 바뀌면 언제든지 절 불러 주십시오."

미코시바는 그렇게 말하고 구니무라의 어깨를 가볍게 한 번 두드리고 다음 상대를 찾아 나섰다.

고토 세이지는 벽에 붙은 난간을 쥐고 복도를 걷는 중이었다. 다리 움직임에 모든 신경을 쏟고 있어 미코시바가 말을 건 순간 그는 허둥지둥 난간에 몸을 기댔다.

"재활 훈련 중에 죄송합니다."

"아, 아, 아."

얼굴에서 나타나는 두려움이 쓰노다나 마에하라와 비슷하거나 그 이상이다. 처음부터 겁먹은 상대를 몰아붙여서는 안 된다. 미코시바는 3미터 남짓 거리를 유지하기로 했다.

"보아하니 고토 씨도 제가 예전에 저지른 악행을 들으신 듯하군요."

"저, 저리 가. 저리 가란 말이야!"

"이야기만 좀 듣고 금방 사라져 드리겠습니다. 고토 씨, 고토 씨는 도치노 보호사가 오래전에 사람을 죽인 것을 알고 계십니까?"

고토의 표정에 변화가 없다. 미코시바를 알아봤을 때 혼란스러워하던 얼굴을 지금은 필사적으로 뒤로 돌리려고 한다.

그런가.

"고토 씨는 알고 계셨군요. 혹시 도치노 씨에게 직접 들으신 겁니까?"

"으, 으……."

"자신의 죄를 참회하는 게 아니라 고토 씨를 위협하기 위해. 자신의 지시에 따르도록 하기 위해."

반론이 없다.

고토는 점차 고개를 아래로 숙였다.

지금껏 단 한 번도 만나 본 적 없는 도치노의 평소 행태가 선명한 영상이 되어 머릿속에 재생됐다. 골다공증을 앓는 힘없는 노인의 걸음걸이를 조롱하고 실수를 질책하고, 그리고…….

미코시바는 소리 없이 고토에게 다가가 그가 입은 셔츠 자락을 움켜쥐고 단숨에 들어 올렸다.

"아앗!"

고토가 힘없이 비명을 질렀지만 알 바 아니다. 그의 상반신이 눈에 들어오자마자 미코시바는 이맛살을 찌푸렸다.

가슴과 배 부분이 온통 푸른 멍과 찰과상으로 가득했다. 미코시바는 가져온 디지털카메라를 꺼내 그 처참한 상처를 가까이에서 찍었다.

천천히 셔츠를 다시 내리자 고토는 수치스러운 듯 다시 머리를 떨궜다.

"실례했습니다."

미코시바는 고개를 숙였다. 이쪽의 의도가 어떤지를 떠나 지금은 사과해야 한다.

"갑자기 놀라게 해서 죄송합니다. 이나미 씨를 변호하기 위해 어쩔 수 없는 선택이었다고 이해해 주십시오. 고토 씨를 괴롭힐 생각은 털끝만큼도 없습니다."

자세히 보니 고토는 눈물을 머금고 있었다. 그러나 미코시바에게는 노인의 눈물에 흔들릴 만한 감정이 없다. 즉시 그곳을 벗어나 다음 증인을 찾기 시작했다.

세 번째 증인 우스다 다이스케는 식당에 있었다. 큰 창으로 눈부신 햇살이 들어오는데도 휠체어에 탄 노인은 벽 옆에서 직사광선을 피하고 있다.

"우스다 씨."

미코시바가 불러도 우스다는 반응하지 않았다. 미코시바는 그에게 다가갔다.

정면에 서자 우스다는 그제야 미코시바에게 고개를 돌렸다. 여전히 초점이 맞지 않아 말이 통할지 의심스럽다. 다만

이 노인의 의사가 명확한 것만은 확실했다.

"우스다 씨는 도치노 보호사가 사람을 죽인 걸 알고 계십니까?"

우스다는 조각상처럼 움직임을 멈췄다. 이 상태로 한 손을 턱에 가져가면 로댕의 '생각하는 사람'이 될 것이다. 미코시바는 조각상이 다시 움직일 때까지 참을성 있게 기다렸다.

"선생님은 사람을 죽였어."

마침내 입에서 나온 목소리는 몹시 쉬어 있었다.

"도치노 씨가 직접 그렇게 말했습니까?"

"선생님은 사람을 죽였어. 바다 위에서 여자를 죽였어!"

느닷없이 우스다가 목청껏 소리쳤다. 옆에서 보면 치매를 앓는 노인이 허튼소리를 지껄이는 것처럼 보일 것이다.

그러나 이는 진실의 외침이다. 말을 잘 못하는 우스다가 10년 전 해난 사고의 개요를 이토록 명확하게 말하는 것은 근처에 정보를 전달한 이가 없으면 불가능할 것이다. 그리고 그 정보를 전달할 만한 사람은 도치노 본인뿐이다.

"우스다 씨. 잠시 실례하겠습니다."

미코시바는 조심스레 우스다의 잠옷에 손을 갖다 대고 조금씩 위로 올렸다. 우스다는 저항하지 않았다.

잠시 후 나타난 상반신에는 푸른 멍과 찰과상이 있었다. 최근에 생긴 것은 적어 보이지만 원체 고령자이고 신진대사가 느려 상처가 아무는 속도가 더딜 것이다.

미코시바는 이번에도 사진을 찍고 잠옷을 원래대로 돌렸다.

"그럼 실례 많았습니다."

고개를 꾸벅 숙이고 다시 한번 식당을 둘러봤다.

식탁 단위로 구분된 장소. 칸막이가 벽이 되어 옆 조의 모습을 볼 수 없다. 아직 식사 시간 전이라 식탁 위에 아무것도 없어서 칸막이만 낮았다면 마치 도서관 같은 분위기일 것이다.

미코시바는 다시 발걸음을 뗐다. 다음으로 찾아갈 상대는 십중팔구 그곳에 있을 것이다.

화단 근처에는 예상대로 오가사와라 부인의 모습이 보였다. 오늘도 CD 카세트에서는 모차르트의 선율이 조용히 흐르고 있다.

"모차르트를 좋아하시는 듯하군요."

오가사와라 부인은 미코시바의 목소리에 즉시 반응했다.

"선생님도 모차르트를 들으시나요?"

"아뇨. 전 베토벤 파라서요. 모차르트를 들으면 종종 잠이 쏟아지곤 합니다."

"모차르트의 음악을 들으면 알파파가 생성돼 진정 효과가 있다는…… 그런 이유로 한때 유행했던 적도 있죠."

"유행을 별로 안 좋아하시나 보군요."

"대세나 유행 같은 걸로 자기 취향을 정하는 사람을 존경하지 않을 뿐이에요. 그건 선생님도 마찬가지 아닌가요?"

"잠깐 앉아도 되겠습니까?"

"그러셔요."

맞은편에 앉자 오가사와라 부인의 몸이 더욱 자그맣게 보였다.

"제 과거를 이미 다른 분께 들으셨겠죠."

"들었다기보다 억지로 들을 수밖에 없었어요. 그렇게 고래고래 떠들고 다니면 늙은이 귀에도 들리기 마련이니까요."

"제가 무섭지 않으십니까?"

"전혀."

"왜죠?"

"우리 세대는 전쟁터에서 사람을 죽인 사람을 많이 봤으니까요. 평범한 사람이 다른 사람을 죽이는 부조리함을 잘 알아요."

"전쟁터에서 사람을 죽이는 것과 자신의 욕구를 채우기 위해 죽이는 건 다릅니다."

"아뇨. 다르지 않아요. 조건과 시대가 달라졌다고 사안의 옳고 그름까지 바뀌는 건 이상하지 않을까요? 아, 물론 이건 평범한 늙은 여자의 감각이랍니다. 변호사 선생님께는 우스울지도 모르겠네요."

"변호사라고 해서 인간의 본질을 모조리 파악한다고 보기는 어렵습니다. 심지어 전 사람의 몸을 토막 내 보기도 한 인간입니다만 아직도 인간이라는 생물이 도통 어떤 존재인지 잘 모르겠습니다. 저 자신이 누군지도요."

"그걸 알아낼 때까지 사람을 죽이실 건가요?"

"의뢰인을 변호하다 보면 언뜻 속마음이 보이는 순간이 있습니다. 그걸로 만족하고 있는지도 모르겠네요."

"그럼 마음이 놓이네요."

"왜죠?"

"미코시바 선생님은 뛰어난 분이니 일감이 끊길 리는 없어 보이니까요. 그럼 그 만족감도 계속 이어지겠죠?"

미코시바는 고개를 흔들었다. 이 노부인은 역시 호락호락하지 않다.

"그런데 오늘은 무슨 용건이시죠? 설마 늙은이를 상대로 옛날이야기를 하려고 오신 건 아닐 텐데."

"옛날이야기인 건 맞습니다. 오가사와라 씨께서는 도치노 보호사가 예전에 어느 재판의 피고인이었던 걸 아십니까?"

"……교통사고 같은 건가요?"

"폭행 사건입니다. 침몰하기 직전 배 위에서 여성 승객을 폭행해 구명조끼를 빼앗았죠."

미코시바가 사건의 전모를 설명하자 오가사와라 부인의 표정이 점차 어두워졌다.

"그래서 그 판결은 어떻게 끝났나요?"

"1심은 무죄. 항소해 봐야 새로운 증거가 나오지 않는 이상 역전을 기대할 수 없었습니다. 검찰은 항소를 포기했고 도치노 씨는 무죄가 확정됐죠."

"불쾌한 이야기네요."

오가사와라 부인이 나직이 중얼거렸다.

"이 역시 평범한 인간이 다른 사람을 죽였지만 죄를 묻지 않은 사례입니다."

"그런가요. 타인을 죽이는 행위, 상처 입히는 행위에 저항감이 사라지면 더는 평범한 인간이 아니에요."

역시 그랬나.

"오가사와라 씨. 실례지만 팔을 좀 보여 주시겠습니까?"

오가사와라 부인은 허를 찔린 듯 미코시바를 쳐다봤다.

"제가 뭘 확인하려는지 이미 대충 감을 잡으셨겠죠?"

"……그런 걸 왜?"

"같은 조의 다른 분들이 모두 비슷한 체험을 하셨으니."

두 사람은 잠시 눈싸움을 이어 갔다.

먼저 움직인 쪽은 오가사와라 부인이었다. 그녀는 고개를 살짝 숙이고 셔츠 왼쪽 소매를 걷어 올렸다.

겉으로 드러난 피부에는 푸른 멍 자국이 몇 개 보였다.

"사진을 찍겠습니다."

오가사와라 부인이 거절하려 하지 않아 미코시바는 그녀의 팔을 촬영했다.

미코시바가 고개를 꾸벅 숙이자 오가사와라 부인은 즉시 소매를 다시 내렸다. 어지간히 부끄러움을 참고 있었던 것으로 보인다.

"왜 소리치지 않으셨습니까?"

대답이 없다.

"처음 이곳을 방문했을 때부터 뭔가 좋지 않은 느낌은 받았습니다. 입소하신 분들이 모두 뭔가에 겁을 먹은 것 같더군요. 보호사들을 선생님이라고 부르는 것도 신경 쓰였고요."

"……역시 그랬나요."

오가사와라 부인은 입꼬리를 올려 미소 지었다.

"인간은 원래 아무리 이상한 환경에 처해도 적응만 하면 이상하다고 못 느끼는 법이에요."

"학대, 말이군요."

"미코시바 선생님. 이곳에는 감시 카메라가 설치돼 있답니다. 설치한 인물에게 불리한 장면만을 녹화해 재생하는 훌륭한 카메라가요."

원장을 비롯한 보호사들을 지칭하는 것이리라.

"불리한 이야기를 한 사람에게는 엄벌이 기다리죠. 그래서 아무도 입을 떼려고 하지 않아요. 하지만 선생님이 사진을 찍고 다니시는 건 선생님의 선택이지 저희 탓이 아니에요."

"고발하실 생각은 없습니까?"

"저희는 모두 새장 속에 갇힌 새 같은 존재예요. 이곳을 나가면 더는 갈 곳이 없답니다. 그럴 만한 체력이나 기운도 없고요."

오가사와라 부인의 말에는 조금 전까지 있던 생기가 느껴지지 않았다.

미코시바는 조용히 자리에서 일어섰다.

"폐를 끼쳤습니다. 그러나 조만간 다시 뵙게 될지도 모르겠군요."

"모쪼록 몸조심하세요."

목소리가 물기를 머금고 있다. 이런 자신을 걱정해 준다는 게 조금 의외였다.

"괜찮습니다. 어차피 병 든 사람이나 고령자들만 건드리는 녀석들이니까요."

학대에서 그친 자와 경계선을 넘어 버린 자의 차이는 큽니다. 미코시바는 목 끝까지 차오른 그 말을 다시 집어삼켰다.

마지막 상대는 휴게실에 있었다.

모미야마 스미는 휠체어 위에서 움직이지 않고 멍하니 있었다. 뭔가를 보거나 듣는 것도 아니다. 가만히 앉아 마치 시설의 비품처럼 놓여 있다.

옆에는 우루시자와 보호사가 있었다. 옆에 있어도 모미야마를 돌보거나 말을 거는 것은 아니다. 조금 떨어진 곳에 우두커니 서서 핸드폰만 만지작거리고 있다.

"잠깐 자리 좀 비워 주시겠습니까?"

미코시바가 말을 걸자 우루시자와는 앗, 하고 짧게 소리치더니 하마터면 핸드폰을 떨어뜨릴 뻔했다. 레슬러 같은 체구의 보호사에게도 '시체 배달부'의 악명이 퍼진 모양이다.

"입소자를 방치할 수는 없습니다."

지금까지도 방치한 거나 마찬가지 아닌가. 미코시바는 그렇게 생각했지만 그 말을 입 밖에 내지 않았다.

"여쭤볼 게 좀 있어서요. 2~3분이면 됩니다."

"여쭤볼 거요? 이런 환자한테 뭘 물어본다는 겁니까? 대답을 어떻게 들으시려고요?"

"보호사에게는 보호사 나름의, 변호사에게는 변호사 나름의 방법이 다 있는 법입니다."

"하지만……."

"쓰노다 원장님께서 제게 자유롭게 움직여도 된다고 하셨습니다. 못 미더우시면 직접 확인해 보시던지요."

쓰노다의 이름을 듣고 우루시자와는 혀를 쯧 차고 휴게실을 나갔다.

시간 여유가 없어 보인다.

미코시바는 근처에 보호사가 없는 것을 확인하고 모미야마 스미의 잠옷 밑자락에 손을 갖다 댔다. 그대로 위로 걷어 올리자 옆구리의 총 세 곳과 등의 두 곳에 타박상이 있었다. 지금까지 그랬던 것처럼 확대 촬영하고 서둘러 잠옷을 다시 원래대로 돌렸다. 이번에는 그녀가 침묵을 지키는 것이 다행이었다.

이로써 물어볼 것은 물어봤고 확인할 것도 전부 확인했다. 나머지는 사무소에 돌아가 검토하면 된다.

쓰노다 원장에게 굳이 인사하러 가지 않아도 될 것 같아 그대로 현관문을 나서자 문 앞에 남자 몇 명이 서 있었다.

보호사들이다. 그중에는 마에하라와 우루시자와의 모습도 보였다.

굳이 표정을 살필 것도 없이 아무래도 순순히 보내 주지는 않을 분위기다.

먼저 입을 연 사람은 마에하라였다.

"선생님. 시설 사진만 찍은 게 아니라 노친네들 누드 사진까지 찍었다던데요."

"아, 그래. 모두 한눈에 반할 만한 몸을 하고 있더군. 사진집을 만들어 시청 복지과나 사이타마 현경에 갖다 팔면 날개 돋친 듯 팔려 나갈 것 같은데."

"고령자들은 원래 자주 넘어지고 비품에 부딪혀 상처가 끊이지 않습니다."

"오, 그런 것치고 멍의 형태나 상처 모양이 하나같이 비슷비슷하더군. 무언가 같은 것으로 얻어맞았다고 볼 수밖에 없겠던데. 분석하면 뭘 썼는지 금방 나오겠지."

"선생님. 뭔가 착각⋯⋯."

"요양원 안에서 일어나는, 보호사들의 입소자 학대. 단순한 이야기지."

그러자 보호사들의 눈빛이 순식간에 적대감으로 바뀌었다.

"요양 보호사인 당신들을 선생님이라고 부르게 하고 일상적으로 학대를 가한다. 그것도 모자라 옷에 가려 알아볼 수 없는 곳만 골라서 때린다. 반항하면 밥을 주지 않는 것도 좋겠군. 공적 기관에서 조사가 들어오면 좀 더 다양한 이야기가 쏟아져 나오겠지?"

"당신이 요양 보호에 대해 뭘 알아?"

변명에는 절실함이 묻어났다.

"치매를 앓는 노인네들과 하루 종일 부대끼면서 지내 봤어? 애써 나눠준 음식을 끊임없이 바닥에 흘리고, 때와 장소를 가리지 않고 오줌을 지려 대고, 그 뒤처리를 해야 하는 사람의 비참함을 당신이 아느냐는 말이야. 치료하려고 하면 짐승처럼 반항하고, 물건을 집어 던지고, 덤벼들고, 심지어 이로 물기까지 해. 그런 환자들과 다투면서 돌봐야 하는 공포를 알기나 해? 밤에 지친 몸을 끌고 눈을 좀 붙이려고 해도 고성을 지르거나 여기저기 배회하는 사람들도 있어. 아침부터 밤까지 마음 편히 쉴 수 없는 괴로움을 느껴 본 적이 있어? 이미 제대로 된 판단 능력이 없는 사람들이야. 이쪽이 조금 세게 나가지 않으면 이 일은 할 수가 없다고."

"왜 나한테 그런 이야기를 하지? 번지수를 잘못 짚은 것 같은데."

미코시바는 그들을 상대할 마음이 없었다.

'필요악'이라는 명목으로 원래라면 허용되지 않을 일들을 한다. 사회복지법인이라고 해도 개인이 경영하는 곳이면 내부 통제를 할 수 없어 비정상적인 것이 일상이 된다. 직업윤리가 왜곡되든 말든 이념 자체가 붕괴해 버린 탓에 복구할 도리가 없다. 폐쇄적인 조직과 시설에서 흔히 일어나는 현상이다.

"이토록 모인 걸 보니 아무래도 보호사들뿐만 아니라 쓰노다 원장의 의향도 반영된 듯하군."

"디지털카메라를 넘겨." 마에하라가 한 발짝 앞으로 나섰다. "몸 성히 집에 가고 싶으면 지금 당장 카메라를 넘기고 오늘 여기서 보고 들은 것들을 잊도록 해."

참으로 멍청한 녀석들이다. 늘 폭력으로만 모든 것을 해결하다 보니 교섭을 할 때도 폭력으로 해결하려고 든다. 그야말로 머릿속이 텅텅 비었고 이 정도면 고류회의 야마자키 쪽이 훨씬 우수하다고 할 수 있다.

"비켜."

이야기를 길게 이어 나갈 생각은 없었다.

"난 바쁜 몸이야."

그러자 보호사들이 마침내 마음을 굳힌 듯했다. 그들은 험악한 기운을 숨기지 않고 미코시바에게 슬금슬금 다가왔다.

"우리를 너무 우습게 보는 것 같네. 이래 봬도 매일매일 날뛰는 환자들을 상대하느라 단련된 몸이야."

"그쪽이 내 과거를 퍼뜨렸다지?"

"그래서 뭐?"

"평소에도 폭력을 행사하는 데 익숙한 듯하군. 그럼 사람을 죽여 본 적도 있나?"

순간 보호사들이 발걸음을 멈췄다.

흥. 겁만 살짝 줬을 뿐인데 이 모양인가.

"칼끝이 사람의 몸을 파고드는 감촉을 느껴 봤나? 힘껏 조른 목에서 호흡이 서서히 꺼져 가는 기운을 아나? 사람 눈이 유리구슬처럼 점점 뿌옇게 변하는 걸 본 적 있나?"

"그, 그래 봐야 다 옛날이야기야."

"범죄자의 재범률이 60퍼센트에 달한다는 걸 어떻게 생각하지? 경험자이니 가르쳐 주지. 사람 한 명을 죽이면 두 번째부터는 망설임도 사라지기 마련이야. 타인의 목숨을 빼앗는 데 아무런 거부감을 못 느끼는 거야. 일상적으로 노인들을 학대하는 당신들도 이해할 만한 논리 같은데?"

"지금 당신 처지에서 그런 짓을 할 수 있을 리……."

"다수에 한 명이 맞서는 상황. 이런 상황에서는 사람 몇 명쯤 죽여도 정당방위가 성립하겠지. 그리고 애초에 난 변호사야. 내 몸 하나를 건사할 방법은 얼마든지 알고 있어."

미코시바가 앞으로 나서자 보호사들이 주춤주춤 뒤로 물러섰다.

"사람을 죽이는 기술과 죽이고 나서 처벌받지 않는 방법도 전부 알고 있지. 그런 인간의 앞길을 막아서려는 건가?"

미코시바는 성큼성큼 나아가 마에하라의 눈앞에 얼굴을 들이밀었다. 마에하라는 공포로 눈을 부릅떴다.

"죽고 싶어?"

그러자 마에하라는 히익, 하고 한심한 비명을 내지르고 그 자리에 털썩 주저앉았다.

공포로 다른 이를 겁박하는 인간이야말로 가장 공포에 취약하다. 보호사들은 길을 터 주듯 미코시바에게서 하나둘 떨어지기 시작했다.

미코시바는 당당하게 '백락원'을 나갔다.

기분은 최악이었다.

4

기소 이후 이나미의 신병은 사이타마 구치소로 이감됐다.

면회실에서 5분 정도 기다리자 이나미가 교도관이 미는 휠체어를 타고 나타났다.

"뭔가 득도한 얼굴이군."

이나미는 그렇게 운을 뗐다.

"그렇게 이상하게 보지 말게. 이래 봬도 남의 얼굴을 읽는 능력은 아직 죽지 않았어. 그래서, 대체 뭘 깨달았지?"

미코시바는 말없이 주머니에서 사진 몇 장을 꺼내 아크릴판에 갖다 댔다. '백락원' 입소자들의 몸에 남은 학대 흔적이 찍힌 사진이다.

이나미는 아크릴판에 얼굴을 가까이하고 사진을 보다가 잠시 후 낙담한 것처럼 짧게 탄식했다.

"'백락원'에 몇 번 찾아갔지?"

"어제가 두 번째였습니다."

"고작 두 번 만에 이런 증거들을 갖고 온 건가. 역시 대단한 변호사야. 쓰노다 원장과 마에하라가 넋 놓고 있었을 리 없을 텐데."

넋 놓고 있었던 게 아니라 보고도 포기한 것이다.

그러나 그 말을 꺼내면 이야기가 길어질 것 같아 일부러 하지 않았다.

"……그런 곳에 5년이나 계셨다니, 대단하십니다."

"거기 말고는 갈 곳이 없었으니. 그곳을 고른 게 운이 나빴다고 해야겠지."

"저항하지 않으셨습니까?"

"했지."

이나미는 태연하게 대답했다.

"허리부터 아래로는 몰라도 팔 힘은 아직 자신 있으니까. 나같이 팔팔한 노인들한테는 녀석들도 쉽사리 손을 뻗지 않아. 물론 휠체어가 없으면 하체를 못 움직이니 불리하기는 했지만."

이나미의 말을 듣고 이해가 갔다. 보호사들이 입소자에게 가한 학대는 저항하는 자, 바꿔 말해 의사 표시를 할 수 있는 자일수록 가벼웠고 그렇지 않은 자들에게는 심한 경향이 엿보였다. 목소리가 큰 사람에게는 힘을 조절하고 목소리가 작은 사람은 철저히 괴롭히는 구도다.

"도치노는 10년 전 어느 사건의 피고인이었습니다."

"그랬다더군."

"알고 계셨습니까?"

"도치노가 고토 영감한테 위협하듯 그 얘기를 꺼내는 걸 들은 적이 있어."

"다른 입소자들에게는 알리지 않았습니까?"

"알려 봐야 헛되이 공포만 키울 뿐이니."

"도치노는 종종 자신의 과거를 들먹이며 상대를 위협했습니다. 말대꾸를 안 하는 사람, 저항을 못 하는 사람에게만 자신의 과거 죄상을 알리며 위협한 것처럼 보입니다. 내 말을 안 들으면 그 여자처럼 당신도 똑같이 죽여 버리겠다는 식으로요."

"보호사 녀석들한테도 이야기를 들었나?"

"요양 보호가 네 생각만큼 만만한 일이 아니다. 포악한 환자들에게서 자기 자신을 지키기 위해서는 어느 정도의 강제력이 필요하다. 그렇게 항변하더군요."

"그 이야기를 듣고 뭔가 떠오르는 게 없던가?"

"아뇨, 그보다 이미 훨씬 전에 떠올렸습니다. 그 요양원이 간토 의료소년원과 똑같다는 것을요."

이제 와서 생각하면 처음부터 기시감이 느껴졌다. 폐쇄적인 분위기, 응어리진 원망, 불순한 시선. 모든 것이 의료소년원에도 똑같이 만연해 있었다.

"가키자토 교관을 기억하나?"

잊었을 리 없다. 그야말로 포악한 교육 담당 교관이었다. 그는 한번 점찍은 원생을 일상적으로 괴롭혔다. 당시 미코시바와 말이 통했던 어느 원생을 자살로 몰고 간 교관이기도 하다.

"그 가키자토가 교관실에서 종종 이렇게 투덜거렸지. 밖에서는 소년원 내부에 대해 아무것도 모른다고. 수많은 예비 범죄자 꼬맹이들을 끌어안고 있는 우리는 끊임없이 위험에 노출돼 있다. 그런데 밖에서는 소년 범죄자의 건전한 갱생을 믿어 의심치 않는다. 이런 불량한 꼬맹이들로부터 나 자신을 지키며 갱생까지 도맡아 할 수 있겠느냐. 교관 한 명이 떠안고 있는 책임이 너무 크다. 거기다가 월급도 적어 이 짓으로 먹고살기가 힘들다."

그야말로 가키자토가 내뱉었을 법한 말이다. 그리고 그 말은 마에하라의 말과 정확히 겹쳤다.

"아무래도 자네도 깨달은 것 같군. 그 마에하라라는 자식이 가키자토와 한통속이란 걸. 스스로는 이런 방식이 옳다. 아니, 옳지 않을 수도 있지만 현장에서는 이렇게 하는 것 말고는 방법이 없다고 믿는 거지. 이런 인간은 의외로 흔해."

"교관님은 달랐습니다."

"그래서 난 모난 돌 취급이었지. 의료소년원, 그리고 '백락원'에서도."

이나미는 피식 웃었다.

"요양원에 입소하자 누군가를 관리하는 쪽에서 관리받는

쪽으로 처지가 바뀌었잖아. 그러니까 확실히 보이더군. 소년원에 들어오는 아이들, 요양원을 찾는 노인들은 세상에서 배척받는다는 점에서 똑같다는 걸. 그리고 그들을 지도하는 교관과 보호사도 비슷한 존재라는 걸. 자신과는 성질이 다른 집단, 무슨 짓을 저지를지 모르는 사람들을 제어할 때는 공포로 그들을 지배하는 게 가장 쉽지."

"교관님. 교관님도 도치노에게 폭행을 당했습니까?"

"그래. 몇 번인가."

"지금도 흔적이 남아 있나요?"

이나미는 등을 돌려 입고 있던 셔츠를 대번에 걷어 올렸다. 등에는 교차하는 형태의 길쭉한 멍이 남아 있었다.

"휠체어에서 내던져지고 대걸레 자루로 흠씬 두들겨 맞았지. 나이가 들면 원래 상처도 잘 안 아무는 법이야."

셔츠를 다시 내리고 이쪽을 돌아보는 이나미의 얼굴이 신기하게도 평온해 보였다.

"조금 전 자네가 보여준 사진보다는 훨씬 가벼운 상처지. 그만큼 녀석들이 날 두려워했다는 증거이기도 해."

이나미는 마치 어린아이처럼 의기양양하게 말했다.

그러나 미코시바는 덩달아 웃을 수 없었다.

"그게 진짜 동기였습니까?"

미코시바는 공격적으로 물었지만 이나미는 온화한 표정을 지우지 않았다.

"일상적으로 반복된 학대. 자신만이 아니라 저항도 못 하는 다른 노인들에게까지 향한 학대. 교관님은 그런 상황을 참지 못해 결국 도치노를 죽였다. 아닙니까?"

"뭐 큰 틀에서는 틀리지 않는다고 해야겠군. 처음에도 말했지만 난 도치노를 증오해서 죽였어. 증오한 이유에는 내가 폭력을 당한 것도 있지만 녀석이 다른 노인들을 괴롭히는 걸 못 보고 넘어간 것도 있지."

"왜 처음부터 알려 주지 않으셨죠?"

"그 요양원에서 폭력을 제일 많이 휘두른 사람이 도치노였네. 그런 녀석이 반감을 사서 결국 나한테 살해됐다는 건 아마 관계자들도 대부분 눈치챘을 거야. 그래서 마에하라와 우루시자와 같은 녀석들도 지금은 몸을 사리고 있겠지. 내가 도치노를 죽인 게 좋은 약이 된 거야. 그 덕에 시설에서 벌어지던 학대가 이제는 사라진 거고."

"도치노를 비롯한 보호사들을 고발해야겠다는 생각은 안 하셨습니까?"

"고발하는 건 간단하지. 실력 좋은 형사가 사건을 맡으면 원장 이하 직원 몇 명을 폭행죄나 다른 구실로 잡아갈 수도 있었을 거야. 하지만 그럼 결과가 어떻게 되겠나? '백락원'은 쓰노다 일가가 경영하는 복지 법인이야. 쓰노다와 직원들이 체포되면 시설도 폐쇄될 수밖에 없겠지. 그럼 그곳에 입소한 노인들을 누가 거둬 갈까? 아무도 거들떠보지 않을걸. 이건 선의 차원의 문제가 아닐세. 그냥 갈 곳이 없는 거야."

그래서 더는 '백락원'을 궁지에 몰아넣을 수 없다는 뜻일까.

"이나미 교관님. 잘하면 돌파구가 될 수도 있습니다."

"돌파구?"

"교관님의 진술 조서를 읽었습니다."

"오. 그렇군. 감상은?"

"최악이죠. 도치노를 살해한 동기부터 범행 과정까지 아주 자세히 진술돼 있더군요. 그 조서만 있으면 검찰의 승소는 떼어 놓은 당상입니다."

진술 조서뿐만이 아니다. 흉기로 쓰인 꽃병은 도치노의 머리 부분에 난 치명상과 형태가 완전히 일치할 뿐만 아니라 이나미의 지문까지 뚜렷이 찍혀 있었다.

사건이 발생한 시간이 점심시간이어서 이나미가 도치노를 꽃병으로 때리는 모습은 같은 조의 모든 입소자가 목격했다. 현장 검증을 할 때도 의사소통이 불가능한 모미야마

스미를 제외하고 구니무라, 고토, 오가사와라 부인, 우스다까지 당시 상황을 증언했다.

동기, 기회, 방법, 그리고 자백 조서. 검찰 입장에서 보면 모든 재료가 완벽히 갖춰졌다. 변호인 측에서 보면 과실 치사죄를 면하기 어렵다. 변호인이 할 수 있는 거라고는 이나미의 나이와 법무 교관으로서의 실적을 앞세워 정상 참작을 끌어내는 정도일 것이다.

그러나 피해자의 평소 악행을 공격 재료로 삼으면 승산이 아예 없는 것도 아니다.

"교관님 등에도 상처가 남아 있어 다행입니다."

"응? 그게 무슨 소리지?"

"입소자들은 매일같이 도치노의 폭력에 떨고 있었습니다. 개중에는 도치노에게 직접 과거 범죄 이야기를 들으며 협박 비슷한 걸 당한 사람도 있죠. 그런 사람이 위협하면 누구든 신변의 위험을 느낄 겁니다. 과거 그에게 폭력을 당한 자라면 더욱 그렇고요. 이런 요소를 내세우면 정당방위를 주장할 여지도 충분합니다."

"정당방위라. 하지만 그때 난 꽃병을 들고 있었어. 도치노는 무방비 상태였고. 이건 오히려 과잉 방위 아닌가?"

"교관님이 신체가 건강한 사람이었다면 과잉 방위겠죠.

하지만 교관님은 하반신을 쓸 수 없는 상태입니다. 그걸 반론 재료로 삼을 수……."

"아니, 그렇지 않아."

이나미는 미코시바의 말을 중간에 잘랐다.

"그건 정당방위 같은 게 아니었어."

"교관님!"

"그러니까 그렇게 말하지 말게. 잘 들어, 미코시바. 이유가 뭐든 내가 사람을 죽인 건 엄연한 사실이야. 자네가 아무리 실력이 뛰어난 변호사라고 해도 이 사실만은 뒤집을 수 없지. 거기에 이것저것 이유를 갖다 붙인다고 해서 죄를 피할 수는 없어."

"말도 안 되는 소리 하지 마십시오. 그럼 제가 무얼 위해 지금 여기 있는 겁니까?"

"자네가 어떻게 변호한다고 해도 난 재판장에게 합당한 처벌을 내려 달라고 말할 생각일세."

"그건 자살 행위나 마찬가지예요."

"내가 저지른 짓을 속죄하지 않으면 지금까지의 내 삶을 송두리째 부정하는 꼴이 돼."

지금까지 수많은 소년 범죄자들을 바른길로 이끌고 그들의 앞날을 지켜봐 온 이나미다운 말이다.

그러나 머리로는 이해해도 감정이 받아들이지 못했다.

"교관님. 적당히 좀 하십시오."

"내 말 잘 듣게. 내 나이가 이제 곧 일흔여섯이야. 평균 수명까지 산다고 해도 앞으로 4년밖에 안 남았지. 이게 무슨 뜻인지 아나? 만약 상해 치사 판결이 떨어져도 내가 무사히 형기를 마치는 게 빠를까, 아니면 저세상으로 가는 날이 빠를까? 내 나이를 생각하면 저세상으로 가는 게 더 빠르지 않겠어?"

이나미는 마치 남의 일처럼 담담하게 말했다.

"그리고 자네가 실력을 발휘해 감형을 얻어 낸다고 해도 과연 얼마나 감형될까? 집행 유예가 붙는다고 해도 저세상으로 가 버리면 소용없겠지. 교도소 안에서 죽을지, '백락원'의 익숙한 방 안에서 죽을지, 아니면 병원 침대 위에서 죽을지. 그냥 장소만 다를 뿐일세."

"저한테 일을 하지 말라는 말입니까?"

"아니. 자네는 자네 일을 하게. 다만 내 마음은 그것과는 별개라는 뜻이야. 죄인과 변호사가 한 몸이 되어 싸우는 건 억울한 무죄 사건, 그리고 양형이 지나치게 무거울 때. 그 정도로 충분하지 않겠나?"

미코시바는 그 말을 들으며 또다시 현기증을 느낄 뻔했다.

피고인은 자신의 인생을 헛되이 하지 않기 위해 법정에서 싸운다. 변호사는 의뢰인을 위해 싸운다. 두 사람의 생각이 일치하므로 한 조가 되어 법정 투쟁을 이어 갈 수 있다.

그러나 이 나이 든 피고인은 변호사의 도움이 필요하지 않다고 잘라 말하고 있다. 변호사와 같은 방향으로 가지 않겠다고 선언하고 있다.

마치 내 존재 자체가 부정된 듯한 기분이었다. 그 상대가 이나미라는 사실에 더욱 마음이 무거웠다.

"이제 그만하지. 말을 많이 해서 지쳤어."

이나미가 신호를 보내자 교도관이 다가왔다.

"그럼 이만."

이나미는 오른손을 흔들며 면회실에서 나갔다.

요코는 사무소에 돌아온 미코시바를 보자마자 이상하다는 듯이 물었다.

"선생님. 무슨 일이라도 있었나요?"

"무슨 일?"

"아뇨…… 그게……."

미코시바는 얼굴에 뭐라도 묻었나 싶어 어두워진 창문에 비친 자신을 바라봤다.

그러자 비로소 이해했다. 마치 전 재산을 경마로 탕진한 듯한 얼굴의 남자가 그곳에 서 있었다.

"피곤하신 것 같아요."

"연락 같은 건?"

"특별히 없었어요."

"그래. 오늘은 유독 고맙군."

미코시바는 책상 앞에 앉자마자 이나미 사건의 수사 기록을 열었다.

자네는 자네 일을 하라고?

형의 만기와 저세상으로 가는 것 중에 어느 쪽이 빠르냐고?

미코시바는 가슴에 분노가 차올랐다. 지금껏 만나 온 의뢰인은 대부분 겁쟁이에 교활하고 자신의 삶에 유독 집착이 강해 옆에서 보기 볼썽사나울 때가 많았다. 그래서 그런 이들을 승소로 이끌면서 적잖은 쾌감을 느끼기도 했다.

하지만 이나미는 어떠한가. 배짱이 넘치고 매사 진지하고 삶에 집착이 없는 데다 마치 경건한 신자처럼 자신을 벌해 달라 말하고 있다.

웃기지 마! 이러면 조폭까지 써서 변호인 자리를 따낸 나는 뭐가 되나. 우스꽝스러운 어릿광대나 마찬가지 아닌가.

앞으로 살날이 얼마 안 남았다고 제멋대로 해석하는 건

또 뭐란 말인가. 만약 장수한다면 어쩔 생각인가. 10년, 아니 그 이상 교도소 안에서 틀어박혀 살 것인가.

그렇게 두지 않는다.

이나미가 얄미운 소리를 할 수 있을 때 그를 석방해 보이겠다.

지금까지의 수사 기록에 오류는 찾아볼 수 없다.

우라와 의대 법의학 교실에서 작성한 사법 해부 감정서. 집도의 미쓰자키 도지로 교수는 해당 분야에서 손꼽히는 부검 전문의다. 감정서 내용은 세세하고 둔기 폭행에 따른 뇌타박상이라는 소견에 조금의 빈틈도 없다. 함께 첨부된 꽃병 밑바닥과 상처 형태를 비교한 사진도 수긍할 수밖에 없다.

현장 사진은 살해 현장이 협소했기 때문에 몇 장 되지 않았다. 그러나 바닥에 쓰러진 도치노의 시신, 피가 흐른 바닥, 식탁과 의자 위치, 흉기인 꽃병 등 빠진 건 없다. 꽃병은 꽃 한 송이가 겨우 들어갈 정도로 가늘어 이나미가 손에 쥐었다면 손가락이 남았을 것이다. 뚜렷하게 남은 지문과 이나미의 지문을 비교 대조할 수 있도록 확대 사진까지 첨부돼 있다.

진술 조서 역시 완벽하다. 이나미 본인에게 말한 것처럼 동기부터 살해까지의 흐름에 부자연스러운 부분은 하나도 보이지 않는다. 재판관이 가장 중요시하는 증거는 아마 이 진술 조서가 될 것이다.

미코시바에게 승산이 있다면 이 조서에는 적히지 않은 도치노의 악행을 드러내는 일밖에 없다. 도치노가 해난 사고 당시 여성 승객을 폭행해 구명조끼를 빼앗아 살아남았다는 점. 그리고 요양원에서 일상적으로 학대를 반복해 입소자들 사이에서 공포의 대상이었다는 점. 도치노의 심증이 나빠질수록 이나미에게 동정이 모인다. 학대의 공포로부터 본능적으로 손을 뻗었다고 재판관을 설득할 수만 있다면 정당방위가 인정될 가능성도 있다.

그러려면 '백락원' 입소자들의 증언이 꼭 필요하다. 증인은 많으면 많을수록 좋다. 되도록 약해 보이는 사람이어야 한다. 약자만을 골라 학대했다면 피해자 도치노에 대한 연민도 없앨 수 있다. 그들의 앞으로의 삶을 걱정하는 이나미는 절대 달가워하지 않겠지만 승소를 위해서는 어쩔 수 없다. 도치노를 포함한 보호사들에게 학대당해 온 원한이 있으니 그들은 내가 어떻게 설득하느냐에 따라 증언대에 서 줄 것이다.

대략적인 변호 방침은 정했다. 이제는 이나미의 정당방위를 입증할 재료가 더 있는지를 찾아야 한다. 다른 입소자들이 무서워했다고 해도 정작 이나미가 도치노를 공포의 대상으로 보지 않았다면 설득력이 없다.

입소자들에게 과장된 증언을 유도해 볼까. 평소 이나미가 도치노를 두려워했다는 식으로 다 함께 입을 맞춘다. 아무리 말다툼을 벌였다고 해도 그 온화한 이나미가 느닷없이 흉기를 손에 들었다. 마음 한구석에서 도치노를 두려워하지 않았다면 절대 그런 행동도 하지 않았을 것이다. 따라서 평소 이나미가 도치노를 두려워했다고 증언하는 건 위증에 해당하지 않는다.

미코시바는 일단 거기까지 방침을 정하고 생각을 멈췄다.

왠지 모를 위화감이 느껴졌다. 언뜻 보일 듯 말 듯 하면서 사고를 방해한다.

뭔가가 번뜩일 징조다.

미코시바는 수사 기록 첫 장으로 돌아갔다. 기록을 읽다가 느낀 감정이다. 그렇다면 기록을 되짚으면 위화감의 정체도 밝혀질 것이다.

감정서.

시신 사진.

현장 사진.

흉기.

진술 조서.

뒤이어 '백락원'의 풍경을 머릿속에 재현한다. 정면 현관, 원장실, 식당, 휴게실, 복도, 그리고 화단.

갑자기 머릿속에서 섬광이 번쩍 일었다.

손가락이 사진 한 장으로 향한다.

사진을 내려다보는 동안 의심이 먹구름처럼 피어올랐다.

이런 게 왜 여기 있지? 좀 이상하잖아.

미코시바는 그 사진을 뚫어지게 바라봤다.

3

증인의 겹약

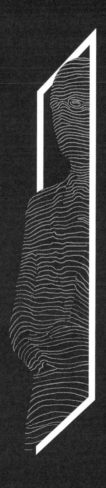

1

3월 18일 요양 보호사 살해 사건의 첫 번째 공판, 사이타마 지방 법원 403호 법정.

미코시바가 법정 안에 들어서자 법정에 싸늘한 긴장감이 감돌았다. 변호인석으로 향하는 도중에도 가득 찬 방청석에서 따가운 눈초리가 쏟아졌다.

"저 녀석이야, 저 녀석. '시체 배달부' 소노베 신이치로."

"개명해서 딴 사람인 척하는 건가?"

"저기가 저 녀석 자리가 맞아?"

이나미 사건이 언론에 보도됐다고 해도 방청석이 가득 들어찬 건 변호를 맡은 이가 과거 살인을 저지른 변호사라는 소문이 퍼진 탓이 분명하다. 요즘은 취미로 재판을 보러 다니는 사람이 늘었다고 한다. 욕설 섞인 중얼거림도 아마 그런 녀석들 입에서 나오는 것이리라. 전임자인 쓰루가 변호사의 예상이 정확히 들어맞았다.

미코시바의 눈에는 자신의 취미를 '재판 방청'이라고 거리낌 없이 말하는 이들도 매우 흥미로웠다. 스스로는 개성 넘치는 취미라고 생각하고 있겠지만 엿보기와 구경꾼 근성은 저열한 인간들에게 공통된 성질이다. 법정에서의 피고인 모습, 검찰과 변호인의 맹렬한 다툼을 구경하고 싶어 저속한 호기심을 드러내는 것이 그렇게 당당할 일일까.

어차피 방청인들은 무시해도 된다. 문제는 재판관석에 앉아 있는 재판관 세 명과 배심원 여섯 명에게 받을 심증이다.

재판관은 선입견을 버리고 법정에 임하라고 배운다. 피고인과 변호인의 사상, 종교, 과거에 판단이 좌우되지 않도록 교육받는다.

그러나 배심원들은 다르다. 물론 사전에 그런 편견을 버리도록 단단히 주의받지만 사법의 프로들과는 밑바탕부터가 다르다. 그들이 미코시바를 '시체 배달부 소노베 신이치로'로서 보지 않을 리 없다. 다시 말해 처음부터 심증이 좋지 않은 셈이고, 어지간히 냉정하고 진지하게 행동하지 않는 한 그들 여섯 명의 판단을 뒤흔들 수 없다.

미코시바는 지금껏 가식을 집어던지고 증인의 발언을 수상한 것으로 인식시켜 재판을 뒤집는 방식을 취해 왔다. 그래서 승소를 거머쥔 안건도 적지 않았다. 담담하게 사실을 나열하는 것에만 집중하는 검찰 입장에서는 기습 공격처럼 느끼기도 했을 것이다.

그러나 이번에는 그런 방식이 오히려 해가 될 수 있다. 선입견을 버리지 못한 배심원이 미코시바의 변호 방식에 혐오감을 품으면 그만큼 불리해진다.

이렇게 된 이상 처음에는 정공법으로 나가는 수밖에 없어 보인다. 어디까지 통할지는 몰라도 일단 검찰 측 주장의 모순을 세세하게 파고들어야 한다.

미코시바의 뒤를 이어 그 검찰 측 인물이 법정 안에 들어왔다.

야노 미키야스 검사. 이름은 알지만 얼굴을 마주한 것은 법정 안팎을 떠나 이번이 처음이다. 작년 기록은 패소 없음. 서른아홉 나이치고 젊어 보이고 20대라고 해도 통할 외모다. 잘생긴 얼굴에 머리는 빗질을 꼼꼼히 했다. 상, 하의와 조끼까지 갖춘 양복은 주름 하나 없어 검사라기보다 꼭 잘나가는 회사원처럼 보이기도 한다.

야노는 검찰 측 자리에 앉자마자 미코시바를 힐끗 봤다. 시선에 온기가 느껴지지 않는다. 소년 범죄 이력을 가진 자에 대한 혐오, 광역 폭력단과 연계된 변호사에 대한 모멸도 없는 마치 감정 없는 파충류 같은 눈빛이다. 타고 난 것인지 아니면 검사 생활을 하면서 길러진 것인지 몰라도 까다로운 상대인 것만은 확실해 보였다.

뒤이어 휠체어를 탄 이나미가 교도관과 함께 들어왔다. 융통성이라고는 없는 법원답게 걷지도 못하는 피고인의 허리에 포승줄을 채웠다.

미코시바를 본 이나미의 태도는 접견 때와 거의 다르지 않았다. 이나미는 옛 친구를 만난 것처럼 눈짓으로 인사하고 미코시바 앞을 가로질렀다.

"미코시바 선생, 안색이 좋지 않군. 밥은 잘 챙겨 먹고 다니나?"

"뭐 그렇죠."

너무 친하게 굴지 말라고 미리 언질을 줬다. 사건의 직접 관계자가 아니니 이렇게 그의 변호를 맡을 수 있지만 전직 교관과 원생 사이라는 인상을 필요 이상으로 심으면 심리에 부정적인 영향을 줄 수 있다.

서기관이 일어섰다.

"법원에서 알려드립니다. 심리에 방해가 될 수 있으니 휴대 전화는 사용을 금해 주십시오. 촬영 및 녹음도 금지됩니다."

그러자 방청석에서 몇 사람이 핸드폰을 꺼내 전원을 껐다.

"방청권은 폐정 후 회수합니다. 중도 퇴정 시에는 방청권을 반납해 주시기 바랍니다."

방청석이 쥐 죽은 듯이 고요해지자 재판관석 뒤쪽에서 희미하게 발소리가 들리더니 잠시 후 재판관 세 명과 배심원 여섯 명이 모습을 드러냈다.

법정 안에 있는 사람들 모두 일어서 그들을 향해 고개를 숙였다.

재판관석 가운데에 앉는 사람이 도야마 하루키 재판장, 우배심 히라누마 이쿠코 재판관, 좌배심 가스가노 데쓰야 재판관.

도야마 앞에서 변론하는 게 이번이 네 번째인가. 50대 중반의 나이, 퉁방울처럼 살짝 튀어나온 눈은 죄를 증오하는 동시에 인간을 증오하는 듯한 인상을 준다. 실제로 그가 내린 예전 판결을 돌이켜보면 검찰 쪽 손을 들어 준 안건이 조금 더 많았다.

미코시바의 과거는 당연히 도야마의 귀에도 들어갔을 것

이다. 재판장 위치에서 변호인의 과거를 양형 잣대로 삼지는 않겠지만 역시 일말의 불안감은 있다. 그가 판결을 내린 재판에서 지금껏 자신이 연승을 거두고 있다는 사실도 조금 마음에 걸렸다.

고류회 사건에서는 별반 신경 쓰이지 않았던 감점 요인이 이제 와서 갑자기 큰 불안 요소가 되는 것은 변호하는 상대가 이나미여서일 것이다.

"그럼 개정하겠습니다. 지금부터 2013년 와 제1254호의 심리를 시작합니다. 피고인은 앞으로 나와 주십시오."

이나미가 손을 들었다.

"죄송합니다, 재판장님."

"뭐죠?"

"똑바로 서고 싶은 마음이 굴뚝같지만 아쉽게도 몸이 불편합니다. 휠체어에 앉아서 해도 괜찮을까요?"

"괜찮습니다. 그럼 이대로 인정 신문을 시작하겠습니다. 피고인은 이름, 생년월일, 본적, 주소, 직업을 말씀해 주십시오."

"이나미 다케오. 1937년 4월 7일. 본적은 도치기현 가와치군 가미노가와마치 이소오카 1374. 주소는 사이타마현 가와구치시 미나미하토가야 9번지 35-4 '백락원'. 직업은 무직입니다."

목이 조금 쉬기는 했어도 진지함이 느껴지는 목소리다.

"검사, 기소장의 공소 사실을 읽어 주십시오."

도야마가 부르자 야노가 일어섰다. 야노는 재판관석을 향해 서서 미코시바 쪽은 돌아보지도 않았다.

"올해 3월 4일 오후 1시경 피고인이 거주하는 특별 노인 요양원 '백락원'에서 피해자 도치노 마모루 요양 보호사가 점심 식사 시간에 나눠 준 식기를 회수하던 중에 평소에도 사이가 좋지 않았던 피고인과 말다툼을 벌였다. 피고인은 식탁 위에 놓인 유리 꽃병으로 피해자의 머리를 구타, 주변에 있는 입소자들이 말리려고 했지만 구타를 멈추지 않았고, 다른 직원이 달려왔을 때는 이미 피해자는 사망한 상태였다. 죄명, 살인죄. 형법 제199조."

"변호인, 방금 검사가 진술한 공소 사실에 해명이 필요합니까?"

"아니요."

미코시바의 대답으로 사안의 소인이 특정됐다. 전투의 시작을 알리는 신호탄이다.

"그럼 죄상 인부를 시작하겠습니다. 피고인. 지금부터 피고인이 법정에서 한 말은 모두 증거가 됩니다. 자신에게 불리하다고 판단되는 사안에서는 묵비권을 행사할 수 있습니다. 아시겠습니까?"

"네."

"그럼 첫 번째로 질문합니다. 조금 전 검사가 읽은 기소장 내용이 사실입니까?"

"네, 사실입니다."

이나미는 한 치의 망설임도 없이 대답했다. 도치노를 죽인 것은 사실이니 이것은 쟁점이 될 수 없다. 다툴 거라면 기소장에 언급되지 않은 부분으로 다퉈야 한다.

"변호인. 의견 있습니까?"

"있습니다."

개전의 신호탄 이후 선전포고 차례다.

"본 변호인은 피고인의 살의 부재를 이유로 무죄를 주장합니다."

순간 법정 안이 술렁였다. 선전 포고로써 위력은 충분한 것처럼 보인다.

이나미는 면회실에서 어떻게 할지 이미 들어서인지 아랑곳하지 않고 법정 안을 바라보고 있다. 야노 검사도 미코시바가 이렇게 나올 것을 예측했는지 동요하는 기운은 조금도 느껴지지 않는다. 다만 도야마를 비롯한 재판관과 배심원 여섯 명은 모두 뜻밖이라는 표정이다.

미코시바는 말을 이었다.

"피고인이 피해자를 살해한 사실은 기소장에 적힌 그대로입니다. 그러나 그것이 말다툼 끝에 벌인 일이라고 해도 피고인에게는 살의가 없었고, 그 행위는 검사가 주장하는 형법 제199조에 해당하지 않는다고 판단합니다."

그 말을 끝으로 미코시바는 자리에 앉았다. 속셈을 다 드러낸 것은 아니지만 이로써 서두 절차는 마친 셈이다. 원래라면 여기서 의뢰인인 이나미와 작전을 짜야 하지만, 이 의뢰인은 접견 때부터 자신이 정상적인 정신 상태로 살인을 저질렀다고 인정하고 있다. 이런 위험한 의뢰인에게는 아무리 변호인이라고 해도 손에 쥔 패를 전부 꺼내 보일 수 없다.

새삼 성가신 의뢰인이라는 생각이 들었다. 지금껏 만난 의뢰인 가운데 비밀이 있는 의뢰인은 있었지만 무죄와 감형을 원하지 않고 제 발로 나서서 처벌을 원한다고 하는 의뢰인은 처음이었다.

미코시바는 문득 불안해졌다.

어쩌면 이 재판에서 내 적은 도야마 재판장과 야노 검사가 아닌 이나미가 될지도 모른다.

도야마는 무뚝뚝한 얼굴로 미코시바를 쳐다보다가 곧장 이나미에게 눈길을 돌렸다.

"알겠습니다. 피고인은 원래 위치로 돌아가십시오."

재판에 익숙하지 않은 배심원들이 미코시바를 힐끔거렸다. 피고인이 공소 사실을 전면 인정하는데 변호인이 무죄를 주장하고 나설 줄은 상상도 못 했을 것이다.

이제 와서 드는 생각이지만 미코시바는 재판관석에 아마추어가 앉아 있는 광경이 눈꼴셨다. 배심원 제도는 당초 시민 감각을 재판에 반영한다는 목표로 시행됐지만 막상 뚜껑을 열어 보니 법정을 가득 채운 것은 시민 감각이 아닌 시민 감정이었다.

2009년 5월부터 2012년 사이 전국 60개 지방 법원과 지부에서 선고된 판결은 약 5천 건. 그중 구형을 넘어선 판결이 약 50건. 이는 배심원 제도가 시행되기 전과 비교해 거의 3배에 달한다.

검찰은 원래 피고인에게 유리한 사정이 참작돼 감형될 가능성을 고려해 구형을 무겁게 내린다. 그러나 아마추어 배심원들의 사사로운 분노가 검찰의 판단 범위를 넘어서 버리는 것이다.

법원은 과거 판례를 기초로 한 적정한 양형 판단을 목표로 내걸었다. 따라서 배심원 제도가 시행된 이후 법원은 과거 비슷한 사건의 양형을 총망라한 '양형 검색 시스템'까지

도입했지만 효과는 거의 없었다. 구형을 넘어서는 판결에서 양형의 경중에 근거가 부족한 사안이 조금씩 나타났기 때문이다. 굳이 검증하지 않아도 알 수 있다. 피해자에 대한 동정 여론이 피고인을 향한 복수심을 부채질해 법적 근거를 무시하고 마는 것이다.

사실 미코시바는 판결에 이런 확정적이지 않은 요소가 개입하게 되는 것을 환영했다. 법조계 종사자가 아닌 아마추어를 상대한다면 심증과 판단 재료는 언제든지 바꿀 수 있다. 저속한 서민 감각과 어린아이 같은 유치한 감정에 호소하는 변론을 펼치면 절로 승리의 기운이 찾아오니 이렇게 편할 수도 없다.

곤혹스러워하는 배심원들을 내버려 둔 채 재판은 속행됐다. 지금부터 증거 조사 절차로 옮겨 가 검찰 측 모두 진술이 시작된다. 야노는 자리에서 벌떡 일어나 책상 위에 놓인 수사 자료에 시선을 향했다.

"피고인 이나미 다케오는 1960년 법무성에 입성해 같은 해부터 교정국에 봉직했고 그 후 법무 교관으로 재직했다. 그리고 1985년 공무 중 사고를 이유로 퇴임, 이후 자택 요양에 전념하다가 2008년 4월 지금의 '백락원'에 입소했다."

순간 미코시바는 가슴이 찌릿했다. 공무 중 사고가 미코시바의 폭행에 의한 것이기 때문이다. 넙다리 네 갈래근 파열. 그것이 이나미를 하반신 불구로 만든 원인이었다.

"법무 교관 시절 피고인은 이렇다 할 징계도 받지 않고 순조롭게 직무를 수행했습니다. 전과 전력도 없습니다. 그러나 '백락원'에 입소하고서부터는 성미가 급해졌고, 특히 담당 보호사였던 피해자와 요양 보호 방법을 둘러싸고 여러 차례 언쟁을 벌인 바 있습니다. 그리고 3월 4일 당일 평소 피고인에게 축적된 울분이 사소한 말다툼을 기점으로 폭발했습니다. 그다음은 조금 전 읽은 기소장 내용과 동일한 관계로 생략합니다."

야노는 한숨을 돌렸다. 다음으로 이어질 내용은 범행 이후 상황과 사건 발각에 이르는 경위다.

"우선 흉기로 사용된 유리 꽃병에 대해서입니다. 치명상이 된 피해자의 머리 부분 구타 흔과 형태가 완전히 일치하고 꽃병을 쥔 피고인의 지문도 묻어 있습니다. 범행 현장은 칸막이로 구분돼 있었지만 같은 식탁을 둘러싸고 있던 입소자들이 피고인이 여러 차례에 걸쳐 피해자를 구타하는 장면을 목격했습니다. 또한 입소자들의 증언으로 예전부터 두 사람이 사사건건 충돌해 왔다는 것도 밝혀졌습니다. 한편 직원의 신고 이후 가와구치 경찰서에서 현장을 엄중히 보존

해 관계자가 아닌 이들의 출입, 증거물의 이동 등은 발생하지 않았습니다. 검찰은 사실을 입증하기 위해 을 1호 증부터 54호 증, 갑 1호 증부터 24호 증을 이미 제출했습니다."

야노가 진술을 마치자 도야마는 미코시바를 쳐다보았다.

"변호인, 지금 검찰의 모두 진술에서 이미 제출됐다고 하는 을호증과 갑호증을 증거로 삼는 것에 동의합니까?"

"본 변호인은 을 8호 증은 동의하지 않습니다."

미코시바의 말에 법정 내부가 어수선해졌다.

보통 자백 사건에서는 검찰이 제출한 증거에 대부분 동의한다. 따라서 일부 증거에 대한 미코시바의 부동의 의견은 기이하게 들릴 것이다.

을 8호 증이란 이나미가 취조 당시 서명 지인한 진술 조서를 뜻한다. 그 내용은 야노가 모두 진술에서 설명한 대로이지만 확고하게 부정해야 하는 부분이 존재했다.

"을 8호 증으로 제출된 피고인의 진술 조서에는 조서를 작성한 검찰관의 유도 신문 때문에 진술한 것 같은 부분이 여러 군데 있습니다. 범행 동기이기도 한 피해자 도치노 씨에 대한 피고인의 심정을 진술한 부분입니다만, 이 날조된 부분이야말로 실제로는 살의가 없었음을 보여 주는 것입니다."

"재판장님."

즉시 야노가 목소리를 높였다.

"지금 변호인은 근거 없이 검찰의 수사 방식을 비방하고 있습니다. 즉시 철회를 요청합니다."

"변호인. 진술 조서가 검찰의 날조에 의한 것이라는 증거를 제시할 수 있습니까?"

"실례했습니다, 재판장님. 검찰 측 날조라는 말은 일단 차치하고 변호인은 해당 부분을 다음 공판에서 논증할 예정입니다."

"알겠습니다. 변호인은 다음 재판 기일까지 법원에 증거를 제출해 주십시오."

변호인 측에서 부동의 의견을 낸 서증에 대해서는 검찰관의 증인 신문이 이뤄진다. 야노가 이나미를 어떻게 신문할지 예상질문과 답변을 준비해 두어야 할 것이다.

"그럼 변호인 측에서 탄원서, 반성문 등의 서증에 대해서는 변호 중으로 취조 청구하겠습니까?"

"조금 전 말씀드렸다시피 본 변호인은 살의의 존재 유무에서 다툴 여지가 있으므로 현시점에 탄원서 등은 취조 청구하지 않을 생각입니다."

"그렇습니까."

"다만."

도야마는 한쪽 눈썹을 찡긋하며 변론을 이어 가려는 미코시바를 바라봤다.

"반론을 위해 증인을 법정에 세우겠습니다."

"알겠습니다. 그럼 미리 증인 신청을 해 주십시오."

도야마는 엄숙하게 절차를 진행하고 있다. 그러나 얼굴에는 약간의 노기가 엿보였다. 예전 같았으면 그저 조금 불쾌한 변호사의 기습 전술 정도로 생각할 일을 지금은 범죄를 훤히 꿰고 있는 전과자의 간계로 받아들이고 있을지 모른다.

한편 야노는 여전히 무표정으로 일관하고 있다. 이런 포커페이스가 타고 난 것인지 아니면 훈련으로 만들어진 것인지를 떠나 왠지 으스스한 것만은 사실이다.

"그럼 검사, 논고를 시작해 주십시오."

"검찰은 피고인에게 징역 15년을 구형합니다."

정황이 상해 치사에 가까운데 15년은 너무 무겁다. 최근 몇 년간 내려진 판결을 참고하면 징역 5년에서 8년 정도가 합당할 것이다. 그런데도 10년이 넘는 구형을 내린 것은 여러 차례 구타를 반복한 행위의 잔혹성을 가산한 걸까.

"변호인은 어떻습니까?"

"본 변호인은 피고인의 무죄를 주장합니다."

"지금 바로 피고인 질문을 시작하겠습니까?"

"아니요."

"그럼 다음 공판에서 입증해 주십시오."

야노와 미코시바는 거의 동시에 자리에 앉았다.

도야마는 다음 공판에서 최종 진술까지 진행하라고 넌지시 지시하고 있다. 법원은 늘 소화해야 할 안건이 넘친다. 자백 사건에 법정을 여러 번 열 생각은 없다는 의사 표시다.

이로써 다음 공판의 흐름은 정해졌다. 야노는 진술 조서의 정당성을 입증하기 위해 백락원의 직원과 입소자를 증인으로 세워 신문할 속셈일 것이다. 그렇다면 이쪽은 신문을 역이용해 진술의 수상적은 요소를 드러내야 한다.

자, 그 입이 무거운 노인들을 어떻게 농락해야 할까. 미코시바가 그렇게 생각하고 있을 때 아무 예고도 없이 이나미가 손을 번쩍 들었다.

"재판장님, 부탁이 있습니다."

허를 찔린 미코시바는 일단 사고를 멈췄다.

사전에 합의하지 않은 상황이다. 대체 무슨 말을 꺼낼 생각일까.

"피고인, 하고 싶은 말이 있다면 최종 진술까지 기다려 주시겠습니까?"

"죄송합니다. 가장 먼저 이 말씀만은 꼭 드리고 싶었습니다."

도야마는 잠시 주저하는 듯했지만 잠시 후 알겠다는 듯 고개를 끄덕였다.

"그럼 간략하게 부탁합니다."

그러자 이나미는 예상 밖의 말을 꺼냈다.

"재판장님. 저에게 마땅한 벌을 내려 주십시오."

미코시바는 무심코 허리를 살짝 일으켰다.

대체 무슨 소리를.

"피고인. 그게 무슨 뜻이죠?"

"저는 정상적인 정신 상태에서 명확한 살의를 품고 도치노 씨를 살해했습니다. 제가 벌을 받는 건 당연합니다."

"재판장님!"

미코시바가 제지하려고 소리쳤지만 이나미는 당황하는 미코시바를 아랑곳하지 않고 말을 이었다.

"원래 사람을 죽이려면 자기 자신도 죽을 각오가 있어야 합니다. 사형도 순순히 받아들이겠습니다."

"재판장님. 피고인은 현재 혼란스러운 상태입니다. 이 발언은 기록에서 삭제해 주시길 바랍니다."

그러자 이나미가 고개만 뒤로 돌려 미코시바를 쳐다봤다.

"미코시바 선생. 미안하지만 난 지금 하나도 혼란스럽지 않네. 오히려 머릿속이 아주 맑아."

그러더니 그는 다시 도야마 쪽으로 고개를 돌렸다.

"재판장님. 저는 법무 교관으로 근무하던 당시 원생들에게 너희가 범한 죄는 반드시 속죄해야 한다고 가르쳤습니다. 그렇게 가르친 당사자가 벌을 회피하려고 해서야 되겠습니까? 저를 반드시 처벌해 주십시오. 부탁드립니다."

이나미는 고개를 깊숙이 숙였다.

법정은 찬물을 끼얹은 듯이 고요해졌다.

마치 죄인의 참회를 듣는 교회 같은 분위기다.

잠시 후 도야마는 조용히 헛기침을 했다.

"피고인에 대한 판결은 최후 변론을 듣고 나서 내려도 늦지 않습니다. 그럼 다음 공판 기일은 4월 2일로 하겠습니다. 폐정."

재판관들이 문 너머로 사라지자마자 미코시바는 이나미에게 달려들었다.

"교관님, 대체 무슨 짓을 하신 겁니까?"

"그렇게 핏대 세우지 않아도 돼. 미코시바 선생."

이나미는 미코시바의 항의를 한 귀로 듣고 흘렸다.

"분명 말씀드리지 않았습니까. 이번 재판에서는 살의의 부재를 주축으로 삼자고요. 입증하는 데 시간이 걸리니 일부러 다음 공판 기일까지 미룬 겁니다. 그런데 마지막에 피고인 본인이 살의를 인정해서 어쩌자는 겁니까? 세상에 변호인의 발목을 이렇게 잡아끄는 피고인이 어딨습니까?"

"미안하게 됐군. 하지만 이건 내 신조야. 신조를 어기면서까지 재판받고 싶지는 않네."

"적당히 좀 하십쇼!"

자기도 모르게 목소리가 거칠어졌다. 그런 반응에 이나미뿐만 아니라 스스로도 놀랐다.

"……변호사의 일은 의뢰인의 이익을 지키는 것입니다. 자꾸 이러면 방법이 없습니다."

"의뢰인의 이익이라면 내가 하고 싶은 대로 하게 두는 것도 이익 아닌가?"

"자살 방조는 이익에 속하지 않습니다. 교관님 주변에는 교관님이 돌아가시면 슬퍼할 사람이 없습니까?"

그러자 이나미는 순간 놀란 듯이 미코시바를 응시했다. 변호를 맡고 나서 처음 보는 얼굴이다.

"왜 그러십니까?"

"아니…… 자네 입에서 그런 말이 나올 줄이야. 내가 가르친 것들이 전혀 쓸모없지는 않았던 것 같아 조금 기뻐지는군. 과연. 그래. 이런 방조는 범죄 행위에 속하겠지. 큰일 날

뻔했군. 자네가 또 같은 전철을 밟게 해서는 안 되는데.”

　미코시바는 다시 이나미를 쳐다봤다.

　염려한 대로다. 이 재판에서 가장 큰 장벽은 다름 아닌 의뢰인이다.

　“갑시다.”

　교도관이 다시 휠체어를 밀었다.

　“미코시바 선생. 나한테 정나미가 떨어지면 바로 말해 줘. 즉시 굴레에서 벗어나게 해 줄 테니.”

　“……제가 그런 성격이 아닌 걸 가장 잘 아는 분이 교관님 아닌가요.”

　“참으로 까다로운 변호사 선생이구먼.”

　“그 말을 그대로 다시 돌려드리겠습니다.”

　이나미는 법정에서 나갔다.

　방청인도 삼삼오오 흩어지는 와중에 야노도 가방을 들고 미코시바 앞을 지나쳐 갔다. 의뢰인에게도 배신당한 변호인을 보며 조롱 한마디 내뱉을 줄 알았지만 야노는 미코시바를 완전히 무시하고 문으로 향했다. 변호인과의 접촉을 철저히 피해 자신이 어떤 인물인지 알리지 않을 작정일까.

　결국 미코시바 혼자 법정에 남았다. 고립무원을 그림으로 그린 듯한 광경에 입술 끝이 살짝 일그러진다.

괜찮다. 지금까지도 비슷한 상황에서 맞서 싸워 왔다. 의뢰인이 제 발로 나서 처벌을 원하는 상황은 성가시지만 나는 이 정도로 꺾여 버릴 만큼 심약하지 않다.

또 헤어질 때 이나미와 나눈 몇 마디를 통해 이나미의 다른 면모도 발견했다.

이나미가 죽으면 슬퍼할 사람이 반드시 존재한다.

그렇다. 이를테면 가족이라거나.

왜 지금껏 떠올리지 못했을까. 가족에게 고삐를 당기게 해 이나미의 폭주를 막을 방법도 있지 않은가. 게다가 미코시바에게는 아직 이나미에게도 보이지 않은 패가 있다. 현시점에는 검찰 측과 격차가 크게 벌어졌지만 아직 1라운드다. 역전의 기회는 앞으로 얼마든지 있다.

미코시바는 엷은 미소를 지으며 법정을 뒤로했다.

2

첫 공판 다음 날 미코시바는 '백락원'에 세 번째로 방문했다. 원장실에서 방문 목적을 알리자 쓰노다는 노골적으로 거부하는 기색을 보였다.

"그날 변호사님이 어떻게 행동했는지 직원들에게 들었습

니다. 아무리 변호 활동이라고 해도 저희 직원들과 갈등이 생기면 곤란합니다."

입소자들의 사진을 찍고 다녔다는 말을 전해 들었을 것이다.

"이런. 그날 전 원장님께 자유롭게 움직여도 된다는 말을 들은 듯합니다만."

"그것도 정도가 있죠."

"원장님은 입소자들 몸에 구타 흔적과 찰과상이 있다는 사실이 마음에 안 드시는 듯하군요."

말이 나온 김에 보여 주자고 생각했다. 미코시바는 미리 가져온 열 장 넘는 사진을 가방에서 꺼내 쓰노다 앞에 펼쳐 놓았다.

부어오른 구니무라의 입술, 고토와 우스다의 상반신, 오가사와라 부인의 오른팔, 모미야마 스미의 옆구리와 등. 검붉거나 푸르게 멍든 부분을 확대해서 찍었다.

"보시다시피 내출혈과 찰과상 등 종류가 다양하지만, 특히 눈에 띄는 커다란 상처들은 하나 같이 형태가 비슷합니다. 뭔가 막대기 같은 걸로 때린 듯한 자국 같지 않습니까?"

그리고 비장의 사진 한 장을 내밀었다. 우루시자와를 뒤에서 찍은 사진인데 미코시바는 한 곳에 초점을 맞췄다.

우루시자와가 허리춤에 찬 길이 30센티미터 남짓의 막대기. 쓰노다의 두 눈이 그곳에 쏠렸다.

"이곳에서 근무하는 직원분들은 모두 이 경찰봉 비슷한 걸 차고 다니시더군요. 듣자 하니 소란을 피우는 환자에게서 자신을 지키기 위한 호신봉이라고 부른다던데요."

"설마 우리 직원들이 입소자들에게 폭력을 가했다는 겁니까? 억지도 이만저만이 아니시군요."

"억지인지 아닌지는 이 사진을 경찰 과학 수사 연구소에 제출하면 밝혀지겠죠. 최신 영상 분석 기술을 활용하면 상처 모양과 호신봉이 일치하는지 증명할 수 있습니다. 아시겠지만 고령자 학대 방지법에 저촉될 경우 이런 요양원의 존속은 크게 흔들릴 겁니다."

쓰노다의 표정이 갈수록 험해졌다.

"미코시바 선생님. 이 사진을 어떡하실 생각입니까?"

"어쩔 수 없이 현재 법정 다툼 중인 사건의 증거물로 제출해야겠죠. 시설 내 학대가 만천하에 드러나면 언론의 이목이 오죽 쏠릴까요. 그러나 제 임무는 의뢰인의 이익을 지키는 것이고 시설 내 학대를 고발하는 건 아닙니다. 그런다고 해서 제 주머니가 두둑해지는 것도 아니니까요. 뭐 입소자분들께서 저를 법률 대리인으로 지명해 소송을 제기한다면 이야기는 달라지겠지만."

"……뭘 원하시죠?"

"제가 앞으로도 자유롭게 조사할 수 있게끔 환경을 만들어 주시면 그걸로 족합니다. 하나 예를 들자면 제가 가는 곳에 필요 이상으로 직원들이 접근하지 못하게 한다든지."

쓰노다는 아마도 시설 내 학대를 알고 있을 것이다. 그리고 지금껏 그것을 방치해 왔다. 만약 경찰이 들이닥치면 직접 학대에 가담했든 안 했든 책임을 면하기 어렵다.

그런 사정을 반대로 이용하려는 것뿐이다.

"원장님도 힘드시겠죠. 시설 경영은 물론 원내 업무까지 일일이 신경 쓰셔야 하니까요. 직원들의 폭력을 발견할 새도 없었을 겁니다."

"무, 물론입니다."

쓰노다의 표정이 대번에 밝아지는 것을 보고 미코시바는 흐뭇해졌다. 처음 예상한 대로 이 남자는 악당이기는 해도 대범하지 않다. 미리 쳐 둔 거미줄에 필사적으로 매달리는 초라한 조무래기 악당에 불과하다.

"그럼 지금 바로 좀 부탁드리겠습니다. 요양원 안에 감시 카메라가 몇 대인가 있죠?"

지난번 왔을 때 오가사와라 부인은 '설치한 인물에게 불리한 장면만을 녹화하는 감시 카메라'라고 했다. 그때 설치한 인물이란 마에하라를 비롯한 보호사들을 암시하는 것이라고 생각했는데 그 뒤 원내를 둘러보니 분명 몇 군데에 카메라가 설치돼 있었다.

"네. 보호사가 없는 곳에서 입소자에게 이변이라도 생기면 큰일이니까요."

"그 기록을 하드디스크째로 보고 싶습니다."

"네? 아, 그러고 보니 사건 현장이었던 식당에는 카메라가 없습니다. 그건 경찰 쪽에도 이미 설명했고요."

"경찰과 똑같은 것들만 조사하면 제 일은 해 나갈 수 없습니다. 그리고 원장님께는 별로 선택의 여지가 없을 텐데요."

미코시바가 지그시 쓰노다를 바라보자 그는 점차 고개를 떨구기 시작했다. 어차피 조무래기 악당이다. 자신보다 더 악랄한 자 앞에서는 꼬리를 내릴 수밖에 없다는 걸 잘 알고 있다.

"고맙습니다. 그럼 녹화 기기부터 보여주십시오."

쓰노다는 마지못해 몸을 일으켜 원장실 옆에 있는 사무실로 갔다.

미코시바는 뒤따라갔다가 깜짝 놀랐다. 별 특징 없는 방에 두 대의 대형 모니터가 설치돼 있고, 그 안에 네 개로 분할된 화면이 띄워져 있다. 다시 말해 총 여덟 대의 카메라가 요양원 내부를 스물네 시간 감시하는 것이다.

모니터 아래에 설치된 녹화 기기는 탈착식 하드디스크가 달린 타입이었다. 용량을 확인하니 500기가바이트다. 프레임 수에 따라 다르기는 해도 화질을 어느 정도 낮추면 5천 시간은 녹화할 수 있는 용량이다. 이 정도 용량이면 사건 발생 전후 시간도 담겨 있을 것이다. 만약 삭제됐다고 해도 디지털 기록인 이상 복원할 수 있다. 또 탈착식이니 해당 하드디스크를 통째로 떼어 갈 수도 있다.

미코시바는 쓰노다의 허락도 받지 않고 하드디스크를 분리했다.

지난번처럼 구니무라는 휴게실 안에 있었다. 이런 곳에서 지내다 보면 죄수도 아닌데도 항상 같은 곳에 있는 듯하다.

"자네도 참 끈질기네. 형사보다 더 열심히 뛰는 것 같은데?"

"그래서 별로 져 본 적도 없죠."

"오. 그거 대단하군."

"당연히 이곳 보호사들에게도 지지 않습니다. 그들이 그 호신봉 같은 걸 아무리 휘두른다고 해도 말이죠."

그러자 구니무라의 표정이 싹 변했다. 불안한 듯 주변을 두리번거리며 누군가를 찾는 모습이다.

"그렇게 겁내지 않으셔도 됩니다. 어차피 보호사는 안 옵니다."

"어?"

"조금 전 원장님과 합의했습니다. 저한테 다가가지 말라고 직원들에게 지시를 내린 모양입니다. 감시 카메라도 작동하지 않고요."

미코시바는 가방에서 조금 전 떼어 온 하드디스크 유닛을 꺼냈다.

"새 하드디스크를 달기 전까지는 영상도 찍히지 않습니다. 두 눈으로 똑똑히 확인했습니다."

"……그 원장을 어떻게 구슬린 거지?"

"구슬린 게 아니라 무너뜨린 거죠. 원래 뒤가 구린 상대한테는 세게 나갈수록 좋습니다."

"그런 기술을 대체 어디서 배웠나? 소년원?"

"소년원에서 배운 것들은 대부분 바깥세상에서도 배울 수 있습니다."

이 말은 진심이다. 몇 년 동안 사회와 단절된 채 살았지만 의료소년원 안에는 갈등이 있고, 항쟁이 있고, 진보가 있고,

퇴화가 있고, 충격이 있고, 평화가 있었다. 즉 세상에 있는 대부분의 것들이 그 안에도 있는 것이다. 그러나 미코시바가 즐겨 쓰는 흥정이나 조종술은 법정 투쟁을 통해 길러졌다.

악당은 수용소 안에서 태어나는 것이 아니다. 이 세상에서 태어나 성장한다.

"그래서 오늘은 또 무슨 일로 왔지?"

"그날 실제로 무슨 일이 일어났는지 궁금합니다."

"무슨 일이냐니……. 식당에 있는 모두가 증언했잖나. 이나미 씨가 도치노를 꽃병으로 때려 죽였다고. 당사자인 이나미 씨도 자백하지 않았나?"

"법정 밖에서도 위증은 죄가 됩니다."

"뭐?"

"어느 누군가가 위증을 하면 무고한 사람이 처벌받게 됩니다. 진범과 위증한 사람 모두 죄의 크기 면에서는 같습니다."

구니무라는 정체를 알 수 없는 뭔가를 본 것처럼 미간을 찌푸렸다.

"그런 법이 있나?"

"육법전서에 적힌 조문이 아닌 모두가 이곳에 품고 있는 법률이죠."

미코시바는 자신의 가슴에 손을 갖다 댔다.

"칫, 무슨 말인가 했더니. 전과자인 줄 알았는데 형사, 형사인 줄 알았는데 이번에는 신부님 행세인가."

"제가 신부 같은 말을 꺼낸 건 그들처럼 악의 본질을 알기 때문입니다."

"흥."

"그런데 그런 도덕관은 저보다는 구니무라 씨 세대에 더욱 짙게 깔려 있지 않나요? 구니무라 씨의 증언 하나로 무고한 사람이 교수대에 선다면 구니무라 씨의 양심이 얼마나 큰 비명을 지를까요."

"어이, 그만해."

구니무라는 어깨를 부르르 떨었다.

"그날 식당에 있던 여러분은 진실을 목격했을 겁니다. 그러나 어떤 사정으로 뒤에서 입을 맞춰 위증을 해야만 했죠."

"그런 일 없어!"

"과연 그럴까요. 예컨대 교통사고나 묻지 마 살인 사건처럼 눈앞에서 엄청난 사건이 일어났을 때 그곳에 있던 자들의 목격 증언에는 일정 부분 오차가 생깁니다. 그러나 모두가 세세한 부분을 조금씩 다르게 말하는 경우는 별로 없죠. 하지만 모두가 입을 맞춰 똑같은 증언을 하려고 했을 때는 또 다른 결과가 나옵니다. 실제로는 일어나지 않은 허구를 설명할 때 개인의 기억력과 이야기를 구성하는 능력의 차이가 반영되기 때문입니다. 실례지만 구니무라 씨처럼 고령인 분들께는 그런 경향이 더욱 뚜렷하게 나타납니다. 이곳 입소자분들의 증언과 이나미 씨의 진술을 비교하면 그 차이는 일목요연합니다."

미코시바는 직접 작성한 일람표를 구니무라의 눈앞에 펼쳐 보였다.

"그, 그건 우리가 기계가 아니니까 정확하게 기억하지 못할 뿐이야."

"저는 구니무라 씨보다 이나미 씨와 훨씬 오래 알고 지냈습니다. 그래서 알 수 있죠. 그 사람이 거짓말을 하는 건 대부분 다른 사람을 감쌀 때라는 걸요."

"그래? 이나미 씨가 거짓말을 한다는 증거라도 있어?"

"직원의 신고를 받고 도착한 경찰이 현장 사진을 몇 장 찍었습니다. 이건 그중 하나입니다."

검찰이 제출한 자료에 사진이 포함돼 있었다. 미코시바는 사진 한 장을 구니무라에게 보였다.

흉기로 사용한 꽃병을 확대한 사진이다.

"이게 뭐 어쨌다고? 이 꽃병에는 도치노의 피와 이나미 씨의 지문이 확실히 남아 있었잖아."

"네. 아주 또렷이 남아 있었죠. 그런데 이건 참으로 이상한 사진입니다."

"뭐가 이상하지? 그냥 평범한 꽃병 같은데."

"꽃병의 형태 자체가 꽃병이 있던 곳과 어울리지 않습니다. 꼭 이나미 씨가 아니어도 누구든 손에 쥐면 손가락이 남을 법한 가늘고 긴 꽃병. 당연히 바닥 면적도 얼마 안 되겠죠. 툭 치면 금방 쓰러져 버릴 겁니다. 이런 꽃병을 두고 이나미 씨는 '충동적으로 식탁에 있던 유리 꽃병을 쥐었다'라고 진술했습니다. 여러분 중에는 고토 씨나 모미야미 씨처럼 팔을 제대로 움직이지 못하는 분이 계십니다. 식기를 붙잡지 못하고, 젓가락을 쥐지 못하고, 손을 똑바로 못 뻗는 분들. 그런 분들이 모인 식탁에 이런 불안한 물건이 놓여 있는 건 적잖이 부자연스럽습니다."

미코시바는 고개를 살짝 숙인 구니무라에게 얼굴을 바짝 들이댔다. 바늘로 찔러도 피 한 방울 나올 것 같지 않은 인상이 이럴 때 도움이 된다.

구니무라는 궁지에 몰린 것처럼 눈길을 피했다.

"그것도 증거라고는 없잖아."

"있습니다."

미코시바가 안색 하나 변하지 않고 대답하자 구니무라는

점점 더 위축됐다.

"이곳에 오기 전에 식당에 들렀습니다. 실례지만 식당뿐 아니라 시설 전체가 별로 청소가 잘 돼 있지 않더군요. 토사물이나 배설물이 자주 생기는 시설에서 종종 이런 모습을 볼 수 있는데, 바닥이 깨끗한 것에 비해 창틀과 의자 다리 같은 곳에는 손을 안 댑니다. 바닥 청소를 자주 하느라 잘 보이지 않는 곳까지는 주의를 못 기울였겠죠. 그게 저한테는 행운이었습니다. 식당 남쪽에 밖으로 나 있는 퇴창이 있죠? 여러분이 앉아 있던 식탁에서는 3미터 정도 떨어져 있을까요. 그 퇴창 쪽에서 물을 흘린 자국을 발견했습니다."

"……물?"

"이런 가는 꽃병은 의외로 다루기 어려워서 익숙하지 않은 사람이 물을 갈면 병 밖으로 물이 흐르거나 병 표면이 젖고는 합니다. 그러면 물은 아래로 흘러 꽃병이 있던 곳에 자국을 남기죠. 그리고 그 자국은 꽃병의 바닥 부분과 형태가 똑같습니다. 창에는 흉기로 쓰인 꽃병 바닥 면과 같은 형태의 자국이 남아 있었습니다. 다시 말해 꽃병은 원래 퇴창 쪽에 있었다는 겁니다. 그렇지 않습니까? 구니무라 씨."

구니무라는 대답할 기색이 없다. 그러나 침묵은 소극적인 긍정이다.

"그렇다면 퇴창에 있던 꽃병이 왜 어느새 식탁으로 이동했을까요. 여러 가지 가능성이 있겠지만 꽃병에 묻은 지문이 이나미 씨 것밖에 없는 사실로 보건대 이나미 씨가 창문에서 직접 가져왔다고 보는 게 가장 자연스럽겠죠. 이나미 씨의 팔 힘이면 식탁에서 퇴창까지 휠체어를 밀어서 갔다 오는 것도 그리 오래 걸리지 않습니다. 그럼 그동안 이나미 씨와 말다툼을 벌이고 바닥에 떨어진 음식 찌꺼기를 치웠다는 도치노 씨는 뭘 하고 있었을까. 평소에도 사이가 좋지 않았고, 비록 다리가 불편하지만 힘은 쓸 줄 아는 상대와 한창 말다툼을 벌이는 와중에 곧장 경계심을 누그러뜨리는 행동을 했다고는 보기 어렵겠죠. 바닥에 흘린 음식 찌꺼기를 치우느라 정신이 팔린 도치노 씨가 얻어맞을 때까지 가만히 있었다는 증언이 부자연스러워지는 대목입니다."

미코시바는 구니무라를 지그시 바라봤다. 입술을 일자로 굳게 다물고 필사적으로 뭔가를 참는 모습이다.

이제 한 발짝 남았나.

"이곳 '백락원'에서 보호사들이 일상적으로 입소자를 학대했다는 건 알고 있습니다. 이나미 씨 혼자 학대에 저항했다는 것도요. 이야기를 어떻게 끌고 가느냐에 따라 이나미 씨의 행동에 합당한 이유를 댈 수도 있습니다. 그러니 가르쳐 주셨으면 합니다. 그날 식당에서 대체 무슨 일이 있었던 겁니까?"

미코시바는 가만히 대답을 기다렸다.

잠시 침묵이 흘렀다. 구니무라는 망설이는 듯 보인다. 아니, 망설이는 게 아니라 떨고 있는 걸까. 자신이 입을 열면 지금까지 지켜 온 무언가가 붕괴해 버릴 거라고 믿는 걸까.

"구니무라 씨."

"약속했네."

배 속 깊숙한 곳에서 쥐어짜 낸 듯한 목소리였다.

"약속? 누구와 말입니까?"

"그것도 말할 수 없어."

"사람 한 명의 유무죄가 걸린 일에도 말입니까?"

"미코시바 선생. 이 나이가 되면 말이지. 실리보다 중요한 게 많아지기 마련이야. 돈이나 재산 같은 것에는 더 미련이 없지만 신뢰와 긍지만은 지키고 싶어져."

법정 안에서는 별로 도움이 되지 않을 논리다. 이나미를 구할 방법도 되지 않는다.

"시설에서 일어난 학대가 만천하에 드러나면 얼마 안 있어 '백락원'은 폐쇄되겠죠. 자신들이 시설에서 쫓겨날 처지가 되는 게 그렇게 두렵습니까?"

미코시바가 거듭 묻자 갑자기 구니무라의 표정이 온화해졌다.

"뭐야. 산전수전 다 겪은 능구렁이인 줄 알았는데 의외로 인간을 잘 모르는군. 미코시바 선생. 우리처럼 나이를 먹으면 말이지. 우선순위가 바뀌어. 내 목숨 하나 따위는 별것 아닌 것처럼 느껴지는 거야."

허를 찔린 미코시바는 살짝 당황했다.

우선순위.

확실히 '백락원' 입소자들과 대화를 나누다 보면 왠지 모를 거리감이 느껴졌다. 원인이 그거였나.

이들은 뭘 원하고 뭘 지키려는 걸까. 그것은 신조이자 가치관이자 행동원리다. 미코시바가 범죄의 동기를 떠올릴 때 고찰하는 기반도 거기에 있다. 그 기반이 다르면 동기에서 범죄자의 심리를 캐려고 해도 정답에 이르지 못한다.

"……전 잘 모르겠습니다."

"우리 나이가 되면 원하지 않아도 알게 될 걸세."

그 뒤로 미코시바가 몇 번 더 물어도 구니무라는 예상 밖의 자제심을 발휘해 아무것도 대답해 주지 않았다.

다음으로 미코시바는 화단으로 향했다. 화단 앞에 놓인

탁자에서는 여전히 오가사와라 부인이 CD 카세트로 음악을 듣고 있다.

눈을 감고 고개를 약간 기울이고 있어 꼭 잠든 것처럼 보이기도 한다.

"또 찾아뵈었습니다."

그렇게 말을 걸자 오가사와라 부인은 살짝 눈을 떴다. 자고 있었던 건 아닌 모양이다.

"어서 오세요. 정말 열심히 하시네요."

"집요하다고 하는 사람도 있습니다."

"전 변호사님의 그런 자세가 싫지 않아요. 요즘은 사람이든 무엇이든 이상하리만큼 포기가 빨라서 재미없죠."

"오히려 끈질기게 파고드는 걸 달갑게 보지 않는 추세지요."

"이곳 원장님과 보호사분들도 달갑게 보지 않으시던가요?"

"네. 지난번까지만 해도 눈엣가시 같은 존재였습니다."

"그럼 지금은 괜찮나요?"

"적어도 원장님은 이해해 주시는 듯합니다. 제가 맡은 일이 이나미 씨의 변호이고, 원장의 관리 책임을 묻는 게 아니라는 것을요."

"어머. 그 원장님이 그렇게 이해하셨다고요?"

"원래 이해득실을 잘 따지는 사람일수록 설득하기도 쉬

운 법입니다. 여러분과 정반대로 말이죠."

"저희라고 이해득실을 못 따지는 건 아니에요. 그보다 우선하는 게 있을 뿐이죠."

"조금 전 구니무라 씨께서도 비슷한 말씀을 하시더군요. 나이가 들면 우선순위가 바뀐다고."

"구니무라 씨가 멋진 말을 하셨네요."

"세대 간의 가치관 차이. 물론 흥미진진하기는 하지만 제 관심은 다른 곳에 있습니다."

미코시바는 정면에서 오가사와라 부인을 바라봤다.

"그날 식당에서 무슨 일이 일어났습니까?"

그리고 구니무라에게 했던 것처럼 사진을 보여 주며 흉기가 된 꽃병이 원래는 퇴창에 놓여 있었던 것을 설명했다.

오가사와라 부인은 미코시바의 이야기를 흥미진진하게 들으며 이따금 맞장구를 쳤다. 그러나 다소 연기가 섞인 것 같기도 해 어디까지가 진심인지 헤아리기 어렵다.

"여기까지가 제가 떠올린 가설입니다. 혹시 반론하실 부분이라도?"

오가사와라 부인은 눈을 가늘게 뜨고 미소 지었다.

"꽃병이 놓여 있던 흔적을 잘도 발견하셨네요. 전 전혀 몰랐는데."

"누군가 꽃병을 다른 곳으로 옮긴 건 인정하시는군요."

"네. 저는 이런 걸 잘 모르는데도 왠지 만점을 드려야 할 것 같아요. 그나저나 왜 변호사님이 발견한 걸 경찰은 눈길도 주지 않았을까요?"

"아마도 목적이 달라서겠죠. 그들은 범인을 체포합니다. 저는 범인을 변호하고요. 그러기 위해 증언을 모읍니다. 자, 알려 주시죠. 그날 식당에서 무슨 일이 일어났는지를."

미코시바가 재촉하자 그녀의 얼굴에서 미소가 사라졌다.

"참 곤란하네요. 저희 말고 다른 분께 물으실 수는 없나요?"

미코시바도 떠올리지 않은 것은 아니다. 사건 발생 시 식당에는 총 네 조의 입소자들이 있었으니 다른 조 입소자들에게 상황을 물을 수도 있겠다고 생각했다.

그러나 이나미 조의 식사 시간이 다른 조보다 늦어졌고, 이나미와 도치노의 말다툼이 시작됐을 때 다른 조는 이미 자리를 비운 뒤였다.

"그때 현장에는 여러분들만 계셨으니까요."

"구니무라 씨가 말 못 하는 걸 제가 말할 수는 없어요."

"약속하신 겁니까?"

"네."

"누구와 한 약속이죠? 이나미 씨인가요?"

"그것도 말하지 않기로 약속했어요."

"이나미 씨의 무죄 판결과 맞바꿀 가치가 있는 겁니까?"

"이나미 씨 본인은 정작 앞날에 별로 미련이 없지 않나요?"

미코시바는 속으로 혀를 찼다.

지금껏 어떤 인간이든 목숨과 돈을 가장 우선순위에 둔다고 생각했다. 그러므로 나 자신도 이렇게 일을 해 나갈 수 있는 것이다. 한계가 있는 수명을 소중히 여기니 감형을 바라고, 상대에게 1엔이라도 더 받아 내고 싶어 소송에서 이기기를 바란다. 그런 전제가 있으므로 미코시바는 타인의 심리를 읽고 함정을 찾을 수 있었다.

그러나 그런 전제가 통하지 않으면 미코시바는 빈손이나 마찬가지인 상태가 된다. 기존의 논리가 먹히지 않고 기존의 무기를 쓸 수 없다.

그렇다면 고색창연한 가치관에 호소할 수밖에 없다.

"여러분 세대에는 생명과 돈보다 소중한 게 있다더군요."

"그러지 않으면 그 누구도 전쟁터에 나가지 않고 여자도 남편과 아들을 보내지 않았겠죠?"

"무고한 이들이 처벌당하는 원죄 사건이라는 말을 아십니까?"

"요새 많다죠. 그런 뉴스를 들을 때마다 국가라는 걸 점점 못 믿겠어요."

"재심 청구가 진행 중인 사안인데 사형수가 이미 옥사하고 없는 사례도 있습니다. 본인이 이미 사망한 마당에 재판이 다시 열려 판결이 뒤집힌다고 해도 의미가 없죠. 그래도 유족과 변호인들은 끊임없이 재심의 문을 두드립니다. 왜일까요? 당사자가 사망한 뒤에도 그의 명예를 회복시켜 주고 싶기 때문입니다."

오가사와라 부인의 표정에는 한 치의 흔들림도 없다. 눈길은 미코시바의 입술에 고정돼 있다.

"이곳에 입소한 분들의 이야기를 듣는 동안 떠올렸습니다. 이나미 교관, 아니 이나미 다케오라는 사람은 실리와 이해득실을 따지며 움직이는 사람이 아니었습니다. 그러기는 커녕 저한테는 이런 말도 하셨죠. 속죄라는 말은 입에 담지도 마라, 행동으로 보여야 한다."

"이나미 씨답네요."

"그는 말뿐인 사죄 같은 건 절대 용납하지 않았습니다. 그가 신뢰하는 재료들은 수준이 엄청나게 높았죠. 그리고 그런 사람이니 저처럼 비뚤어진 인간도 그 말을 믿을 수 있었습니다. 그런 사람이 사소한 갈등 때문에 요양 보호사를 죽이다니, 전 도무지 받아들일 수 없습니다. 그건 이나미 씨의 명예를 깎아내리는 일입니다. 그를 철저히 멸시하고 그에게 돌을 던지는 행위입니다. 오가사와라 씨와 다른 분들의 증언이 그걸 뒷받침하고 있습니다."

그러자 오가사와라 부인은 눈을 내리깔았다.

미코시바가 대답을 기다리자 잠시 후 그녀는 서서히 고개를 들었다.

"죄송하지만 역시 약속을 깰 수는 없겠어요. 대신 다른 이야기를 들려드릴게요."

"다른 이야기?"

"전에 오셨을 때 제 팔을 찍어 가셨죠? 다른 분들 사진도 찍었나요?"

"네. 찍었습니다."

"누가 가장 심하던가요?"

"제가 봤을 때는 고토 씨가 가장 심했습니다."

"실은 저도 줄곧 고토 씨가 마음에 걸렸답니다."

오가사와라 부인의 눈빛이 갑자기 열기를 머금었다.

"그분은 우스다 씨나 모미야마 씨처럼 치매 증상이 심한 것도 아니에요. 이나미 씨나 구니무라 씨처럼 자기주장이 강한 분도 아니죠. 그렇다고 저처럼 말귀를 잘 알아듣는 것도 아니면서 동시에 몸까지 말을 잘 안 들어서 음식물을 자주 바닥에 흘리곤 했어요. 자기 자신을 두려움의 대상으로 만들어 남을 지배하려고 한 도치노 씨 입장에서는 가장 표적으로 삼기 쉬운 분이었어요."

미코시바도 같은 의견이었다. 자신에게 고분고분하고 반항 따위 하지 않는 사람. 도치노 같은 인간에게는 그런 사냥감을 알아보는 천부적인 재능이 있었을 것이다.

"옆에서 봐도 도치노 선생님의 행동은 도가 지나쳤어요. 정신이 올바른 사람의 행동이 아니었죠. 이대로 두면 언젠가 큰일이 벌어질 거라고 생각했어요. 하지만 전 여자고, 도치노 선생님을 말릴 만한 용기와 힘이 없었어요. 그래서 이나미 씨를 찾아가 상담한 거예요. 이나미 씨는 다리가 불편해도 나이에 비해 정정하고 말솜씨도 아주 뛰어났으니까요."

뒷말이 이어지기를 기다렸지만 오가사와라 부인은 그 이상 입을 열지 않았다. 절실한 눈빛으로 미코시바를 바라보기만 했다.

힌트는 주겠지만 나머지는 스스로 생각하라는 눈빛이다. 어떤 인물과의 약속을 지키면서도 이나미를 구하고자 한다면 이럴 수밖에 없을 것이다.

핵심을 말하지 않는다.

그래도 미코시바는 괜찮았다. 그녀가 털어놓아 준 덕분에 이야기의 윤곽은 파악할 수 있었다.

"고맙습니다."

미코시바는 인사하고 자리에서 일어섰다. 오가사와라 부인은 면목 없다는 듯 고개를 숙였다.

"이 정도밖에 말씀 못 드리지만…… 모쪼록 잘 부탁드려요. 이나미 씨를 꼭 도와주세요."

말하지 않아도 안다. 그러나 이왕 말을 들은 김에 미코시바는 거래를 떠올렸다.

"조건이 있습니다."

"뭐죠?"

"법정에서 증언해 주시겠습니까?"

"그건…… 조금 생각해 볼게요."

"잘 부탁드리겠습니다."

화단 앞을 벗어나는 미코시바의 발걸음은 그전보다 가벼워져 있었다.

고토를 발견한 곳은 4인실 방 앞이었다. 아무래도 휴식을 겸해 낮잠을 잘 생각인 듯했다.

고토는 저번에 왔을 때 강제로 사진을 찍힌 것을 떠올렸는지 미코시바를 보자마자 방으로 도망치려고 했다. 그러나

다리가 성치 않은 탓에 이내 가로막혔다.

미코시바는 고토의 셔츠 자락을 가볍게 움켜쥐었다. 그것만으로도 고토는 공포를 느낀 모양이었다.

"죄송합니다, 고토 씨."

"미, 미, 미안. 놓아 줘."

"지난번 같은 짓은 안 합니다. 오늘은 그저 이야기를 들으러 왔습니다."

"놓아 줘. 놓아 줘. 무서워."

"그날도 이런 식으로 이나미 씨께 도움을 요청했습니까?"

그 한마디에 고토는 순간 움직임을 멈췄다.

미코시바는 경계심을 누그러뜨리려 고토의 양어깨에 손을 얹었다.

"도치노 씨는 당신을 주된 표적으로 삼아 학대를 일삼았습니다. 그날도 그랬겠죠. 식사 중 모종의 이유로 도치노 씨는 당신을 때리거나 발로 찼을 겁니다. 물론 이나미 씨가 나서서 말리려 했지만 휠체어를 탄 몸으로 도치노 씨의 움직임을 완전히 제지하는 건 무리였죠. 그러는 동안 도치노 씨의 폭력이 점점 세졌고, 마침내 당신이 위험해질 무렵 이나미 씨는 퇴창에 있는 꽃병을 들어 도치노 씨의 머리를 내려쳤다……. 제 말이 틀렸습니까?"

그러자 고토의 표정이 돌연 일그러졌다.

"흐아앗."

어린아이가 흐느껴 울기 직전 같은 얼굴이다.

"그분은 잘못 없어. 이나미 씨는 잘못 없어. 도, 도와준 거야."

"제 말이 맞습니까?"

"도와줬어. 도와줬어!"

고토는 눈을 부릅뜨고 미코시바를 홱 밀쳤다.

미코시바가 바닥에 넘어지자 고토는 그 옆을 지나 황급히 방 안으로 뛰어갔다. 그리고 자기 침대에 도착하자마자 머리부터 이불을 뒤집어썼다.

"가. 가. 가란 말이야!"

이불 속에서 울음 섞인 소리가 새어 나온다. 이런 상황에서는 질문을 이어 가기 어려울 것이다.

고토가 허리를 숙인 채 부들부들 떨고 있는 게 이불 위로도 보였다. 이래서는 목에 밧줄을 걸어 증언대에 세워도 증언으로 인정받을 수 없다.

진실은 조금씩 보인다. 그러나 증명할 방법이 보이지 않았다.

미코시바는 분한 마음을 억누르고 4인실 문을 닫았다.

머릿속에 입소자들 얼굴이 떠올랐지만 증언대에 세울 사람은 구니무라와 오가사와라 부인 정도일 것이다. 두 사람 중 누군가가 증언을 해 주면 공판의 흐름이 크게 바뀌겠지만 이런 상황에서는 그다지 낙관적이지 않다.

미코시바는 자신이 손에 쥔 패가 부족하다는 것을 새삼 실감했다.

3

미코시바는 사무소에 돌아가 가장 먼저 쓰노다 원장에게 받아 온 하드디스크를 컴퓨터에 장착했다.

요코가 책상 너머로 모니터를 엿봤다.

"선생님. 이번 자료는 서증이 아니라 영상이네요."

"관심 있나?"

"아뇨. 전에 영상 기록은 증거물로 인정되지 않는다고 말씀하신 게 떠올라서요."

미코시바도 어렴풋이 떠올랐다.

현재 영상 기록은 편리성이라는 측면에서 대부분 디지털 방식으로 옮겨 가는 추세다. 화질의 열화가 적고 오랜 시간 녹화할 수 있다는 장점이 아날로그 방식을 훨씬 뛰어넘기 때문이다.

그러나 한편으로 디지털 방식은 조작하기 쉽다는 단점이 있다. 그래서 그동안 법정에서는 증거물로 잘 채택되지 않았다.

하지만 요새는 사정이 조금 달라졌다. 디지털 기술이 발달하면서 조작 여부를 확인할 수 있게 됐기 때문이다. 영상물의 조작 여부를 확인해 문제가 없는 것으로 나오면 증거로 채택하는 움직임이 서서히 늘어났다. 실제 차에 달린 블랙박스가 교통사고 재판에서 증거로 채택되는 사안도 점차 늘고 있다.

"나날이 발전하는 세상을 재판 양식이 따라잡지 못하는 형국이지. 어쨌든 이용할 수 있는 건 다 이용해야 해."

감시 카메라가 설치된 곳은 4인실과 8인실, 휴게실, 안뜰, 복도까지 총 여덟 곳. 직원이 없는 곳에서 입소자에게 무슨 일이 생길 때를 대비한다는 쓰노다의 설명은 사실로 보인다. 식당은 늘 보호사가 함께 가서인지 감시 장소에 포함되지 않았다.

영상을 재생한 지 얼마 안 돼 화면은 '백락원'의 범상치 않은 실태를 비췄다.

안뜰에서 노인이 서툰 손놀림으로 휠체어를 밀자 뒤따라

오는 보호사가 다짜고짜 바퀴 부분을 발로 걷어찼다. 노인이 탄 휠체어는 옆으로 쓰러졌고 바닥에 엎드린 채 고통스러운 표정을 짓는 노인을 보호사는 태연한 얼굴로 내려다보고 있다.

휴게실 한쪽에서 구니무라가 다른 노인과 잡담을 나누고 있다. 그때 마에하라가 나타나 무슨 일인지 화를 낸다. 구니무라가 그에게 대답한 순간 마에하라는 구니무라의 얼굴에 주먹을 날렸다. 구니무라는 손으로 입가를 감싼 채 바닥에 쓰러졌고 다른 노인은 허둥지둥 휴게실에서 나간다.

복도를 걷는 사람은 우스다로 보인다. 휴게실 쪽으로 가려는 것 같은데, 마에하라가 그를 4인실 쪽으로 이끌고 있다. 우스다의 얼굴을 보니 4인실에 가기를 질색하는 것 같다. 두 사람은 잠시 실랑이를 벌이다가 잠시 후 마에하라가 폭발했다. 허리에 찬 호신봉을 뽑아 우스다의 배에 일격을 가한 것이다. 우스다가 버티지 못하고 무릎을 꿇자 마에하라는 그대로 우스다를 질질 끌고 화면 밖으로 사라진다.

화면은 총 네 개로 분할돼 있고 소리는 들리지 않는다. 그러나 화면만 봐도 비명과 욕설이 들리는 것 같고, 소리 없는 영상이 외려 무시무시한 느낌을 증폭시켰다.

"……이게 뭐예요……."

요코는 어깨를 감싼 채 중얼거렸다. 추워 보이지만 사무실 안 온도가 낮아서가 아니다.

4인실 내부를 비춘 영상은 그보다 더 심한 폭력으로 가득 차 있었다.

방 안이 갑자기 밝아진다. 침대 네 개 중 하나가 요란하게 흔들린다. 이불 속에서 누군가가 날뛰고 있는 것이다. 그때 우루시자와가 나타나 침대를 향해 뭐라고 소리친다. 그래도 이불 속 움직임은 멈추지 않는다. 우루시자와는 인내심이 바닥났는지 단숨에 이불을 걷어 올렸다.

침대에서 몸부림치는 사람은 모미야마 스미였다.

우루시자와는 계속해서 화를 낸다. 그러나 그것도 오래가지 못했다. 우루시자와는 호신봉을 그녀의 복부에 휘둘렀다.

한 번.

두 번.

세 번.

그제야 모미야마 스미가 고분고분해졌다. 우루시자와는 그녀의 얼굴을 들여다보며 만족한 듯 고개를 끄덕이더니 이불을 다시 덮고 화면 밖으로 사라진다.

그와 동시에 방 불도 꺼진다.

"선생님…… 이런 일이 실제로……."

"실제로 일어났으니 이렇게 남아 있겠지. 일일이 삭제하지 않은 건 학대가 너무 일상화된 탓에 원장도 감각이 마비돼서가 아닐까."

"이번 의뢰인도 이렇게 당한 건가요?"

"의뢰인은 저항이 심해서 이 정도는 아니었어. 하지만 저항할 힘이 없는 사람은 이렇게 보호사들의 장난감이 돼 버린 거지."

"일상적으로 이런 일을 당한다면 살의가 싹틀 만도 해요."

그러나 상황은 그리 단순하지 않다. 물론 이나미가 보복하려고 도치노를 살해했다고 주장하는 것도 효과는 있겠지만 그 정도로는 감형 수준에 그칠 것이다. 미코시바가 노리는 것은 철저한 무죄다.

"호랑이도 제 말 하면 나타난다고, 피해자 등장이군."

또다시 4인실 화면에 보호사 복장을 한 남자가 나타난다. 나이는 40대 남짓, 근육질 몸에 거만한 얼굴이 인상적이다. 얇은 눈썹에 눈은 삼백안(검은 눈동자 주변에 흰자위가 세 면으로 보이는 눈-역주)이고 아랫입술이 유독 두껍다. 현장 사진으로만 본 도치노 마모루다.

도치노는 화면 안쪽을 향해 걸어갔다. 별문제 없어 보이는 침대 쪽으로 다가가 시트를 확 걷자 침대 위에 고토가 누워 있다.

고토가 눈을 뜨자 도치노가 뭔가 말하더니 고토의 입에 흡입관을 물렸다. 그러나 순간 사레가 들렸는지 고토는 입에서 물을 뿜었다.

물은 도치노의 얼굴을 직격했다. 그러자 도치노는 고토의 숱 없는 머리카락을 움켜쥐고 난폭하게 흔들었다. 그러고는 옆구리에 주먹을 한 방. 또 한 방.

고토가 축 늘어지자 도치노는 그대로 방을 나간다. 카메라 앞을 지나친 도치노는 아무 일도 없었던 것처럼 태연한 얼굴을 하고 있었다.

도치노의 생전 영상이 남아 있는 것은 행운이다. 이 영상으로 도치노의 학대 행위를 증명하면 재판관들의 심증도 우리 쪽으로 크게 기울 것이다.

내 마음이 얼굴에 드러났을 것이다. 요코는 수상쩍어하며 미코시바를 힐끔거렸다.

"선생님…… 왜 웃고 계세요?"

"우리가 법정에서 유리해졌으니."

"이 영상을 보고 화가 나지 않으세요?"

"요양 보호 현장에서는 드문 일도 아니야."

요양 보호 시설에서 일하는 직원은 대부분 저임금 노동

자다. 그러면서도 일손이 부족한 탓에 항상 오랜 시간 중노동에 시달린다. 폐쇄적인 생활환경이라 돌보는 사람과 돌봄받는 사람도 스트레스가 쌓인다. 갈등이 생기지 않는 게 오히려 이상한 것이다. 게다가 입소자와 그 가족들은 시설을 향해 큰소리를 칠 수 없는 처지라 신고가 늦어져 사안이 음성적으로 변한다. 다만 이는 어디까지나 보호사들의 사정이고 입소자들에게는 있어선 안 될 일이다.

"드문 일이 아니어도 너무해요."

요코는 뭔가 마음에 안 드는지 미간을 찌푸리고 다시 자신의 업무로 돌아갔다.

요코는 지극히 일반적인 윤리관을 지닌 여성이다. 그녀의 윤리관에서 보면 보호사가 휘두르는 폭력이 그야말로 잔인하게 느껴질 것이다.

그러나 그것은 제삼자의 시선으로 대상을 바라보는 다분히 무책임한 윤리관이기도 하다. 시설 내 학대를 없애려면 요양 보호 제도 자체를 재검토해야 할 뿐 아니라 시설 확충, 노동자 임금 인상, 최종적으로는 가족 제도 자체에 메스를 갖다 대야 한다. 그토록 시간과 비용, 수고가 드는 개혁을 누가 도맡아 한다는 말인가. 적어도 현상을 곁에서만 보고 비난하는 이는 자신의 손을 더럽힐 생각은 털끝만큼도 없는 경우가 많다. 또한 그것은 미코시바가 해야 할 일도 아니다.

미코시바가 해야 할 일이라면 이런 실태를 이나미를 변호할 때 최대한 활용하는 것뿐이다.

다음 날 미코시바는 구 에도가와에 인접한 주택가에 서 있었다.

지바현 우라야스시 네코자네 5번지. 올려다본 방향에 우라와 다리가 있고 어선 한 척이 아래를 느릿느릿 지나고 있다. 우라야스 역 근처라는 좋은 입지 조건 덕에 신축 아파트가 눈에 띄지만 한편으로는 오래전 항구 마을이었던 흔적이 지금도 남아 있다.

도치노 마모루의 본가가 이곳에 있다.

도치노는 이 지역 고등학교를 졸업한 후 요양 보호 서비스 회사에 취직했지만 2003년 블루오션호 사고로 법정 피고인이 되었고 무죄 판결이 확정되자마자 이곳을 떠났다.

그 후 와라비시에서 가와구치시로 이사했고 '백락원'의 요양 보호사로 채용됐다. 본가를 떠난 뒤로는 빌라에서 혼자 자취를 해서 부양가족이나 지인에게 이야기를 들으려면 이곳을 찾아오는 수밖에 없었다.

큰길에서 좁은 골목으로 들어가 모퉁이를 몇 번 돌자 그

집에 도착했다.

지은 지 30년은 되어 보이는 낡은 단독 주택. 미닫이문 위에 걸린 문패에는 심하게 번진 '도치노' 글자가 보였다.

오래전에 미닫이문 유리가 깨졌는지 안쪽에서 스카치테이프를 붙여 고정했다. 새 유리를 갈아 끼우지 않았다는 사실에서 이 집의 경제 사정이 여실히 드러난다.

초인종을 눌러도 응답이 없었다. 집 안에서 소리가 들리지 않는 걸 보면 고장 났을지도 모른다.

"실례합니다."

밖에서 불러 봤지만 역시 대답이 없다. 몇 번인가 미닫이문을 두드리자 옆집에 사는 주부가 문밖으로 얼굴을 내밀었다.

"도치노 씨는 지금 집에 안 계세요."

"몇 시쯤 돌아오십니까?"

"글쎄요. 요즘은 가와구치 쪽에 자주 나가시는데, 보통 이 시간쯤에는 돌아오시던데."

"그럼 조금만 더 기다려 보겠습니다."

"그런데 누구세요? 영업사원……은 아닌 것 같고."

주부의 얼굴이 호기심으로 폭발할 것 같다.

이런 이웃이면 내가 궁금해하는 것에 대해 앞장서서 얘기해 줄지도 모른다. 미코시바가 달려가기도 전에 그녀가 먼저 미코시바에게 다가왔다.

"전 도치노 마모루 씨 사건을 담당하는 변호사입니다."

그렇게 자기소개를 하자 주부는 "아아" 하고 반가운 듯 고개를 끄덕였다.

"마모루 씨가 근무하던 요양원 입소자분에게 살해당했다죠. TV에서 봤어요. 참 불행한 일이에요."

"마모루 씨를 잘 아십니까?"

"그런 사건이 일어나기 전까지는 이곳에 살았으니까요. 요만했을 때부터 알았어요."

고마운 일이다. 가족에게 이야기를 듣는 건 뒤로 미뤄지겠지만 먼저 이웃의 평판을 들을 수 있다.

"몇 가지 여쭤도 되겠습니까?"

"지금 바쁘긴 한데…… 그래요. 짧게라면."

거짓말이다. 얼굴에 말하고 싶어서 근질근질하다고 적혀 있다.

"이 집에 마모루 씨 부모님이 사시죠?"

"아뇨. 어머니인 가스미 씨만 살아요. 마모루 씨는 외아들이고 아버지가 10년쯤 전에 병으로 돌아가셨어요."

"병이라면?"

"간 경변. 술을 너무 많이 드셨죠."

주부는 미코시바에게 손짓하더니 목소리를 낮췄다.

"변호사님도 관계자이니 아시겠지만 마모루 씨는 예전에 그 배 전복 사고로 일약 스타가 됐잖아요. 그래서 자기는 앞으로 여기서 살 수 없으니 집을 나가겠다고 성화를 부렸고, 마모루 씨 아버지는 또 아버지대로 앞으로 자기 일감이 줄 거라며 난리를 피웠어요. 그러다가 일을 그만둔 뒤부터는 술독에 빠져 살더군요. 입원했을 때는 이미 늦어서 마모루 씨가 집을 나간 이후 돌아가셨어요."

"왜 이곳에서 살 수 없다고 한 겁니까? 재판 때도 익명 보도됐을 텐데요."

"아무리 이름을 숨긴다고 해도 이웃들은 다 알잖아요. 여자를 때려서 구명조끼를 빼앗는 장면에 얼굴도 또렷이 찍혀 있었고요. 그러면 뒤에서 손가락질하는 사람이 나오지 않겠어요? 본인뿐만 아니라 가족들한테도요. 재판에서는 결국 무죄가 나왔지만 그거랑 상관없이 약한 여자를 때려 구명조끼를 빼앗아 죽이고 자기 혼자 살아남은 거잖아요. 판결로 죄만 물을 수 없었을 뿐이지 엄연한 살인이에요. 아마 그때 근무하던 요양 보호 서비스 회사도 그만뒀다고 들었어요."

주부는 희색을 감추지 않고 도치노 마모루를 단죄했다.

"당사자는 집을 나가 버렸지만 이곳에 남은 부모는 살인자 자식을 키웠다고 뒤에서 잔뜩 욕을 먹었어요. 1년 정도는 집 밖에도 거의 못 나왔죠. 그리고 그동안 방송국 기자니 탐정이니 정체를 알 수 없는 사람들이 자주 이곳을 들락거렸는데 민폐가 이만저만이 아니었어요."

민폐라고 하면서 정작 얼굴은 헤벌쭉거리고 있다.

"근데 마모루 씨가 그 뒤로도 보호사 일을 계속했다죠? 그 얘기를 듣고 놀랐어요. 자기가 죽인 여자한테 참회할 생각으로 일을 이어 갔던 걸까요?"

도치노 마모루는 '백락원'에 근무하면서도 자신보다 힘이 약한 노인들에게 지속적으로 폭력을 행사했다. 신문 기사에는 실리지 않은 이 사실을 알리면 주부는 과연 어떤 표정을 지을까.

"성실하게 일하면서 예전의 마모루 씨로 돌아갔으려나."

"도치노 씨는 어떤 분이었습니까?"

"흐음. 어릴 때는 말이죠. 성실하고 착한 아이였어요. 걸핏하면 울었는데, 학교에서 괴롭힘을 당해 울면서 집에 돌아올 때도 있었죠."

"호오, 괴롭힘을 당하는 쪽이었습니까?"

"성실하긴 해도 반에서 인기 있을 타입은 아니었어요. 괴롭힘을 당해도 잘 받아치지를 못해서 더 괴롭힘을 당하는 타입이랄까요. 하지만 근본이 착한 아이라 길에 버려진 개를 주워 와 종종 엄마한테 혼나곤 했죠. 저희 집에도 찾아온 적이 있어요. 이곳에서 개를 길러 줄 수는 없겠느냐고."

"취직한 뒤에도 성격은 변하지 않았습니까?"

"똑같았어요. 얼굴을 마주치면 인사도 잘 했고."

"폭력 사건 같은 것과는 연이 없는 사람이었나요?"

"없었어요. 학교를 졸업해 괴롭힘에서는 벗어났겠지만 얌전한 건 전이랑 똑같았죠. 그래서 저희도 더 놀란 거예요. 아무리 살기 위해서라고 해도 여자를 때리다니요. 결국 사람의 본성은 막다른 곳에 몰려야만 비로소 드러나는 걸까요."

일이 묘하게 흘러가고 있다.

오늘 도치노의 지인에게 이야기를 들으러 온 것은 도치노가 오래전부터 성격 파탄자였다는 증언이 필요해서였다. 피해자는 여성 한 명을 죽음에 이르게 한 피고인이었고 살해될 때도 역시 악당으로서 죽었다. 그런 이야기를 법정에서 꺼내면 상대적으로 이나미의 심증이 좋아진다.

그러나 이 주부의 이야기를 믿는다면 도치노는 예전에 약한 소년이었고 절대 폭력을 행사하는 쪽은 아니었다. 그것은 청년이 될 때까지 이어져 도치노를 아는 사람들에게 그가 사건을 일으켰다는 소식은 대단히 충격적이었다고 한다.

"뭐 본인은 그렇다 쳐도 엄마인 가스미 씨와 다른 가족들이 참 딱했죠. 얌전한 줄로만 알았던 아들이 아무렇지 않게 여자를 때리고 고개를 돌릴 정도로 못된 놈이었으니. 마모루 씨가 집을 나간 것도 어쩌면 정답이었을 수도 있어요. 그대로 함께 살았으면 분명 무슨 사달이 벌어졌을 거예요. 그러니까 위험 회피 차원에서 집을 나간 거죠. 아마도 가스미 씨와 가족들이 설득해서 내보낸 것 같아요."

"가끔 집에 돌아오기도 했습니까?"

"아뇨, 설날에도 못 봤어요. 어차피 돌아와도 이웃들에게 좋은 소리 못 들을 테니…… 앗."

주부의 시선이 미코시바의 어깨 너머로 향했다.

그 직후 등 뒤에서 쩌렁쩌렁한 목소리가 들렸다.

"남의 집 앞에서 뭐 하는 거야!"

돌아보니 머리에 백발이 성성한 노부인이 수상해하는 눈빛으로 이쪽을 보고 있다. 이 사람이 도치노의 어머니 가스미일까.

옆집 주부는 겸연쩍어하며 곧장 자기 집으로 도망치듯 들어갔다. 홀로 남은 미코시바는 일단 가볍게 고개를 숙였다.

"도치노 마모루 씨 사건에서 피고인의 변호를 맡은 미코시바라고 합니다."

"변호? 그럼 도치노를 죽인 이나미인가 뭔가 하는 놈의 변호사인가? 썩 사라져."

말투로 짐작하건대 아무래도 미코시바에 대해서는 모르는 듯하다.

"유족의 환심을 사서 조금이라도 죄를 가볍게 하려는 속셈이지? 흥. 내가 그런 데 넘어갈 것 같아?"

"환심 살 생각 없습니다. 그저 알고 싶을 뿐입니다."

"안다니, 뭘?"

"마모루 씨가 왜 살해되어야 했는지."

순간 가스미의 표정이 굳었다.

"그가 사악한 인간으로서 살해됐는지, 아니면 선량한 인간으로서 살해됐는지. 의뢰인이 알려 주지 않아 이렇게 조사하는 중입니다."

가스미는 잠시 미코시바를 노려보다가 이윽고 미코시바를 피해 집 안으로 들어가려고 했다.

"비켜."

"조만간 재판에서 마모루 씨가 어떤 사람이었는지 밝혀질 겁니다. 그전에 어머님으로서 하실 말씀 없으십니까?"

"무슨 놈의 재판! 다들 그 아이에 대해 하나도 모르는 주제에.”

“저는 조금 알고 있습니다. 10년 전 일어난 선박 사고 당시 그는 함께 탄 여성 승객을 구타하고 구명조끼를 억지로 빼앗아 살아남았죠.”

“……시끄러워.”

“이 집을 나가 요양원에서 일하고서부터는 입소한 노인들을 매일같이 학대했죠. 또 그때마다 과거에 자신이 사람을 죽인 경험이 있다는 걸 자랑스럽게 늘어놓았다고 합니다.”

“시끄러워! 시끄러워! 시끄럽다고!”

미코시바는 내심 흠칫 놀랐다.

‘백락원’ 안에서의 악행을 들으면 놀랄 거라고 예상했지만 가스미는 대화를 거부하기는 해도 내용 자체를 부정하려고 들지 않았다.

“어머님은 아들이 선박 사고 이후에도 계속해서 못된 행동을 하고 다니는 걸 아셨습니까? 아드님이 어머님과 비슷한 또래 노인들을 학대한다는 걸 아셨습니까?”

그러자 미닫이문의 자물쇠를 열던 가스미의 손가락이 멈췄다.

아들이 괴물로 변했는데도 예전처럼 돌려 보려는 노력을

하지 않고 도망쳐 버린 걸까.

마치 내 어머니처럼.

"하나도 모르면서 아는 척하지 마."

돌아본 얼굴에서는 증오 말고도 궁지에 몰린 자 특유의 절실함이 읽혔다.

"그 애를 괴물로 만든 건 당신들이잖아. 우리 마모루는 평범하고 얌전한 아이였어. 그런데 그 사고로 귀신이니 악마니 하는 말들을 듣고 사람이 변해 버린 거야. 누구든 그런 극한의 상황에 내몰리면 자기 목숨을 우선하는 게 당연하지 않아? 다들 자기도 그럴 거면서 뭐라도 된 듯이 거들먹거리기나 하고!"

"어머님은 아드님을 구하려고 했습니까?"

"어떻게 구하겠어! 나와 애 아빠에게도 비난의 화살이 쏟아지고 아이는 아이대로 또 무슨 생각을 하는지도 모르겠고. 오히려 날 구해 달라고 하고 싶은 심정이었다고!"

진심인지 아닌지는 알 수 없다. 스스로 내 책임이 아니라고 되뇌면서 정신의 균형을 지키고 있을지도 모른다.

그런데도 미코시바는 이해할 수 없었다.

"대화는 해 보려고 했습니까?"

"무슨 대화?"

"자신이 괴물을 낳은 것을 깨닫고 그 현실에 진지하게 맞서려고 했습니까? 혹시 아이가 아닌 다른 걸 우선하신 건 아닙니까?"

"엄마니까 모든 책임을 다 떠맡아야 한다는 건 말도 안 돼."

가스미는 그렇게 내뱉고 집 안으로 사라져 버렸다.

밖에서 불러 봐도 대답이 없다. 미코시바는 하는 수 없이 도치노의 집을 뒤로했다.

오랜만에 떠올리고 싶지 않은 얼굴이 떠올랐다. 미코시바가 죄를 짓고 간토 의료소년원에 입소한 이후로 지금껏 한 번도 만나지 않은 어머니의 얼굴이다.

그 얼굴이 떠오른 이유는 알고 있다. 도치노와 자신이 비슷한 환경에 놓여 있었기 때문이다.

평범하고 착한 소년이었지만 선박 사고를 기점으로 자신 안의 악마에 잡아먹혀 버린 도치노. 생명의 소중함을 모른 채 어린 소녀를 죽인 후 어느 피아노곡을 듣고 깨달음을 얻은 미코시바. 그리고 두 사람에게 공통된 친어머니의 도피.

도치노는 또 다른 나 자신이다.

그렇게 생각했을 때 기이한 느낌을 받았다.

이나미는 이런 사실을 알고 있었을까.

이나미는 그를 또 한 명의 미코시바라고 인식한 상태에

서 죽였을까.

미코시바는 자신이 이나미에게 살해되는 장면을 상상하고 평소와 다르게 몸을 부르르 떨었다.

4

기타큐슈시 고쿠라기타구 나카시마 1번지. 역 앞 상점가를 지나 현도 266호선을 타고 남쪽으로 내려가 신축 아파트와 오래된 아파트가 쭉 늘어선 주택가에 도착했다.

이나미의 전처인 교코가 사는 곳이다.

오기 전에 가족 관계를 조사하니 이나미와 교코는 3인 가족을 꾸리고 살다가 이나미가 간토 의료소년원 교관으로 발령되고 얼마 안 돼 이혼했다. 교코는 이스루기라는 결혼 전 성으로 돌아갔고, 장남 다케시는 결혼 후 출가해 현재 교코 혼자 이곳에 살고 있다.

미코시바가 이나미의 가족을 만나려는 건 여차할 때 가족이 이나미를 말려 줬으면 해서다. 그러나 비단 그 때문만은 아니었다.

순수하게 사적인 이유로 이나미의 가족을 알아 두고 싶었다.

의료소년원 시절 이나미는 미코시바와 자주 대화를 주고받았지만 가족에 대해서는 거의 언급하지 않았다. 분명 미코시바의 집안 사정을 고려해 말하지 않았을 것이다. 따라서 미코시바가 아는 것이라고는 이나미의 장남이 자신과 비슷한 또래라는 것 정도다. 이나미에게 이곳을 찾을 거라고 말하지 않은 것은 말하면 분명 가지 말라고 붙잡을 게 뻔하기 때문이었다.

지사이지 사찰을 지나 옆길로 들어가자 곧장 집이 눈에 들어왔다. 슬레이트 지붕의 2층 주택. 문패에 '이스루기'라고 적혀 있다. 도치노의 집처럼 이곳도 겉보기에는 낡았지만 황폐하지는 않다.

의뢰인과 상의하려고 그들의 집을 방문하다 보면 어떤 법칙을 알게 된다. 가족 관계가 붕괴된 집안은 대부분 집도 황폐하다. 따라서 미코시바는 이스루기의 집안 사정은 아직 괜찮은 편이라고 유추할 수 있었다.

초인종을 누르고 얼마 지나 목소리가 들렸다.

─누구세요?

"전 남편분 일로 찾아뵀었습니다. 변호사 미코시바라고 합니다."

─……잠깐만 기다려 주세요.

잠시 후 현관문이 열리더니 노부인이 얼굴을 내밀었다.

"안녕하십니까. 미코시바라고 합니다."

"교코라고 해요."

나이는 이나미와 비슷한 70대 중반 정도로 보인다. 머리카락이 희끗희끗하지만 목소리와 말투가 또렷하다. 갑작스러운 방문에도 민폐라고 느끼지 않는 듯했다.

"선생님에 대해서는 이나미에게 들었어요. 먼 길 오시느라 고생하셨네요. 들어오세요."

미코시바는 집 안에 발을 들였다. 교코는 옷차림과 몸가짐이 단정하지만 그래도 집 안에 감도는 노인 특유의 체취는 감출 수 없다.

"혼자 사시나 보군요."

"네."

"힘들지 않으십니까?"

"이제는 익숙해서요. 뒷바라지할 사람이 없어서 그만큼 편하게 지내고 있답니다."

거실로 들어가고 얼마 안 있어 교코가 차를 내왔다.

"대접이 변변찮아서 죄송해요."

괜찮습니다. 미코시바가 그렇게 입을 떼려는 순간 느닷없이 교코는 바닥에 정좌하고 고개를 깊숙이 숙였다.

"여러모로 전 남편을 신경 써 주셔서 정말로 고맙습니다."

"부인."

"남편이 '백락원'에 입소할 때 미코시바 변호사님께 분에 넘치는 도움을 받았다더군요. 그때 바로 감사 인사를 못 드려서 죄송할 따름이에요."

"제가 자처한 일입니다. 그렇게 말씀하시면 오히려 제가 곤혹스럽습니다."

"그래도 정말로 큰 도움이 됐는걸요. 남편의 연금만으로는 절대 의료비와 요양원 비용을 낼 수 없었으니까요. 그전까지는 자택 요양을 했는데 앞으로 어떻게 살아야 할지 남편도 굉장히 불안해했답니다."

그러나 좋은 마음으로 입소한 요양원이 실은 학대의 소굴이었다. 미코시바는 자기 탓이 아니라고 해도 마음이 좋지 않았다.

"교관님이 소년원에서 근무하던 때에는 이미 이혼하신 거였죠?"

"네. 사소한 갈등이 큰 다툼으로 발전해서……. 남편과 저 둘 다 고집이 세서 한번 마음먹은 건 절대 바꾸지 않는 성격이에요. 솔직히 헤어지고 나서야 더 편하게 대화할 수 있게 됐어요. 희한한 일이죠."

교코는 미련이 남은 것처럼 말했다. 들어 보면 충동적으로 이혼을 택한 것을 후회하는 듯하다. 그렇다면 다시 합치면 되지 않을까 생각하는 건 제삼자의 너무 낙천적인 시선일까.

"'백락원'에는 면회를 가셨습니까?"

"입소하고 몇 번인가 갔어요. 하지만 기타큐슈와 가와구치가 너무 멀기도 하고, 저도 나이를 먹어 체력이 떨어져서……. 요즘은 딱히 연락이 없으면 안 갔어요. 어차피 와 봐야 직원들에게 거치적거리기만 하니 오지 말라더군요."

교코는 쓸쓸하게 미소 지었지만 미코시바는 다른 관점에서 이나미의 말 속에 담긴 뜻을 가늠했다.

"이나미 교관님이 '백락원'의 환경에 대해 뭔가 언급하신 게 있습니까?"

"사이좋은 친구들이 많이 생겨서 아주 쾌적하다고만 했어요. 설비도 훌륭해서 아무 불만이 없다고 했죠."

아마 입소하고 얼마 동안은 별일 없었을 것이다. 그러므로 이나미는 교코를 부담 없이 부를 수 있었다. 그러나 어느 시점을 경계로 시설 내 학대가 이나미에게도 영향을 미쳤다. 이나미 역시 생각지도 못한 일이었을 테지만 그렇다고 '백락원'을 나가 봐야 갈 곳이 없다. 아마도 그 무렵부터 교코에게 시설의 내부 실태를 알리지 않기 위해 면회를 거부한 게 아닐까.

이나미의 성격이라면 충분히 있을 법한 이야기다.

"그래도 인연이라는 게 참 신기하죠. 남편에게 미코시바 선생님 이야기는 자주 들었답니다."

소년원 안에서의 이름을 말하지 않고 돌려 말하는 건 교코 나름의 배려일 것이다.

"아주 영리한 아이라고 했죠. 그런 분이 이렇게 훌륭하게 자라 남편의 변호를 맡게 될 줄이야. 정말 어떻게 감사드려야 좋을지 모르겠네요."

교코의 말투에서 다음 사실이 느껴졌다.

이나미는 자신이 퇴임하게 된 원인을 제공한 사람이 미코시바라는 것을 교코에게 털어놓지 않았다.

미코시바가 그 이야기를 직접 해야 할지 망설이는 동안에도 교코는 말을 이어 갔다.

"남편은 평소에 그곳을 학교라고 불렀답니다."

"학교 말입니까."

"배워야 할 게 많은 아이들을 맡아 조금씩 어른으로 성장시키는 곳. 같은 원생이 동료이자 형제인 곳. 다소 갈등은 있어도 그것을 교훈으로 바꿀 수 있는 곳. 그럼 학교랑 마찬가지 아니냐고 하더군요. 그래서 그런지 교관으로 근무한 지 얼마 안 됐을 때는 정말 활기가 넘쳤어요. 매일 무엇이든 열심히 했고, 지금 생각하면 그때가 남편이 가장 빛나던 순간이었던 것 같아요. 하지만 그만큼 친자식에게 신경을 쏟지 못한 게 아쉬움으로 남기는 했지만요."

"교관님은 집에서도 소년원 이야기를 자주 하셨습니까?"

"네. 지금은 함부로 이야기할 수 없지만 그때는 개인 정보 같은 것에 별로 민감하지 않았으니까요."

대화 분위기가 점점 무르익으면서 교코의 입이 조금씩 열리고 있다. 원래 말하기를 좋아하는 성격일 것이다. 무뚝뚝한 이나미와 궁합이 잘 맞았을지도 모른다.

"아, 그래도 남편의 명예를 위해 미리 말씀드리면, 자신이 맡은 아이들에 대해 그렇게 주절주절 늘어놓지는 않았어요. 뭐랄까. 학교 선생님이 그날 학교에서 생긴 일들을 집에서 이야기하는 느낌이었달까요."

"어렴풋이 감이 옵니다. 이나미 교관님은 원래 말수가 적은 분이니까요."

"남편이 엄했나요?"

"중죄를 저지르고 들어온 멍청한 꼬맹이가 변호사로 성장할 수 있을 정도로는 엄하셨죠."

"미코시바 선생님은 남편도 항상 자랑으로 여겼어요. 지금껏 수많은 원생을 지도해 왔지만 그중에서 가장 출세했다면서 말이죠."

"자랑 말인가요."

"네. '백락원'에 면회를 갔을 때도 걸핏하면 변호사님 이야기를 하더라고요. 꼭 자기 아들이라도 되는 것처럼. 실은 질투가 좀 나기도 했답니다."

미코시바의 가슴에 저릿한 통증이 스쳤다.

이 말만은 반드시 해야겠다 싶었다.

"부인께서는 어떻게 생각하실지 모르지만 이나미 교관님은 제게 아버지 같은 존재입니다. 혹시 제 친부 이야기를 들으셨나요?"

"아뇨."

"제가 죄를 저질러 소년원에 수감된 후 피해자 유족 측에서 민사 소송을 걸어 위자료 총 8천만 엔을 청구했습니다. 마땅히 일어날 일이었죠. 그러나 제 아버지는 채무를 갚기도 전에 스스로 목을 맸습니다."

"저런……"

"유서에는 아들이 저지른 짓을 책임지겠느니 뭐니 적혀 있었지만 저는 실소를 금치 못했습니다."

그러자 교코의 안색이 변했다.

"친아버지가 돌아가셨는데 실소라뇨."

"실례했습니다. 그렇지만 유서에 책임 운운했으면서 그 책임을 도중에 내팽개치고 그렇게 도망쳐야 했을까요? 물론 제게 친아버지의 잘잘못을 따질 권리는 없지만, 책임을 질 방법은 목을 매는 것 말고도 있었을 겁니다."

"그래도 아버지는 아버지예요."

"아버지라면 이나미 교관님이 제게 훨씬 아버지 같은 분입니다. 이스루기 씨, 이나미 교관님이 퇴임하게 된 계기가 뭔지 아십니까?"

"아뇨. 남편은 사고였다고만 했어요."

"교관님의 한쪽 다리를 못 쓰게 만든 사람이 바로 접니다."

역시 처음 듣는 이야기였는지 교코는 화들짝 놀랐다.

이 한마디로 가슴의 통증이 가셨다. 미코시바는 모든 걸 남김없이 털어놓기로 했다.

"소년원 동료 녀석들과 도주를 계획한 적이 있습니다. 그때 저희를 제지한 분이 바로 이나미 교관님이었죠. 몸싸움 끝에 저는 손에 든 흉기로 교관님의 왼쪽 허벅지를 찔렀습니다. 교관님은 저 때문에 하반신을 못 쓰게 되신 겁니다."

고개가 저절로 아래로 숙여졌다.

"용서를 바라지는 않습니다. 그런 걸 바라면 교관님께도 실례겠죠. 이나미 교관님은 당시 일을 비밀로 해 주셨습니다. 그래서 저도 큰 벌을 받지 않고 끝났고, 소년원 생활을 계속할 수 있었죠. 그때 이나미 교관님이 모든 걸 밝히셨다면 저도 지금 일에 종사하지 못했을지도 모릅니다. 그야말로 이기적인 이야기지만 이나미 교관님은 제게 친아버지보다 더 아버지 같은 존재였습니다."

미코시바는 다다미가 깔린 바닥을 지그시 내려다봤다. 이제는 교코에게 무슨 말을 듣고 어떤 비난을 받아도 할 말이 없다.

그리고 그제야 자기 자신의 심정을 눈치챘다.

나는 계속 사죄하고 싶었던 것이다. 자신을 믿고 친아버지 이상으로 애정을 쏟아 준 이나미를, 배신을 넘어 평생을 휠체어 신세를 지게 했다. 그 속죄는 요양원 입소 비용을 대신 내준 것 정도로는 도무지 충당할 수 없다.

수도 없이 이나미에게 사죄하자고 생각했다. 그러나 그때마다 이나미의 말이 떠올랐다.

– 속죄는 말이 아니라 행동이다. 그러니까 참회를 말로 하지 마라. 행동으로 보여.

이나미는 말로만 하는 참회를 결코 받아들이지 않을 것

이다. 그래서 지금껏 사죄하지 않았다.

그러나 속마음은 사죄하고 싶었다. 이나미 본인에게 사죄할 수 없다면 그의 가족에게라도 사죄하고 싶었다. 참으로 비겁한 인간이다. 그토록 굳게 각오했는데 마음속 어딘가에서 편안해지길 바란 듯하다.

침을 뱉고 싶으면 그렇게 해 주십시오. 발길질을 하셔도 상관하지 않겠습니다.

벌을 받기를 기다리고 있었지만 머리 위에 내려온 것은 온화하고 부드러운 목소리였다.

"이제는 괜찮으니까 고개를 드세요."

"네……?"

"남편은 변호사님의 행동을 책망하지 않았죠? 남편이 책망하지도 않았는데 제가 뭐라고 할 수는 없어요. 그리고 애초에 서류상으로는 이제 남남이라 제게 그럴 자격은 없답니다."

미코시바는 서서히 고개를 들었다. 교코는 온화한 얼굴이지만 그래도 눈가에는 놀란 기색이 엿보였다.

"정말로 죄송합……."

"그만 하세요. 만약 남편이었다면 변명 따위 하지 말라고 했겠죠? 남편을 아버지라고 생각하신다면 그 말을 따라 주세요."

미코시바는 무심코 쓴웃음이 나왔다. 여기서도 사죄는 허락되지 않는 듯하다.

"하지만 역시 질투가 나네요. 남편의 신조를 변호사님이 전부 물려받은 것 같아서."

과연 그럴까. 미코시바는 자문해 봤다. 이나미의 신조를 전부 물려받았다면 지금쯤 더 제대로 된 인간이 됐을 것이다.

"남편이 조금 더 다케시에게 자상한 아버지였다면 저도 이혼까지 생각하지 않았을 텐데……. 변호사님 세대라면 아시겠지만 당시에는 집안에서 아버지라는 존재가 오로지 일에만 몰두하는 게 당연하고 가정은 거들떠보지 않아도 된다는 분위기가 있었죠. 저는 그걸 참지 못했어요."

그 말에는 약간의 위화감이 느껴졌다.

"무슨 일이 있었나 보군요. 조금 전에도 말씀하신 사소한 갈등 같은 게."

"관심 있으세요? 원래 남의 가정사 이야기는 지루한 법이에요."

"이나미 교관님의 인품을 알 수 있는 이야기라면 꼭 듣고 싶군요."

교코는 잠시 먼 곳을 바라봤다.

"다케시가 중학교에 입학할 무렵 학교 근처 서점에서 절도 소동이 일어났어요. 가게 주인에게 현행범으로 붙잡힌 아이가 다케시였죠."

죄를 저지른 아들과 아버지.

여기서도 미코시바의 부자 관계가 겹쳐진다.

"가게 주인이 다케시를 붙잡아 가방을 열어 보니 성인용 잡지가 들어 있었다고 해요. 다케시는 자기가 훔친 게 아니라고 주장했지만 그 가게는 절도에 아주 민감해서 곧장 경찰과 저를 불렀죠. 다케시는 경찰과 제 앞에서도 꿋꿋이 자기가 한 짓이 아니라고 하고 끝내 울음까지 터뜨렸어요. 그러고는 아버지는 자기를 이해할 테니 아버지를 불러 달라고 했어요."

다케시의 심정이 잘 이해됐다. 세상 그 누가 나를 믿어 주지 않더라도 이나미 교관만 믿어 준다면 견딜 수 있을 것이다.

"전 남편에게 지금 즉시 와 달라고 연락했어요. 하지만 남편은 지금은 못 나가니 저한테 맡기겠다고 했죠. 솔직히 법무 교관인 남편이 와 주면 일이 잘 해결될 거라는 믿음도 있었어요. 그래서 전 당신이 아니면 안 된다, 조퇴를 해서라도 와 달라고 부탁했어요. 지금 좀 와 줘. 바빠. 당신이 아니면 안 돼. 지금은 못 빠져나가. 그렇게 끊임없이 대화를 반복하는 동안 전 엉겁결에 일과 아들 중 어느 쪽이 더 소중하냐는 질문을 해 버렸어요."

교코는 담담히 말을 이었다.

세월이 지나도 아직 감정의 열기가 식지 않았다. 드문드문 끊기는 말에서 지금도 감정을 참고 있음을 알 수 있다.

"그러자 남편은 이렇게 대답하더군요. 중학생이니 책 한 권 정도 훔칠 수도 있는 거 아니냐고요. 그 말이 결정타였어요. 전 일방적으로 전화를 끊어 버렸어요. 나중에 생각해 보면 남편은 직업 관계상 줄곧 그런 아이들만을 상대해 왔으니 그런 행동 정도는 허용 범위 안에 있었을지 몰라요. 하지만 저까지 그럴 리는 없잖아요."

"……그게 원인으로?"

"네. 아들을 믿지 못하는 아버지는 끝까지 믿지 못할 거라는 생각이 들더군요. 여기에는 뒷얘기가 있는데, 경찰이 조사하니 같은 반 친구가 다케시의 가방에 잡지를 집어넣은 게 밝혀졌죠. 다케시에게 누명을 씌우려고 비겁한 장난을 쳤던 거예요. 하지만 어차피 이건 이 얘기의 부록 같은 거고, 저는 그 뒤로 남편과 함께 살아갈 자신감을 잃어버렸답니다."

미코시바는 눈을 내리깔았다.

이나미가 자신에게 애정을 쏟았던 이유가 이제야 이해됐다.

그건 대리 만족 같은 것이었다. 친아들을 믿어 주지 못한만큼 미코시바를 믿기로 한 것이다.

"다케시 씨는 어떻게 받아들였습니까?"

"남편과 이혼할 때 이유를 설명했어요. 아쉬워하기는 했는데 이해해 주더군요. 그 애 입장에서도 아빠가 자길 믿어주지 않은 건 역시 충격이었을 거예요."

미코시바는 또다시 쓴웃음을 지을 뻔했다.

이 얼마나 아이러니한 일인가. 결국 나와 이나미 모두 가족 관계에 결함이 있는 사람들이었다. 그래서 서로 잘 맞을수밖에 없었다.

"그 이후로 전 다케시를 데리고 친가로 돌아왔어요. 그 무렵에는 저희 부모님이 두 분 다 살아 계셨고 남편이 매월 양육비를 보내 생활에 어려운 점은 딱히 없었죠."

"다케시 씨는 그 뒤로 이나미 교관님과 만났습니까?"

"글쎄요. 결혼한 뒤로는 어땠는지 모르겠지만 그 애도 아버지를 닮아 고집이 센 면이 있어서요. 어지간하지 않은 한만나러 가지는 않았을 거예요."

"관계를 회복할 여지가 없었던 건가요?"

"피로 이어진 관계라 오히려 한번 틀어지면 다시 원래대로 돌리기가 더 어려운 것 같아요. 그건 변호사님도 이해하시지 않나요?"

"가슴이 뜨끔해지는군요. 네, 그 말씀이 맞습니다. 전 관계 회복 같은 말을 입에 담을 자격이 없죠. 하지만 저와 달리 다케시 씨는 가정을 꾸리셨습니다. 자기 자신이 아버지가 되면 이나미 교관님에 대한 생각도 바뀌지 않을까 싶은데요."

그러자 교코의 얼굴에 그림자가 드리웠다.

"절대 그럴 리 없을 거예요."

"비관적이시군요."

"비관적이고 뭐고 할 것도 없어요. 이제 다케시가 아버지가 될 일은 없으니까요."

"뭔가 문제라도?"

"아아, 모르셨나 보네요. 다케시는 이미 오래전에 세상을 떴답니다."

"네?"

"결혼한 지 얼마 안 됐을 때예요. 지금부터 10년 정도 전인데, 역에서 전철을 기다리다가 플랫폼에 들어온 열차에 치여 허망하게 세상을 떠났죠."

"열차에 치였다고요?"

"자살은 아니에요. 다케시는 자기 자신을 희생해 다른 사람을 구했답니다. 플랫폼에 서 있을 때 눈앞에 서 있던 노인이 갑자기 몸을 휘청이더니 선로로 떨어졌다고 해요. 다케시는 곧장 선로로 내려가 노인의 몸을 선로 밖으로 들어 올렸지만 정작 자신은 올라오는 게 늦어져서……."

미코시바의 머릿속에 섬광이 스쳤다.

"이스루기 씨. 그 사고에 대해 좀 더 자세히 들려주시겠습니까?"

"당시 신문 기사를 가지고 있어요. 보실래요?"

미코시바가 보고 싶다고 하자 교코는 자리에서 일어나 잠시 후 노트 한 권을 들고 왔다. 펼쳐 보니 노트 안에는 누렇게 색이 바랜 신문 기사들이 정중하게 스크랩돼 있었다.

열차 사고 기사.

다케시의 헌신적인 행동을 칭찬하는 사설.

자기희생 정신에 감동했다는 칼럼.

경찰과 구청장의 감사장 수여 소식.

기사 날짜는 2004년 10월 2일이었다.

'10월 1일, 도쿄 메트로 도자이 선 가야바초 역에서 열차 사고가 발생했다. 사망자는 회사원 이스루기 다케시(33) 씨.

경찰은 당시 이스루기 씨가 선로에 떨어진 남성을 구하려다가 진입한 열차에 치인 것으로 추정했다. 사고 후 경찰과 구급대가 도착했지만 그 자리에서 이스루기 씨의 사망이 확인됐다. 현장은⋯⋯.'

"세간에서 온갖 다양한 찬사를 들었지만⋯⋯ 정말 울래야 울 수 없는 심정이었죠. 사람을 구하고 죽었으니 자랑스러워해도 된다는 말을 들어도 어떤 표정을 지어야 좋을지 몰랐어요. 그래도 저는⋯⋯."

흥분한 나머지 교코의 이야기가 절반도 귀에 들어오지 않았다.

미코시바의 눈은 신문 기사에 고정돼 한 치도 움직이지 않았다.

드디어 찾았다. 이런 곳에 해답이 있었다.

이로써 그동안 막연하게만 느껴지던 실타래가 풀렸다. 이것은 이나미를 구하는 최강의 무기가 될 것이다.

어느새 손바닥에서 조금씩 땀이 배어나고 있었다.

5

4월 2일 요양 보호사 살해 사건 두 번째 공판.

첫 공판 때처럼 재판관석 가운데에는 도야마 재판장, 양옆에 히라누마, 가스가노 재판관이 앉았다. 세 명의 재판관과 여섯 명의 배심원이 미코시바를 보는 눈빛은 오늘도 냉담하다. 야노 검사 쪽도 지난번과 마찬가지로 감정을 드러내지 않고 있다. 이 서늘한 기운은 과거 '시체 배달부'에 대한 편견 때문일까. 아니면 피고인 자신이 처벌받기를 원하는 재판에서 무죄를 노리는 분별없는 변호인을 향한 멸시일까.

"변호인. 변론 전에 확인하겠습니다. 이번 공판에서 검찰의 유도 신문으로 진술 조서가 작성됐다는 것을 논증하기로 약속하셨죠?"

재판관석에 앉은 도야마가 담담하게 확인했다. 이미 몇 번인가 미코시바의 변호를 봐 와서 내심 미코시바가 어떤 수를 쓸지 경계하고 있을지도 모른다.

"맞습니다, 재판장님."

"그러나 저희는 이곳에 계신 여섯 명의 배심원과 함께 피고인의 취조 영상을 확인했지만 검찰 측이 피고인을 위협

또는 유도하는 듯한 장면은 없었던 것으로 기억합니다."

도야마의 말에 옆에 앉은 배심원 여섯 명이 연신 고개를 끄덕였다.

요즘은 취조 장면을 직접 눈으로 확인할 수 있어 검찰 측 주도로 진술 조서가 작성되는 사례가 줄었다. 도입 초기에는 검사들 사이에서 반발이 있었지만 속임수가 통하지 않는 만큼 법정에서는 더욱 유효한 증거로 쓰인다.

미코시바는 도야마의 말이 도발처럼 느껴졌다. 적어도 지금껏 도야마 쪽에서 이런 의구심을 드러낸 적은 한 번도 없다. 한때 미코시바의 허세 가득한 변호에 휘둘린 것을 되갚아 줄 생각일까.

그러나 그렇다면 미코시바에게는 좋은 기회다. 상대가 앙갚음을 하려고 들면 카운터펀치를 날려 주면 위력이 배가된다.

미코시바는 천천히 자리에서 일어섰다.

"본 변호인은 진술 양상이 아닌 진술 내용 자체에 오류가 있음을 입증하고자 합니다."

"오류? 뭐가 잘못됐다는 거죠?"

"검사의 유도 신문 같은 게 아니라 피고인 스스로 허위 진술을 했을 가능성이 있습니다."

미코시바의 말에 법정 안이 술렁였다. 피고인석에 앉은 이나미를 힐끗 보니 자신의 변호인이 무슨 말을 하는 건지 몰라 어안이 벙벙해진 모습이다.

"재판장님. 사전에 신청한 증인을 불러도 되겠습니까?"

"그러시죠."

미코시바의 신호로 서기관이 입구로 향했다. 법정 안에 들어온 이는 요양원 원장 쓰노다였다.

이나미는 그를 보자마자 수상쩍어하며 이맛살을 찌푸렸다.

쓰노다는 마치 꾸중을 들으러 교무실에 불려 온 초등학생처럼 주뼛주뼛 주위를 둘러보고는 증언대 위에 섰다.

미코시바는 인정 신문과 선서가 끝나기를 기다렸다가 쓰노다 앞으로 갔다.

"증인은 특별 노인요양원 '백락원'의 원장을 맡고 계시죠?"

"네."

"언제부터 맡았습니까?"

"'백락원' 설립 때부터입니다."

"그렇다면 피해자인 도치노 씨가 '백락원'에서 보호사로 근무를 시작할 때보다 훨씬 전이군요."

"그렇습니다."

"도치노 씨의 평소 근무 태도는 어땠습니까?"

"재판장님, 이의 있습니다."

곧장 야노가 손을 들었다.

"피해자의 근무 태도가 왜 지금 문제시돼야 할까요? 변호인의 질문은 의미가 없습니다."

"변호인. 저도 검사와 같은 의문이 듭니다만."

"재판장님. 이는 진술 조서에 적히지 않은 피고인의 동기를 검증하기 위한 질문입니다. 증언을 통해 피고인과 피해자의 관계를 더욱 선명하게 할 목적이 있습니다."

이나미가 도치노를 증오한 구도를 명확히 만든다. 그러나 그러면 외려 검찰 측에 유리해진다. 야노와 도야마는 둘 다 미심쩍어했지만 그 이상 이의는 제기하지 않았다. 미코시바는 다시 쓰노다를 돌아봤다.

"증인, 대답해 주십시오."

"도치노 씨는 '백락원'에 오기 전 요양 보호사로 일한 경험이 있었고 실제로도 숙련된 보호사였습니다. 입소자들의 평판도 좋았고……."

이렇게 모두의 주목을 받으면 자신을 둘러싼 분위기의 질을 알 수 있다. 지금 법정 안에 있는 이들은 신뢰하는 직원을 잃은 가엾은 책임자를 보는 것처럼 쓰노다를 바라보고 있다.

"그렇군요. 그렇다면 지금 증인이 봐 주셨으면 하는 영상이 있습니다."

미코시바는 다시 재판관석으로 눈길을 향했다.

"재판장님. 본 변호인은 변 8호 증으로 비디오 영상을 제출하겠습니다."

미코시바가 신호를 보내자 대형 모니터가 운반되어 왔다. 재판관과 배심원 앞에 이미 컴퓨터가 있어 단상에 있는 아홉 명은 모니터가 나타나자 놀란 듯이 눈을 끔뻑였다.

"변호인. 뭘 할 생각이죠?"

"증인이 재판관석에 계신 여러분과 같은 영상을 보고 있다는 걸 확실하게 하려는 방법입니다. 다시 말해 그 어떤 속임수도 없다는 것을 보여드리려는 겁니다."

그러나 실제 목적은 다른 데 있다. 컴퓨터보다 훨씬 큰 화면으로, 그것도 법정 안에 있는 모두가 동시에 영상을 보게 해 최대의 효과를 노리는 것이다.

"그럼 재생하겠습니다."

잠시 후 모니터에 비친 영상을 본 쓰노다는 윽, 하고 짧게 신음했다.

미코시바가 쓰노다에게 받아 온 시설 내부 감시 카메라 영상이었다. 음성이 없는 4분할 화면이 모니터에 표시돼 있다.

"증인은 아실 겁니다. 이게 '백락원'에 설치된 감시 카메라 영상이 맞습니까?"

화면은 아직 일시 정지 상태이지만 이미 입소자와 마에하라, 우루시자와의 모습이 비친다. 쓰노다는 화면을 응시한 채 입을 열지 않았다.

"증인!"

"아, 네. 맞습니다."

쓰노다의 대답을 듣고 미코시바는 천천히 리모컨의 재생 버튼을 눌렀다. 그러자 눈앞에는 사무소에서 요코에게 보여준 것과 똑같은 영상이 펼쳐졌다.

네 개의 화면에 보호사들의 폭력이 확대되어 나타난다. 소리는 나지 않지만 입소자들의 겁먹은 표정과 벌어진 입을 통해 그들의 외침이 머릿속에서 재생된다. 휠체어를 넘어뜨리고 쓰러진 입소자를 발길질하고 손바닥으로 치고 머리를 감싼 입소자를 호신봉으로 가차 없이 때린다.

법정 안 분위기가 얼어붙는 것이 느껴졌다. 도야마를 비롯한 재판관석에 앉은 이들과 방청석에 앉은 이들이 빨려 들어 갈 것처럼 화면을 바라보고 있다. 개중에는 입을 반쯤 벌린 이도 있었다.

가장 먼저 방청석이 어수선해졌다.

"······뭐야, 저게."

"너무해."

"완전 학대잖아?"

"방청석은 정숙해 주십시오."

도야마는 갑자기 정신을 차린 듯이 방청석에 경고를 보냈다. 조금 전까지 보인 침착한 모습은 어느새 사라졌고 증언대에 선 쓰노다를 수상쩍은 듯이 노려보고 있다.

"변호인. 이게 대체 뭐죠?"

"보다시피 '백락원'에서는 일상적으로 학대가 이뤄졌습니다. 저는 이 시설을 찾아가 입소자들의 몸에 남은 폭행 흔적을 확인했습니다. 그때 찍은 사진들은 당사자들의 허락을 얻어 첨부하겠습니다. 자, 그럼, 증인."

쓰노다는 궁지에 몰린 힘없는 동물 같은 눈빛을 하고 있었다. 조금 전까지의 분위기가 단숨에 돌변해 모두가 쓰노다를 시설 내 학대 주모자처럼 바라보고 있다.

"증인은 이 사실을 알고 있었습니까?"

미코시바는 쓰노다의 안색을 살피듯 아래에서 위로 올려다봤다. 도발처럼 느껴질 수 있는 행동이지만 궁지에 몰린 상대에게는 몹시 효과적이다.

"원장님께는 요양원 경영 외에도 인재 육성과 설비 유지 관리 등의 업무가 있죠?"

"아, 네."

"따라서 보호사 한 명 한 명의 행동까지 다 파악하기는 어렵다……. 그런 측면도 있었겠죠."

"그렇습니다."

"그렇다면 조금 전 증언하신, 입소자들의 평판이 좋았다는 도치노 보호사도 원장님의 눈길이 닿지 않는 곳에서는 학대 행위에 가담했을 수도 있겠군요."

미코시바는 등 뒤에서 야노가 어떻게 반응할지를 기다렸다. 예상대로 야노는 이의를 제기하지 않았다. 이나미와 도치노의 대립 관계를 선명하게 하는 게 검찰 측에도 유리하다고 생각하고 있을 것이다.

미코시바의 시선, 그리고 법정 안의 차가운 눈길에서 도망치듯 쓰노다는 고개를 떨궜다.

"……제가 모르는 곳에서 그런 일이 있었을지도 모르겠군요."

좋아. 이 한마디를 원했다.

만족한 미코시바는 곧장 쓰노다에게서 등을 돌렸다.

"이상입니다."

홀로 남은 모양새가 된 쓰노다는 꼴이 말이 아니었다. 보다 못한 도야마가 입을 열었다.

"검찰 측 반대 신문은 없습니까?"

"없습니다."

"증인은 이만 내려가도 됩니다."

풀이 죽어 증언대를 벗어나는 쓰노다를 야노가 쳐다봤다. 이번 공판을 마치면 곧장 '백락원'에 수사의 손길을 뻗칠 생각일까. 방청석에 있던 언론계 종사자로 보이는 사람도 움직였다. 법정을 나가는 쓰노다를 쫓아 몇 명이 자리를 떴다. 이대로라면 조만간 '백락원'의 시설 내 학대가 신문 지면을 장식할 것이다.

미코시바는 잠시 상황을 살폈다. 이나미는 입가를 내린 채 불만스러운 표정을 짓고 있다. 그럴 만도 하다. 끝까지 지키려고 한 비밀을 변호사가 대신 폭로한 상황이 그리 유쾌할 리 없다.

"재판장님. 두 번째 증인을 부르고 싶습니다."

"그러시죠."

"두 번째 증인 나와 주십시오."

미코시바의 손짓에 맞춰 방청석에서 남자 한 명이 일어섰다. 증언대로 향하는 남자가 옆을 지나쳐 갈 때 쓰노다가

앗, 하고 목소리를 높였다.

"구, 구니무라 씨."

"여, 원장. 우연히도 이런 곳에서 만나는군."

구니무라는 당황하는 쓰노다를 보고 씩 웃으며 증언대로 향했다. 증언대에 서기 직전 미코시바와도 눈이 마주쳤다.

"당신, 이나미 씨를 위해서라면 정말 뭐든 할 작정이군."

"전 원래 그렇게 변호합니다."

구니무라를 방청석에 앉힌 건 쓰노다의 증언을 통해 '백락원' 시설 내 학대가 폭로되는 것을 두 눈으로 보게 할 의도였다. 이로써 구니무라는 자신에게 씌워진 굴레에서 벗어날 수 있다.

구니무라는 실리보다도 중요한 게 있다고 했다. 돈보다는 신뢰와 긍지를 지키고 싶다고 했다.

이나미가 구니무라의 입을 막은 것은 '백락원' 내 학대가 백락원의 존폐 문제로 이어져 갈 곳 없는 입소자들이 곤란해지기 때문이다. 그야말로 이나미가 걱정할 법한 문제이지만, 그것은 바꿔 말해 학대를 만천하에 드러내면 그가 지켜야 할 것도 사라지게 된다. 그렇게 되면 자동으로 구니무라 또한 이나미를 신경 쓰지 않아도 된다. 자신의 미래보다 이나미의 명예를 우선할 수 있다.

그리고 더 노골적으로 말해 이나미만 구할 수 있으면 '백락원'의 미래 따위 미코시바가 알 바 아니다.

인정 신문을 마치고 도야마는 선서에 대해 설명했다.

"즉, 선서한 이상 이곳에서 허위를 진술한 게 판명되면 증인에게 위증죄를 물을 수 있습니다. 그럼 거기 있는 선서문을 낭독해 주십시오."

"'양심에 따라 진실만을 말하고 그 무엇도 숨기지 않는 동시에 아무것도 덧붙이지 않을 것을 선서합니다.'"

"선서문에 서명 날인해 주십시오."

구니무라가 날인을 마치자 미코시바는 자리에서 일어나 그 앞에 섰다. 상대에게 줄 심리적 영향을 고려해 쓰노다 때와는 태도를 바꾸기로 했다.

"자, 그럼 증인. 조금 전 비디오 영상을 보셨습니까?"

"응, 봤지. 애초에 나도 저 안에 또렷이 찍혀 있으니."

"비디오에 찍힌 게 실제 일어난 일들이군요."

"맞아."

"증인. 입술이 부은 것 같습니다만 혹시 그것도 시설 내 학대 때문인가요?"

"그래. 마에하라라는 보호사한테 흠씬 두들겨 맞았어."

"특히 눈에 띄는 보호사가 있습니까?"

"있었지."

"누구죠?"

"살해된 도치노 보호사. 가장 무섭고 인정사정없었어."

"영상에 나온 폭력이 일상적이었나 보군요."

"쥐어박히거나 언어맞지 않는 사람이 나오지 않는 날이 없었어."

미코시바는 미묘하게 돌려 말하는 것을 놓치지 않았다. 이런 표현을 쓰는 건 그 근본이 정직하다는 증거다.

"폭행당하지 않은 자가 나오지 않는 날이 없었다……. 그 말은 즉 보호사들의 폭력이 누군가에게 편중됐다는 의미로도 들리는군요."

"녀석들에게 직접 묻는 게 빠르겠지만, 그야 저항하는 사람보다 저항하지 않는 사람들이 다루기도 쉬우니."

"다시 말해 피해자는 오로지 저항하지 않는 입소자를 표적으로 삼았다. 그런 뜻입니까?"

"뭐 그렇다고 할 수 있겠군."

"그럼 반대로 저항하는 입소자, 바꿔 말해 피해자가 손을 잘 대지 않은 입소자도 있었던 셈이군요."

"그래."

"그 입소자가 지금 이 법정 안에 있습니까? 만약 있다면 손가락으로 가리켜 주십시오."

구니무라는 살짝 주저하는 듯 보였지만 잠시 후 어쩔 수 없다는 듯이 피고인석에 있는 이나미를 가리켰다.

"다음으로 증인의 눈으로 본 피고인의 인상을 들려주십시오."

"이나미 씨는 화를 잘 안 내는 사람이었어. 얼굴은 엄하게 생겼지만 웬만해서는 말썽을 일으키지 않았지. 이를테면 입소자들은 같은 조끼리 모여 식탁 하나를 둘러싸고 밥을 먹는데, 그중에는 팔을 잘 못 써서 종종 컵이나 밥그릇 같은 걸 엎는 사람이 나오거든. 그럴 때 이나미 씨의 옷에도 물이나 음식물이 묻기도 했는데 화를 낸 적은 한 번도 없었어."

"온화한 성격이라는 뜻입니까?"

"그래."

그때 야노가 "이의 있습니다" 하고 두 번째로 손을 들었다.

"지금 변호인의 질문은 피고인의 성격을 어설프게 훑기만 하는 질문입니다. 심리와는 아무 상관이 없습니다."

"아뇨. 제출된 진술 조서 내용과 실제 사실에 얼마나 차이가 있는지 확인하는 겁니다. 검찰의 날조라고는 하지 않겠습니다. 그러나 자기 자신에 대한 평가가 실제와는 다른 경우가 흔히 있습니다. 조서 속에 진술된 본인의 모습이 허상

일지도 모릅니다."

"이의를 각하합니다. 변호인, 계속하십시오."

"고맙습니다. 자, 조금 전 증언을 통해 진술에 적힌 '이나미 씨가 전부터 피해자와 사사건건 부딪쳤다'는 내용은 현실과 괴리가 있다는 게 밝혀졌습니다. 누차 말씀드리지만 이는 어디까지나 당사자의 진술만을 근거로 했기 때문이고, 바꿔 말해 피고인이 자기 자신에 대해 거짓말을 했거나 또는 착각해서 생긴 오류라고도 할 수 있습니다. 그럼 다음으로 증인, 피해자 도치노 마모루 씨에 대해 묻겠습니다."

"도치노?"

"지금껏 그가 저항하지 못하는 입소자들을 학대해 왔다고 했는데, 구체적으로 누가 가장 자주 그의 표적이 됐습니까?"

"고토 세이지라는 영감. 휠체어를 탈 정도는 아니지만 하체가 아주 쇠약했고 치매 기미까지 있어서 저항을 잘 못했지. 그야말로 학대하기에 안성맞춤인 상대였어."

"당연히 육체적인 폭력이 있었을 것이고 그 밖에 언어폭력 등도 있었습니까?"

"언어폭력이랄까. 이나미가 고토 씨를 위협할 때 항상 내뱉는 말이 있었어."

"어떤 말이죠?"

"'난 예전에 사람을 죽였다. 하지만 결국 무죄 판결을 받았다. 그러니까 당신 하나쯤 죽이는 건 일도 아니다.' 녀석은 늘 그렇게 말했어."

또다시 법정 안의 분위기가 얼어붙었다.

"재판장님. 여기서 본 변호인은 변 2호 증으로 과거 판결문을 제출하고자 합니다. 판결문은 2003년 8월 6일 부산, 시모노세키 구간을 운항하다가 바다에서 전복한 여객선 블루오션호에서 발생한 폭행 사건에 대한 것입니다."

방청석이 또다시 어수선해졌다. 단상에서도 배심원 여섯 명이 처음 듣는 얘기인 것처럼 눈을 휘둥그레 뜨고 있다. 재판관 세 명과 야노의 표정에서 변화가 읽히지 않는 것은 그 사실을 이미 알고 있기 때문이다. 배심원들에게 도치노의 과거를 언급하지 않은 것은 좋게 해석하면 쓸데없는 선입견을 법정 안에 불러들이고 싶지 않아서일 것이다.

이는 바꿔 말해 도치노의 과거가 그만큼 배심원들에게 주는 영향이 크다는 뜻이다. 그 증거로 미코시바가 블루오션호 사건을 입에 담은 순간 모든 배심원의 표정에서 동요의 기색이 엿보였다.

"사건을 알지 못하는 배심원도 계실지 모르니 일단 언급하고 가겠습니다. 한국적의 블루오션호 전복 사고는 사망자 251명, 실종자 57명을 낸 대형 참사였는데, 그때 갑판에서 어떤 남성 승객이 여성 승객의 구명조끼를 힘으로 빼앗아 결과적으로 그 여성 승객을 사망케 한 사건이 일어났습니다. 남성 승객은 힘 약한 20세 여성을 수차례 구타하고 구명조끼를 빼앗은 다음 그녀를 그대로 두고 도망쳤습니다. 그 남성 승객이 바로 도치노 마모루 씨입니다. 경찰은 도치노 씨를 체포해 폭행죄로 검찰에 송치했지만 1심에서 도치노 씨의 변호인 측은 '긴급 피난'에 따른 무죄를 주장했습니다. 그 결과 법원에서 주장을 받아들여 도치노 씨에게 무죄가 나왔고 검찰도 항소를 포기해 도치노 씨의 무죄 판결이 확정됐습니다. 여기 그때 나온 신문 기사 사본이 있으니 배심원 여러분들께서도 나중에 확인해 주셨으면 합니다."

재판 흐름이 눈에 띄게 바뀌었다. 일렬로 늘어선 배심원들의 얼굴만 봐도 명백하다. 얼마 전까지만 해도 성미 급하고 화를 잘 내는 피고인이 이제는 참을성 있는 인격자가 됐고, 성실하고 올곧은 피해자는 본성을 가감 없이 드러낸 잔인한 인간으로 변했다.

야노의 팔은 움직이지 않았다. 이쯤에서 변호인이 피해자의 인격을 모독해 피고인의 악랄한 인상을 없애려 한다고 이의를 제기할 법하지만, '긴급 피난'으로 무죄 판결을 거머쥔 도치노는 검찰 입장에서도 원수나 마찬가지다. 도치노를 두둔하는 일에 저항감을 느낄 수도 있다.

도야마 재판장이 침묵을 깼다.

"변호인. 피해자의 과거를 밝히는 것이 본 안건의 심리에 필요합니까?"

"물론입니다. 다만 기억해 주셨으면 하는 건 피해자의 과거 행태가 아닌 그 행태에 내려진 판결입니다. 우선 그걸 잊지 말아 주셨으면 합니다."

미코시바는 도야마의 추궁을 피하고 구니무라를 돌아봤다. 지금까지의 질문은 그저 전초전에 불과하다. 이제부터가 핵심이다.

"증인의 증언은 진술 조서에 적힌 것보다 피해자와 피고인의 접점이 없었다는 것을 암시합니다. 그런데도 사건 당일 두 사람이 대뜸 말다툼을 벌이고 끝내 살해까지 이르게 된 상황은 부자연스럽다고 생각하면 부자연스럽습니다. 자, 증인에게 다음 질문입니다."

미코시바는 자신의 가방을 열어 안에서 꽃병을 꺼내 들었다.

"이건 검찰이 갑 5호 증으로 제출한 흉기와 동일한 물건입니다. 보시다시피 가늘고 긴 형태라 바닥 면적이 좁죠. 진술 조서에는 이 꽃병이 식탁 위에 있었다고 적혀 있는데, 조금 전 증인은 팔을 잘 쓰지 못하는 입소자가 식사 중 컵이나 밥그릇을 엎을 때도 있다고 증언했습니다. 그런 곳에 이런 모양의, 그것도 유리 꽃병을 두는 것은 요양 보호 시설의 관리 태세로서 부자연스럽습니다. 아니, 단도직입적으로 말하겠습니다. 이 꽃병은 식탁 위가 아니라 퇴창에 있던 것이었습니다."

미코시바는 구니무라에게 예전에 했던 설명을 반복했다.

"퇴창에는 꽃병의 바닥 면과 같은 모양의 흔적이 남아 있었습니다. 디지털카메라로 찍은 사진을 변 13호 증으로 제출하겠습니다. 즉 이번 사건에서 흉기가 된 꽃병은 원래 퇴창에 있던 걸 피고인이 가져왔다는 말이 됩니다. 그러나 피해자와 말다툼을 벌이고 있던 피고인에게 그럴 만한 시간적 여유가 있었는가. 진술 조서에서는 피해자가 바닥에 흘린 음식 찌꺼기를 치우려고 바닥을 향해 엎드렸다고 적혀 있지만 식당 구석에는 이런 상황을 대비해 대걸레가 상비돼 있었습니다. 이 역시 앞뒤가 맞지 않죠. 그리고 말다툼을 한창 벌이고 있었을 피해자가 왜 상대가 흉기를 가져올 때까지 그 자리에서 가만히 기다리고, 또 휠체어를 탄 노인에게 쉽게 여러 번 얻어맞았을까요. 그날의 광경을 상상하면

할수록 부자연스러운 느낌이 앞섭니다."

미코시바는 구니무라에게 얼굴을 바짝 들이댔다. 그러나 진지한 태도는 버리지 않는다.

"휠체어를 탄 노인이 힘센 요양 보호사를 여러 번 구타하려면 어지간히 빈틈을 노리지 않는 한 불가능합니다. 그럼 그 순간 피해자는 피고인에게 주의를 기울이지 못하고 뭘하고 있었는가. 현장에 있던 증인은 그 장면을 목격했을 겁니다. 맞습니까?"

증언대에 선 구니무라는 꿈쩍도 하지 않았다.

그러나 미코시바가 정면에서 바라보자 눈빛이 살짝 흔들렸다.

"실제로는 그날 피해자가 다른 누군가를 학대하고 있었던 것 아닙니까?"

"재판장님. 이의 있습니다. 지금 변호인의 질문은 유도 신문입니다."

"이의를 받아들입니다. 변호인은 질문 방식을 바꿔 주십시오."

이제 한 발짝만 더 가면 구니무라를 무너뜨릴 수 있다. 질문의 방법을 바꿔도 기세는 그대로 이어 간다.

"증인이 증언하지 않는다면 다른 입소자에게 부탁하는

선택지도 있습니다. 피해자가 그때 다른 누군가를 학대하고 있었다면 그 역시 의사표시를 잘 하지 못하는 입소자였을 가능성이 크겠죠. 그런 사람을 법정에 세우고 이렇게 캐묻는 것도 내키지 않는 일입니다. 그러나 저는 변호인이니 피고인의 이익을 위해서라면 법률로 정해진 범위 안에서 최선을 다할 생각입니다."

"재판장님! 지금 변호인의 말은 유도를 넘어 협박에 해당합니다. 지금 즉시 변호인의……."

"고토 영감이야."

야노가 말을 마치기도 전에 구니무라가 목소리를 쥐어짜냈다.

"그때 도치노는 고토 영감을 괴롭히는 데 집중하고 있었어. 그래서 이나미 씨가 퇴창에서 꽃병을 가져올 때까지 눈치 못 챈 거야."

순식간에 법정 안에 싸늘한 정적이 감돌았다.

도야마를 비롯한 재판관과 야노가 아연실색한 얼굴로 증언대를 바라봤다. 방청인들도 마찬가지로 구니무라를 주시하고 있다.

미코시바와 이나미는 예외였다. 이나미는 원망하는 눈빛으로 예전 제자를 노려봤고, 미코시바도 쌀쌀맞게 예전 은

사를 바라보고 있다.

고토 노인과 다른 입소자들에게 폐를 끼친다면 이나미와 나눈 약속을 어길 명분이 생긴다. 구니무라의 퇴로를 만들어 주는 게 일부러 협박 섞인 질문을 한 목적이었다.

미안합니다. 이나미 교관님.

"증언을 다시 확인하겠습니다."

미코시바는 또다시 손에 든 리모컨을 만졌다. 대형 모니터에는 '백락원' 입소자 명부에 붙은 고토의 얼굴 사진이 비쳤다.

"조금 전 말씀하신 고토 세이지라는 분이 이분 맞습니까?"

"그래."

"증인. 그날의 상황에 대해 자세히 들려주십시오."

"계기는 고토 영감이 식사 중에 밥을 바닥에 흘린 거였어. 평소에도 도치노는 틈만 나면 고토 영감을 닦달했으니 그때도 순간 화가 뻗쳤겠지. 느닷없이 호신봉을 꺼내 고토 영감을 때리기 시작하더군. 호신봉이라는 건 아주 단단해서 가볍게 때려도 고통이 뼈까지 전해져. 그걸 그 녀석은 몇 번이나 계속 휘둘렀지. 고토 영감이 견디지 못하고 바닥에 쓰러지자 도치노는 이번에는 바닥에 흘린 음식 찌꺼기를 전부 핥아먹으라고 했어. 고토 영감이 싫다고 하니 영감의 몸

위에 올라타 영감의 머리를 바닥에 찧기 시작했지. 바로 그때 꽃병을 손에 든 이나미 씨가 두 사람 옆으로 간 거야."

"도치노 씨의 폭력을 말리려고 한 거군요."

"그때 마침 도치노의 머리가 이나미 씨의 무릎 언저리 부근에 있었어. 이나미 씨는 먼저 꽃병으로 도치노의 어깨를 쳤지만 도치노는 고토 영감 위에 올라탄 채 내려오지 않았지. 그래서 이나미 씨는 도치노의 머리를 세 번 정도 때렸고 그제야 도치노는 바닥에 쓰러졌어. 그때 다른 보호사가 도착했고 그 자리에서 도치노가 사망한 게 확인됐어."

"그날의 모습은 증인과 같은 조인 입소자들이 모두 목격했겠군요."

"그래."

"그런데 왜 그때 달려온 직원과 경찰에게는 솔직하게 털어놓지 않았죠?"

"이나미 씨가 말하지 말라고 단단히 입막음을 했거든."

"왜 입막음을 해야만 했을까요? 학대받는 동료 입소자를 구하려고 벌인 일이다. 그렇게 알리는 게 낫지 않았을까요?"

"사정이 어떻든 도치노를 때려죽인 건 나다. 그런데 거기에 이것저것 이유를 갖다 붙여 죄를 피하고 싶지 않다. 그러면 도치노가 자기 혼자 살려고 여자 승객에게 구명조끼를 빼앗은 것과 똑같다고 하더군."

역시 그럴 거라고 예상했다. 진실이 밝혀지니 그야말로 이나미다운 이유다. 죄를 범한 사실은 뒤집을 수 없다. 그에 마땅한 속죄를 해야 한다. 교관 시절부터 입버릇처럼 한 말을 지금도 지키고 있는 것이다. 원생들에게 그렇게 강요하려면 그 이상 자기 자신도 다그쳐야 한다. 이나미라는 사람은 죽을 때까지 삶의 방식을 바꾸지 못하는 융통성이라곤 없는 사람인 것이다.

"이상입니다."

자리에 돌아가다가 미코시바는 이나미와 눈이 마주쳤다. 그는 여전히 원망스러운 눈길로 미코시바를 바라봤다.

"검사. 반대 신문 있습니까?"

상황이 이렇게 되자 가면을 뒤집어쓴 듯한 야노의 표정에도 변화가 생겼다. 그는 도야마의 물음에 당황한 듯 자리에서 일어섰다.

"증인. 사건 발생 후 가와구치 경찰서에서 입소자들을 참고인으로 조사했습니다. 아무리 피고인이 그렇게 부탁했다고 해도 경찰에 허위 사실을 증언하는 데 망설임은 없었습니까?"

미코시바는 정면에서 그 말을 들으며 속으로 야노를 비

웃었다. 야노 입장에서는 여기서 항의 섞인 한마디라도 내뱉어야 체면치레를 할 수 있다. 지금껏 진실을 모르고 있었던 검찰은 꼴이 말이 아니게 됐지만 그렇다고 구니무라를 비난한다고 해서 얻을 것은 아무것도 없다. 얻을 것이 없는 짓을 하는 것은 헛수고일 뿐이다.

"허위 증언이라고 해 봐야 여기처럼 선서를 하는 것도 아니고 취조실에서 진술하는 것도 아니다. 애초에 내가 도치노를 살해한 사실에는 변함이 없으니, 고토 영감에게 가해지는 학대를 막으려고 한 걸 경찰에 알리지 않아도 죄가 되지는 않는다…… 이나미 씨가 그렇게 우리를 설득했지. 뭐든 한번 마음먹으면 좀처럼 바꾸지 않는 성격이란 걸 아니까 다들 반대하지 않았어."

"반대 신문은 이상입니다."

야노는 최소한의 의무는 달성했다는 듯이 질문을 마쳤다.

미코시바는 속으로 이걸로 됐다며 자신만만한 미소를 지었다. 흐름은 차근차근 이쪽으로 넘어오고 있다. 배심원의 심증이 기울어 가는 지금이 결판을 낼 타이밍이다.

"재판장님. 세 번째 증인을 부르겠습니다."

"그러시죠."

법정 문을 열고 들어온 사람은 70대 중반의 노부인이었다. 법정에 발을 들이는 게 처음일 테지만 그녀는 실로 당당한 걸음걸이로 뚜벅뚜벅 걸어왔다.

증인 쪽을 돌아본 이나미가 눈을 부릅떴다.

"다, 당신……."

이나미가 경악하는 모습을 보는 건 의료소년원 탈주 사건 이래 처음이었다. 이나미는 정면에 선 미코시바를 날카롭게 노려봤다.

"미코시바, 너 이놈 자식……."

"피고인은 정숙해 주십시오."

도야마가 이나미를 제지하자 그는 입을 다물었지만 분을 삭이지 못했다.

세 번째 증인은 이나미에게 가볍게 고개를 숙이고 증언대에 섰다.

"증인. 이름과 주소, 나이, 직업을 말씀해 주십시오."

"이스루기 교코. 기타큐슈시 오구라기타구 나카시마 1번지 0-0.74세. 현재 특별한 직업은 없습니다."

"다음으로 그곳에 있는 선서문을 낭독하고 서명 날인해 주십시오."

교코가 선서와 서명 날인을 마치기를 기다렸다가 미코시바는 앞으로 걸어갔다. 이나미가 쳐다보는 탓에 뒤통수가 따가웠지만 지금은 무시할 수밖에 없다.

"실례지만 증인은 현재 독신입니까?"

"네. 방금 말씀드린 곳에 혼자 살고 있습니다."

"결혼 경험은?"

"예전에 한 번. 오래전에 이혼했습니다."

"예전 남편분이 누구죠? 혹시 이 법정 안에 있다면 손가락으로 가리켜 주시겠습니까?"

교코의 가는 손가락이 서서히 포물선을 그려 피고인석에 앉은 이나미를 향했다.

"저기서 어린아이처럼 토라져 있는 사람이 예전에 헤어진 제 전 남편입니다."

당사자인 이나미는 험악한 얼굴로 교코를 노려봤다.

"응? 변호사님. 저기 앉은 피고인이 이쪽을 매섭게 노려보고 있네요."

"무시하고 증언에 집중해 주십시오."

배심원석 쪽에서 킥킥대는 웃음소리가 들렸다. 이나미를 바라보는 심증이 더 누그러진 것을 증명하는 좋은 반응이다.

"두 분이 부부로 지낼 당시 피고인은 어떤 사람이었습니까?"

"매일매일 일에 빠져 살고 고집이 세며 농담 한마디 하지 않는 남편이었죠."

"그리고?"

"가정은 거들떠보지도 않는 너무한 남편이었습니다. 그래서 이혼한 거고요."

이번에는 방청석에서 키득거리는 소리가 들렸다.

그러자 보다 못한 야노가 목소리를 높였다.

"재판장님! 이의 있습니다!"

가면은 이미 완전히 벗겨졌다. 완급 조절을 하는 미코시바의 공세로 방어벽에 금이 간 듯했다.

"변호인의 질문은 본 사안과 관련이 없고 전형적으로 심리 진행을 방해하는 종류의 질문입니다."

"그렇지 않습니다."

미코시바는 딱 잘라 말했다. 지금은 한순간이라도 흐름을 끊고 싶지 않았다.

"이것은 피고인이 왜 허위 증언을 하고 그걸 입소자들에게도 강요했는지를 밝히기 위한 논증입니다. 검사도 확인하고 싶은 사안일 텐데요?"

되레 허를 찔린 야노는 입을 굳게 다물었다.

도야마는 이의를 인정할 이유가 없다고 봤는지 아니면 스스로도 관심이 생겼는지 미코시바에게 질문을 이어 가기를 재촉했다.

"그럼 증인. 두 사람 사이에 자녀가 있습니까?"

"네. 아들이 한 명. 다케시라고 합니다. 독립해서 가정을 이룬 지 얼마 안 돼 하늘나라로 가 버렸지만."

"다케시 씨는 어떤 이유로 돌아가셨습니까?"

"그만해!"

느닷없이 이나미가 버럭 소리쳤다. 하반신에 문제가 없다면 벌떡 일어날 기세다.

"교코, 당신, 더 지껄이면……."

"피고인은 정숙하십시오. 이 이상 법정의 질서를 어지럽히면 퇴정 조치하겠습니다."

"증인, 계속해 주시죠. 다케시 씨는 어떤 이유로 돌아가신 겁니까?"

"지금으로부터 10년쯤 전 도쿄 도내의 어느 역 플랫폼에서 선로에 들어온 열차에 치였죠. 플랫폼에서 눈앞에 서 있던 노인이 비틀거리면서 선로에 떨어지자 그를 구하려고……."

"아드님은 불운하게 사망했고 그 노인은 구사일생으로 살아남은 건가요?"

"네."

"증인은 그 노인이 누군지 알고 있습니까?"

"네. 다케시의 장례식에도 오셔서 분에 넘치는 말을 해 주셨습니다."

"그 장례식장에는 피고인도 있었습니까?"

"이혼한 뒤이기는 해도 참석했습니다. 저와는 연이 없어도 아들과 연이 끊긴 건 아니니까요."

미코시바는 그럼, 하더니 또다시 리모컨을 손에 들고 대형 모니터에 누군가의 얼굴 사진을 띄웠다.

"증인, 이 사람을 아시나요?"

"네. 이분이 바로 다케시가 선로에서 구한 분, 고토 세이지 씨입니다."

순간 법정 안에 소리 없는 탄식이 퍼졌다.

도야마를 비롯한 재판관과 야노는 이번에야말로 화들짝 놀란 얼굴로 증인을 봤다.

"지금 들으신 대로입니다. 재판장님. 여기 당시 신문 기사 사본이 있습니다만, 이스루기 다케시 씨가 열차 사고로 목숨을 잃은 날짜가 2004년 10월 1일. 고토 세이지 씨가 '백락원'에 입소한 날짜가 2005년 1월 10일, 그리고 피고인인 이나미 다케오의 입소 날짜가 2008년 4월 25일입니다. 다케시 씨의 장례식에 참석한 피고인은 고토 세이지 씨와도 만났습니다. 그리고 그로부터 3년 반 뒤 두 사람은 '백락원'에서 재회합니다. 그것이 우연이었는지 아니면 어떤 의도가 있었는지는 현재까지 밝혀지지 않았습니다만."

분명히 말하지는 않았어도 이나미가 고토 노인의 소식을 찾고 있었다는 것은 상상하기 어렵지 않다. 그리고 고토 노인이 '백락원'에 입소한다는 소식을 듣자마자 자택 요양을 끝내고 자처해서 입소했다. 미코시바는 미코시바대로 이나미의 행방을 좇고 있었으니 곧장 '백락원' 앞으로 입소 비용을 보냈다.

"피고인에게 고토 씨는 하나밖에 없는 아들이 자기 몸을 희생해서 구한 생명이었습니다. 말하자면 유산 같은 거죠. 피고인이 그런 고토 씨를 어떤 눈으로 지켜봤는지는 피고인만 알 수 있을 것입니다. 다만 보통 사람의 마음으로도 이해는 할 수 있습니다."

사람의 마음은 악마도 알지 못한다는 유명한 격언이 있다. 그 옛날 악마라고 불린 미코시바도 그 말에 동의한다. 그러나 지금은 변론을 위해 일부러 이해를 언급할 수밖에 없었다.

"그러나 피해자인 도치노 보호사가 '백락원' 안에서 폭력을 행사하기 시작하자 두 사람을 둘러싼 환경이 급변했습니다. 도치노는 매일같이 고토 씨를 학대하고 피고인이 그것을 말리는 날이 이어졌겠죠. 그리고 사건 당일이 찾아왔습니다. 고토 씨가 사소한 실수로 도치노 씨의 노여움을 샀고, 도치노 씨는 고토 씨에게 폭력을 행사했습니다. 게다가 잔학성에 불이 붙었는지 분노에 찬 도치노 씨는 이내 호신봉을 휘두르기 시작했습니다."

미코시바는 가방에서 종이 한 장을 꺼냈다.

"재판장님. 이건 고토 씨의 진단서입니다. 나중에 변 14호증으로 제출하겠습니다만, 이 진단서에 따르면 고토 씨는 중증의 골다공증을 앓고 있습니다. 조금 전 구니무라 씨가 증언했다시피 호신봉은 매우 단단한 재질로 만들어져 있습니다. 그런 걸로 골다공증을 앓는 노인을 때리면 어떻게 될까요. 몹시 위중한 결과를 초래한다는 것은 쉽게 예상할 수 있습니다. 피고인이 호신봉에 비할 만한 무기를 손에 들고 도치노 씨에게 향한 것도 어떻게 보면 무리는 아니었던 겁니다. 아들이 목숨을 걸고 지킨 생명을 이번에는 자신이 지키기 위해. 여기까지가 피고인이 피해자를 꽃병으로 구타하고 만 실제 경위와 이유입니다."

미코시바가 말을 마치자 법정 안에 정적이 돌아왔다. 방청석에서는 헛기침 소리도 들리지 않았다.

검찰 측 반대 신문 차례이지만 도야마는 곤혹스러움을 감추지 못하고 입을 열었다.

"변호인. 지금 변론을 통해 피고인과 고토 세이지 씨, 그리고 피해자를 둘러싼 일련의 상황은 이해했습니다. 그러나 그것이 과연 피고인의 무죄 증거가 될 수 있을까요?"

"본 변호인은 피고인의 행위를 '긴급 피난'에 따른 어쩔 수 없는 조치로 보고 무죄를 주장합니다."

그 한마디로 고요했던 법정이 또다시 술렁이기 시작했다. 야노 검사는 단숨에 허리를 엉거주춤 일으켰다. 교코도 미코시바의 말이 잘 이해되지 않는지 주위를 두리번거리고 있다.

"아시다시피 일본 법정에서 '긴급 피난'이 쟁점이 된 사례는 거의 없습니다. '긴급 피난'은 몹시 제한된 상황에서만 성립하기 때문입니다."

도야마를 비롯한 재판관과 야노의 표정에 변화가 없는 것은 물론 이에 대해 알고 있기 때문이다. '긴급 피난'에는 크게 두 가지가 성립 요건으로 꼽힌다. 첫 번째는 보충성의 요건이다. 위험을 회피하기 위해 다른 방법이 없었고, 어쩔 수 없는 행위였다는 것이 인정되어야 한다.

두 번째는 그것을 회피함으로써 얻어진 이익이 그것에

의해 침해된 이익보다 큰지에 관한 것이다. 이것은 법익 균형의 요건이라고 불리며 상황이 비슷한 정당방위와 다른 점이기도 하다.

"이번 사건은 골다공증을 앓는 노인이 무기로 폭행당하는 상황을 회피하기 위해 폭행 가해자에게 위해를 가해 버린 사례입니다. '백락원'의 시설 내 학대는 이미 일상화되어 있었고, 다른 직원에게 의지할 수도 없었으니 피해자 도치노 마모루의 학대를 멈출 방법은 실력 행사밖에 없었다. 그리고 상대는 호신봉을 들고 있었으니 폭력을 멈추게 하려면 피고인도 모종의 무기를 지녀야 했다. 이런 상황에서 보충성의 요건과 법익 균형의 요건은 충족된다고 해석할 수 있습니다. 여기까지가 바로 본 변호인이 '긴급 피난'을 주장하는 논거입니다."

"이의 있습니다!"

"검사, 말씀하시죠."

"지금 변호인은 보충성의 요건을 언급했습니다. 분명 다른 보호사들도 일상적으로 학대에 가담했을 수 있습니다. 그것은 제시된 감시 카메라 영상을 봐도 쉽게 유추할 수 있으니 마땅히 인정되어야 한다고 봅니다. 그러나 의지할 수 있는 존재가 보호사들밖에 없었다고 하기는 어렵습니다. 그날 식탁에는 같은 조인 다른 입소자들도 함께 있었습니다. 여러 명이 합세해 달려들면 피해자의 폭력을 멈출 수도 있었을 겁니다. 따라서 보충성의 요건에는 의문이 남습니다."

미코시바는 야노 검사의 말에 곧장 응수했다.

"전 입소자들의 몸에 남은 폭행 흔적을 가까이에서 봤습니다. 사진으로도 남아 있으니 이걸 새로운 증거로 제출해도 되겠지만, 어쨌든 거의 모든 입소자가 학대를 당했습니다. 오랜 시간 폐쇄된 공간에서 학대가 반복되다 보면 지배자와 종속자의 관계가 형성됩니다. 그러면 옆에 있는 사람이 폭행을 당해도 좀처럼 그 사람을 구하려고 마음먹기가 어렵기 마련입니다. 피고인이 움직일 수 있었던 건 그가 폭행 대상에서 벗어나 있었기 때문입니다."

"두 번째의 법익 균형의 요건에도 의문이 생깁니다. 이 요건이 성립하려면 피해자에게 위해를 가하지 않으면 학대받은 고토 씨가 위중한 상태에 빠졌을 거라는 걸 논증해야 합니다. 피해자는 사망했습니다. 그때 피해자의 폭행을 간과했을 경우 고토 씨가 반드시 살해됐다고 할 수 있을까요. 긴급 피난을 적용하기에 본 안건은 과잉 피난의 가능성을 내포합니다."

"객관성의 문제겠죠. 골다공증을 앓는 노인을 단단한 봉으로 수차례 내려친다. 자기 자신도 하반신 마비 상태인 피고인 입장에서 그 위험성은 도저히 간과할 수 있는 게 아니었다. 또한 그 인물은 조금 전에도 말했다시피 무슨 일이 있어도 지켜야만 하는 대상이었다. 그리고 무엇보다 본 안건에는 비교하기에 안성맞춤인 판례가 존재합니다. 다름 아닌 피해자 도치노 마모루 씨가 '긴급 피난'이 적용돼 무죄를 받은 판결입니다."

미코시바가 그렇게 말하자 맞은편에 있는 야노는 허를 찔린 듯 입을 반쯤 벌렸다.

"당시 검찰은 긴급 피난을 적용한다고 해도 여성을 폭행해서까지 구명조끼를 빼앗은 건 과잉 피난에 해당한다고 반론했습니다. 그러나 법원의 판단은 폭력으로 구명조끼를 빼앗은 것 정도로는 즉시 과잉 피난에 해당한다고 단언하기 어렵다는 거였죠. 자, 그렇다면 이번 경우는 어떨까요. 골다공증을 앓는 노인을 호신봉으로 구타하는 것은 명백하게 상대의 생명을 위협하는 행위라고 할 수 있습니다. 이를 말리려고 자기 자신도 무기를 손에 쥔 채 저지른 행동 역시 과잉 행위라고 단언하기 어렵겠지요. 한마디 더 덧붙이면 도치노 씨가 긴급 피난 시 지키려고 한 것은 어디까지나 자기 자신이었습니다. 그러나 이번에 피고인이 지키려고 한 것은 자신이 아닌 제삼자입니다. 이 점만을 놓고 봐도 정당방위가 아니라 더욱 긴급 피난의 요건에 합치하는 사안이라고 할 수 있겠죠."

그리고 이건 굳이 말하지 않아도 되겠지만, 회피함으로써 얻어진 이익과 그 행위에 의해 침해된 이익 모두 한 사람의 생명이다. 생명에 경중이 없다는 대전제에서 이 역시 법익 균형의 요건에 일치한다. 다만 양쪽에는 심증의 차이가 있다. 한쪽은 무고한 여성에게서 구명조끼를 빼앗아 살아남은 남자. 다른 한쪽은 저항하지 않는 노인을 폭력으로부터 지키기 위해 막아선 남자다. 법률 지식의 전문가인 재판관 세 명은 차치하더라도 아마추어인 배심원 여섯 명의 심증을 흔들 수 있고 그렇다면 커다란 이점이 된다.

야노는 제자리에 선 채로 항변을 이어 갔다. 가면은 이미 오래전에 벗겨졌고 지금은 '긴급 피난'의 성립 요건을 부정하려고 열변을 토하는 검사의 집념만이 노골적으로 드러난다.

"10년 전 내려진 판결을 비교 대상으로 삼는 것은 경솔하다고 할 수밖에 없습니다. 변호인이 제시한 판례는 확정됐다고 해도 1심 판결입니다. 2심 이상 진행됐을 경우 판결이 뒤집힐 가능성도 충분했습니다."

"그렇다면 되묻겠습니다만, 검사님. 당시 왜 검찰은 즉시 항소하지 않았습니까?"

"그 사건에서 도치노 씨의 폭행은 오직 한 장면만 기록돼 있었습니다. 그 밖의 다른 물증은 바닷속으로 사라져 버렸죠. 물증의 수만 놓고 봐도 이번 사건과는 차원이 다른 안건입니다."

"물증의 많고 적음이 다가 아니죠. 실제로 해당 판결의 골자에는 폭력을 당해 구명조끼를 빼앗기면 곧장 파도에 휩쓸려 익사할 것을 쉽게 예측할 수 있었다는 참고 의견도 있었습니다. 판결은 해당 의견을 참고해 내려졌으니 오로지 물증이 적어 무죄 판결로 이어졌다고 할 수 없습니다. 게다가 이번 사안은 범행의 경위와 양태에서 다툼의 여지가 있다고 생각합니다."

논의가 슬슬 과열되려는 와중에 도야마가 찬물을 끼얹었다.

"검사. 증인에게 반대 신문은 없습니까?"

질문은 받은 야노는 순간 당황한 듯했다. 변호 측 주장에 반박할 수는 있어도 교코를 신문해 점수를 따기는 어렵다고 판단했을 것이다.

이나미 부부가 이혼한 뒤 상당한 세월이 흘렀다. 피고인의 인품을 부정적으로 증언하게 하기에 이미 거리와 시간이 너무 벌어진 것이다.

야노는 고개를 두어 번 흔들었다.

"반대 신문은 없습니다."

"그렇다면 증인, 내려가도 됩니다."

검찰 측 반대 신문이 없어서 변호 측의 논증은 일단 종지부를 찍었다. 다음은 지금까지의 대화를 재판관들이 어떻게 지켜봤는지에 달렸지만 아마도 변호 측이 압도적으로 우세할 것이다.

미코시바는 여섯 명의 배심원의 낯빛을 살피며 확신을 얻었다. 첫 번째 공판과는 이나미를 보는 눈이 명백히 달라졌다. 처음에는 그저 죄인으로 단정 짓는 듯한 눈빛이 지금은 마치 영웅을 우러러보는 눈빛으로 바뀌어 있다. 아무리 아마추어라고 해도 여섯 명이 무죄에 투표하면 도야마를 비롯한 재판관도 그것을 무시할 수는 없다. 한 번 심증이 굳어지면 다수결은 물론이고 법률 용어를 총동원해 배심원들을 설득하기도 힘들다. 게다가 '긴급 피난' 성립 요건에 대해서는 과거 판례가 적어서 판례 주의를 채택하기도 어렵다. '백락원' 안에서 일상적으로 벌어진 시설 내 학대의 실태, 고토 노인을 목숨을 걸고 지킨 이스루기 다케시의 미담, 그리고 피해자 도치노 마모루의 악행을 한 세트로 놓고 보면 점점 더 유죄 판결을 내리기 어려워진다.

여기서 쉬운 길을 찾자면 과잉 피난을 적용해 감형을 노리는 길이 있겠지만, 이는 조금 전 변호로 이미 견제해 둬서 그에 걸맞은 법 해석이 필요하다. 그러나 해석 수준이 높아질수록 배심원들의 마음은 멀어진다. 그들이 원하는 건 난해한 법 해석이 아니라 알기 쉬운 '정의'이기 때문이다.

어쨌든 검찰 측의 주장은 봉인됐다. 이대로 별일이 없으면 다음 공판이 최종 변론이 될 가능성이 크다. 그 자리에서 이나미의 청렴함과 도치노의 악랄함을 다시 한번 비교해 보이면 이쪽의 승리다.

미코시바가 그렇게 속으로 계산하고 있을 때였다.

지금까지 피고인석에서 말없이 공판을 지켜보던 이나미가 손을 번쩍 들었다.

"재판장님. 한마디 하고 싶습니다."

또 뭘 하려는 겁니까. 교관님.

미코시바는 무심코 소리치고 싶어졌다.

"피고인. 지금은 피고인의 발언이 필요하지 않습니다. 나중에 최종 진술에서 듣겠습니다."

도야마가 온화하게 타이르는 것을 야노는 놓치지 않았다.

"재판장님. 검찰 측에서 하는 피고인 질문이라면 허가하시겠습니까?"

"그러시죠."

예상과 다른 흐름에 미코시바는 속이 탔다. 얼굴에는 드러나지 않겠지만 자신의 의뢰인이 계속해서 불확정 요소가 되는 것은 처음 겪는 일이었다.

야노는 대번에 침착함을 되찾은 것처럼 다시 가면을 쓴 것 같은 얼굴로 이나미를 봤다.

"피고인. 조금 전 증인 신문에서 납득할 수 없는 부분이 있습니까?"

"구니무라 씨 증언에 덧붙이고 싶은 게 있네."

"뭐죠?"

"도치노는 입소자들을 위협할 때 분명 자기가 예전에 사람을 죽였다고 했어. 그건 틀릴 게 없지. 하지만 부족해. 실제로는 그 뒤에 더 이어지는 말이 있었어."

"이어지는 말. 그게 뭐죠?"

"'여자에게서 구명조끼를 빼앗고 반격할 수 없도록 계속해서 때리고 발로 찼다. 익사하기 전에 이미 내가 죽여 버렸다.' 도치노는 자랑스럽게 그런 얘기를 하며 고토 씨를 위협했지. 그래서 도치노가 호신봉으로 고토 씨를 때리기 시작할 때 난 진심으로 녀석을 죽일 생각이었어."

"살의가 확실히 있었다는 걸 인정하시는군요."

또다시 미코시바는 소리치고 싶어졌다.

그만둬. 대답하지 마.

"그래. 인정하네."

이나미의 대답을 들은 야노는 만족한 듯 웃어 보였다.

"질문을 마칩니다."

도야마는 미코시바와 야노를 한 번씩 쳐다보고 히라누마, 가스가노 재판관과 함께 고개를 끄덕였다.

"그럼 검찰 측과 변호 측이 둘 다 신문을 마친 듯하니 다음 공판일인 4월 16일을 최종 변론일로 하겠습니다. 폐정."

도야마와 재판관들이 문 너머로 사라지기도 전에 미코시바는 피고인석으로 성큼성큼 걸어갔다.

"교관님. 또 사고를 치셨군요."

두 번째 반항이다. 심하게 화를 낼 수는 없어도 역시 한마디 하지 않으면 성이 차지 않았다.

평소라면 자제심을 발휘할 국면인데 이 의뢰인은 끝까지 흐름을 망치고 있다.

휠체어에 탄 이나미는 미안한 듯이 웃었다.

"다리가 성치 않은 동료 입소자를 넘어 헤어진 아내까지 데려올 줄이야. 목적을 위해서라면 의뢰인이 진저리치는 행동까지 아무렇지 않게 하는군."

"변호란 건 원래 그런 일입니다."

"자네가 날 위해 열심히 뛰고 있다는 건 충분히 알고 있어."

"그럼 조금은 협력해 주십시오."

"물론 협력하지. 하지만 난 내가 저지른 일에서 도망치고 싶지 않아. 책임을 확실히 지고 싶어."

"세상에는 책임지지 않는 녀석들이 수두룩합니다."

"내가 싫어서 그래."

"갑시다."

교도관이 끼어들어 두 사람의 대화가 끊겼다.

법정에서 나가는 이나미의 뒷모습을 바라보며 미코시바는 생각에 잠겼다. 이나미의 폭주는 불안 재료이고, 살의를 스스로 인정하는 건 명백한 감점 요소다. 그러나 심리의 쟁점은 '긴급 피난'으로 옮겨 갔다. 그 요건만 인정되면 살의의 유무는 치명적인 실점이 아니게 된다. 고토 노인을 구하기 직전 그에게 호신봉을 휘두르는 도치노에게 살의를 품었다는 변명도 가능하다.

최종 변론에서 어떤 것을 제거하고 어떤 것을 보충해야할까. 미코시바는 전략을 짜면서 책상 위에 놓인 자료를 가방에 집어넣다가 문득 머릿속이 번뜩였다.

지금까지도 이런 일은 여러 번 있었다.

무언가 중요한 것을 망각하고 있다. 간과해서는 안 될 것을 간과하고 있다. 그것을 스스로에게 알리는 경고다.

오늘 논고에서 보고 들은 것 중에 중요한 퍼즐 조각이 숨겨져 있다. 재판의 형세를 크게 좌우할 만한 것이다.

그러나 그게 대체 무어란 말인가.

4

변호인의 고뇌

1

두 번째 공판 다음 날 미코시바는 사이타마 구치소를 찾았다.

면회실에서 기다리기를 5분, 이나미가 와이셔츠 차림으로 나타났다. 이런 곳에 수감돼 있는데도 무사태평한 얼굴이 요즘은 진력이 난다.

"여어, 매일 고생이 많군그래."

"접견은 고생 축에도 못 낍니다. 변호인 지시에 따르지 않는 의뢰인을 변호하는 게 더 고생이죠."

"어제는 미안했네."

이나미는 아크릴판 너머에서 순순히 고개를 숙였다.

"나를 위해 모처럼 열심히 노력해 줬는데."

"미안해도 교관님은 생각을 바꾸지 않으시겠죠."

"뭐 그건 그렇지."

"변호사에게 이토록 민폐를 끼치는 의뢰인도 없을 겁니다."

"자네와 아이들을 가르치던 시절부터 품었던 신조를 이제 와서 바꿀 수 있겠나? 바꾸기에 나이를 너무 많이 먹기도 했고."

의료소년원 시절부터 이나미의 인품을 아는 미코시바는 내심 고개를 끄덕일 수밖에 없었다. 원생 동료들은 거짓말을 효과적으로 활용하는 법을 가르쳐 줬고, 이나미 교관은 책임을 지는 법을 가르쳐 줬다. 애초에 의료소년원 경험이 없었다면 변호사도 목표로 하지 않았을 것이다.

"그건 그렇고, 오늘은 또 무슨 일이지? 최종 변론은 2주 뒤니 상의하기에는 조금 이르지 않나? 아니면 어제 내 행동때문에 불만이라도 털어놓으려고?"

"법정에서 미처 물어보지 못한 게 있습니다."

"뭐지?"

"교관님은 고토 세이지의 소식을 어떻게 알게 된 겁니까?"

질문을 듣고 이나미가 입을 꾹 다물었다.

"또 느닷없는 질문이군. 좀 쉬엄쉬엄하지그래."

"교관님이 마지막으로 지낼 곳을 '백락원'으로 정한 건 절대 우연이 아닐 겁니다. 당시 '백락원'에 매달 내야 하는 비용은 교관님이 모아 둔 돈으로는 충당하기 벅찰 만큼 비쌌죠. 교관님은 평소에 사치를 부리시는 분이 아니잖습니까. 교관님이 '백락원'에 입소한 이유는 단 하나, 그곳에 고토 세이지가 있었기 때문입니다."

미코시바는 변호사가 된 이후에도 이나미가 어떻게 지내는지 매일 궁금했다. 그래서 이나미가 요양원에 입소했다는 소식을 들은 순간 머릿속에 왜 '백락원'을 골랐을까 하는 의문도 생겼다.

이나미는 떨떠름한 얼굴로 머리를 긁적였다.

"그 말이 맞아. 미코시바 선생. 힘들여 사이타마 같은 변두리까지 갔다 왔으니 어차피 교코에게 이야기는 다 들었겠지? 내가 가족들에게 무심했다는 걸."

미코시바는 확답을 피했다. 교코의 말에는 비난이 섞여 있었지만 한 집안의 아버지가 일에 열중한 나머지 가정에 소홀해지는 건 그리 드문 이야기도 아니다. 애초에 가족 관계에 결함이 있는 미코시바에게 가족이란 무엇인지 논할 자격과 경험도 없다.

"아들의 결백을 믿어 주지도 않은 자격 미달 아버지였으

니. 그래도 아들이 열차 사고로 죽었다는 소식을 들었을 때
는 심한 충격을 받았지. 장례식에서 저 사람이 아들이 구한
고토 씨라는 말을 듣고 멀리서 지켜보기만 했어.”

“고토 씨에게 말을 걸지 않았습니까?”

“장례식에 가기는 했어도 뒤늦게 무슨 면목으로 뻔뻔하
게 내가 아비라고 말을 걸겠나.”

“그럼 ‘백락원’에서 알게 된 뒤로도······.”

“그래. 그쪽은 나에 대해 전혀 몰랐어. 하지만 뭐 치매 기
미가 있어서 내가 누군지 알려 줘도 제대로 기억했을지 의
문이지만.”

“고토 씨가 교관님의 정체를 눈치챈 듯한 기색은 없었나
요? 도치노 보호사에게서 매번 그를 지켜 주지 않았습니까.”

“아들은 엄마 쪽을 닮았고, 고토 씨는 고토 씨 나름대로
매일 힘들게 지내며 정신이 없었으니 눈치 못 챘을 거야. 나
도 그러는 게 더 좋았고.”

“왜죠?”

“왜냐니. 아들이 구해 준 사람이라 계속 신경 쓰고 있었다
는 말을 겸연쩍게 할 수 있겠나?”

이나미는 미코시바를 흘겨봤다.

“자네가 법정에서 그랬지. 고토 씨가 아들의 유산 같은 존

재였다고. 틀린 말이 아니야. 만약 아들에게 자식이 있었다면 이야기가 달라졌겠지만 그 아이는 자식을 남기지 못하고 세상을 떴으니. 그 아이가 목숨 바쳐서 지킨 생명을 내가 못 본 척할 수는 없었어.”

“다른 입소자에게도 그런 얘기를 하셨습니까?”

“아니. 그 누구에게도 한 번도 한 적 없지. 내가 방금 그랬지 않나. 그런 말을 겸연쩍게 할 수 있겠냐고.”

토라진 듯한 이나미의 얼굴을 보자 미코시바는 가슴이 저릿했다.

어제 법정에서 이나미는 도치노에게 명확한 살의를 품었다고 진술했다. 미코시바로서는 더없이 곤혹스러웠지만 그 안에는 아마 질투 섞인 감정도 존재할 것이다.

“하지만 아무리 전직 법무성 직원이었다고 해도 퇴임 이후에 일반 시민을 계속 감시할 수는 없습니다. 대체 어떻게 고토 씨가 ‘백락원’에 입소한 걸 아신 겁니까? 가족들을 찾아가기라도 한 건가요?”

“그건 정말 우연이었어.”

“우연?”

“그 무렵 요양 보호 사업이 한창 각광 받던 시기가 있었지. 저출산 고령화가 진행 중인 일본에서 장래가 유망한 시장이라면서. 그중에서도 '백락원'은 전직 호텔 요리사가 요리를 맡는다는 새로운 콘셉트로 당시 언론의 주목을 꽤나 받았어. 요리사가 만든 음식을 입소자들이 맛있게 먹는 영상이 여러 번 방송을 탔지. 뭐 그 호화로운 식사도 3년 뒤에는 경비 절감이라는 명목으로 흔해 빠진 메뉴로 바뀌었지만."

"거기에 고토 씨가 나왔군요."

"그래. 공중파 방송에 나왔어. 그래서 그 영감의 소식을 알게 된 거야. 단순하지?"

"단지 그 이유만으로 고토 씨와 같은 요양원에 입소한 교관님도 만만찮게 단순하신 것 같은데요."

"인간은 원래 단순해야 편한 법이야."

"……그럴지도 모르겠네요."

이나미는 마치 실언을 내뱉은 것처럼 얼굴을 찌푸렸다.

"저기 말이지, 미코시바. 내 변호를 하기 귀찮아지면 언제든지 그만둬도 되네."

"힘들여서 겨우겨우 전임자에게 낚아챈 일을 말입니까? 장난에도 정도가 있습니다."

"변호인한테도 고토 영감에 대해서는 입을 다물고 있었잖나."

"앞으로는 그러지 말아 주십시오."

"의뢰인과 신뢰 관계가 한번 무너지면 보통 사임하지 않나?"

"지금까지도 의뢰인을 신뢰한 적은 한 번도 없습니다. 비밀과 배신 같은 건 흔하죠."

미코시바는 그렇게 말하고 자리에서 일어섰다. 필요한 정보는 얻었다. 더는 이곳에 있어 봐야 무의미하다.

"아무튼 자네한테는 미안하네."

미코시바는 이나미의 마지막 말을 못 들은 척하고 면회실을 나갔다.

이틀 뒤 오후 미코시바는 JR 다지미 역에서 내렸다. 나고야 역에서 주오 본선으로 갈아타고 약 40분. 이곳은 나고야 권역으로 향하는 베드타운이기도 하다.

아직 4월인데 플랫폼에 내리자마자 열기가 덮쳤다. 해발이 낮고 분지 지형이라 열기가 나갈 곳이 없어 기온이 쉽게 올라간다. 미코시바는 넥타이를 살짝 풀어 공기가 통하게 했다.

역 맞은편에 공사 중인 도토陶都 회관 건물이 있어 이곳이 도자기의 마을이라는 것을 보여줬다. 도자기와 골동품에 관심이 없는 미코시바도 이곳이 미노야키(기후현 미노시를 중심

으로 생산하는 도자기 – 역주)의 본고장이라는 것 정도는 알고
있다.

도토 회관을 지나 잠시 걷자 방문하려는 집을 금세 발견
했다.

공방에 '히우라 도원'이라는 간판이 걸려 있다. 여기가 바
로 블루오션호 사건 때 도치노에게 죽임을 당한 히우라 가
오리의 본가다. 옆 건물에는 공방주인이 사는 것 같다. 이 시
간대에는 집에 없을 확률이 높으니 미코시바는 일단 공방
에 들어가 보기로 했다.

안에 들어가자 수건으로 머리를 감싼 직원들이 바쁜 듯
이 움직이고 있었다. 그중 한 명에게 방문 목적을 알리자 그
는 미코시바를 안쪽 가마실로 안내했다. 도예에는 연이 없
으므로 가마실이라는 말을 듣고 벽돌로 만든 방을 떠올렸
지만 실제로는 콘크리트를 때려 부은 스산한 공간이었다.
내부가 열기를 머금고 있어 서 있기만 해도 땀이 줄줄 흐른
다. 상자 모양 가마는 아마추어의 눈에 소각로처럼 보였다.

가마 앞에 남자가 서 있었다. 볼에 살이 없어 날카롭고 사
나워 보이는 50대 남성. 셔츠 소매 아래로 뻗은 팔에는 근육
이 울퉁불퉁 불거져 있다. 미코시바를 날카롭게 노려보는
눈은 살짝 험악한 빛을 내뿜고 있다.

"그쪽이 전화했다는 변호사 선생인가?"

"미코시바라고 합니다. 히우라 쇼에이 씨신가요?"

"먼 길 왔는데 미안하지만 지금은 이곳을 벗어날 수 없네."

"이곳에서도 상관없습니다."

"일하면서 할 얘기가 아니야. 15분 뒤에 끝나니 집 쪽에서 기다려 주겠나?"

미코시바는 히우라의 말에 따라 공방을 나가 집 앞에서 기다리기로 했다. 히우라는 시간에 철저한지 정확히 15분이 지나자 모습을 드러냈다. 찻잔을 올린 쟁반을 정중하게 손에 들고 있다.

"기다리게 해서 미안하네."

"멋들어진 찻잔이군요."

"오리베야키(미노야키의 한 종류로 17세기 초 후루타 오리베라는 다인이 창시했다 - 역주)일세. 우리 공방에서 구웠지."

미코시바는 찻잔을 눈앞에 올려 관찰했다. 울퉁불퉁하지만 왠지 늠름한 기운이 느껴진다.

"미리 말해 두지만 원래 모양이 살짝 뒤틀린 게 오리베의 특징이지. 잘못 만든 게 아니야."

"멋지군요. 살짝 뒤틀린 데에서 오히려 더 정취가 느껴집니다."

문득 히우라가 직접 차 쟁반을 들고 온 게 신경 쓰였다.

"아내분은 외출 중입니까?"

"가카메에 대한 이야기라면 그녀는 이미 오래전에 세상을 떴네."

"아, 실례했습니다. 괜히 쓸데없는 이야기를."

"원래 자궁암이었는데 도치노의 무죄 판결이 확정되자 상태가 급격하게 안 좋아졌지. 그로부터 2년쯤 뒤에 맥없이 저세상으로 가 버렸어."

"아내분이 무죄 판결 때문에 더 일찍 사망했다고 생각하십니까?"

"스트레스를 많이 받은 것만은 사실이겠지."

히우라는 먼 허공을 바라봤다.

"가오리는 외동딸이었네. 아내와는 거의 사이좋은 자매 같았지. 그래서 배 전복 사고 이후 가오리가 도치노에게 폭행당하고 구명조끼를 빼앗기는 장면이 TV에 나왔을 때는 정말 체면이고 뭐고 할 것 없이 울부짖더군. 그래도 녀석이 체포돼 검찰이 송치되면 법원이 반드시 정당한 판결을 내려 줄 거라고 기대했지만……. 결과는 예상치도 못한 무죄. 실망도 그만한 실망이 없었어. 아내는 잠자리에 들 때도 늘 소리 내어 울었고, 울지 않을 때는 도치노뿐만 아니라 변호사와 재판관에게까지 저주의 말을 내뱉었지."

히우라는 미코시바를 돌아봤다.

"아무래도 그 남자와 관련된 일로 온 것 같군."

"도치노 마모루가 살해됐다는 건 알고 계십니까?"

"알지. 이곳에도 뉴스가 나오니까. 덕분에 10년 만에 얼굴을 봤네."

"그에 대한 자세한 정보는 전혀 나오지 않았죠."

"변호사 선생도 알지 않나? 경찰과 법원은 원래 가해자에 대해서는 아무것도 알려주지 않는다는 걸. 우리가 알고 있었던 건 녀석의 얼굴과 이름뿐이었어. 나와 아내는 법원 방청석에조차 앉지 못했지."

형사 소송에 피해자 참석 제도가 도입된 건 2008년 12월 1일이다. 2003년에 일어난 블루오션호 사건 때는 피해자 유족의 공판 출석과 피고인 질문이 허용되지 않았다.

"뉴스를 보고 소스라치게 놀랐지."

"그가 입소자에게 살해돼서?"

"아니. 그놈이 아직 보호사로 근무하고 있었을 줄 꿈에도 몰랐거든. 그런 놈이 노인과 몸 상태가 성치 않은 이들을 돕는 일을 계속해 왔다니. 믿을 수 있겠나?"

"그가 회개했다고는 생각하지 않으셨습니까?"

"애초에 회개할 인간이었다면 한두 번은 이쪽에 얼굴을 내밀거나 편지 같은 걸 보내지 않았겠나? 하지만 그놈은 단 한 번도 그러지 않았어. 참으로 불공평한 일이지. 변호사 선생. 그쪽은 우리의 연락처를 아는데 우리는 아무것도 몰라. 그러니 그쪽에서 직접 찾아올 때까지 가만히 기다려야만 하는 거야."

히우라는 할 말이 더 있는 듯했지만 집어삼키듯 차를 홀짝였다.

"게다가 보호사 일을 문제없이 잘했다면 입소자에게 살해되지도 않지 않았겠나? 당연히 다른 사람의 원망을 샀겠지."

"관계자의 증언을 들어 보면 타인에게 호감을 주는 사람은 아니었던 것 같습니다."

"흥. 역시 그래서 살해됐나. 하지만 녀석이 살해됐다고 들어도 마음은 풀리지 않아. 아쉬울 뿐이지."

"아쉽다?"

"될 수 있다면 이 손으로 직접 놈을 죽이고 싶었는데. 그게 몹시 아쉬울 따름이야."

미코시바는 아아, 하고 고개를 끄덕였다.

"선생한테는 아이가 있나?"

"결혼도 안 했습니다."

"그래도 살인범의 손에 자식을 잃은 부모의 마음 정도는 이해하겠지?"

"상상할 수밖에 없겠죠. 아직 무언가를 잃는 절망 같은 걸 느껴 본 적이 없어서요."

"어머니에게 아이란 몸의 일부나 마찬가지지. 그래서 가오리가 실종된 뒤로 아내는 급격히 몸 상태가 쇠약해져서 결국 죽고 말았네. 그건 아비인 나도 마찬가지야. 엄마랑은 느끼는 게 다를지도 모르지만 전복 사고로 실종됐다는 소식을 들을 때는 머릿속이 새하얘졌고, 도치노에게 살해됐다는 걸 들을 때는 반대로 새카매지더군. 아내만큼은 아니었 겠지만 나도 그때 몸과 마음의 어딘가가 망가졌을 거야."

히우라의 고개가 조금씩 아래로 내려갔다.

"나한테는 과분한 딸이었지. 아주 착한 딸이었네. 물레로 하루 종일 점토를 만지다 보면 손이 거칠어져. 그런데 여자 면 모를까, 남자 손이 좀 거칠어진다고 뭐 어떻겠나. 그런데 가오리는 일부러 아빠에게 핸드크림을 사다 주는 딸이었네. 자기는 아빠 손을 아주 좋아한다면서……. 여행을 좋아해서 그때도 혼자 한국에 갔다가 오는 길에 사고를 당했지. 뒤늦 게 아내와 말다툼을 벌일 때마다 이럴 줄 알았으면 혼자 여 행을 가는 걸 처음부터 말렸어야 한다고 후회했어."

"하지만 도치노의 무죄 판결은 세상에도 받아들여졌죠."

"그래. 그래서 당시에는 세상이 원망스러웠네. 이 집에 항의 전화와 편지도 꽤 많이 왔지. 실제로는 가오리가 도치노의 구명조끼를 빼앗으려고 했던 게 아니냐. 피해자인 척하지 마라⋯⋯. 왜 남의 손에 죽은 딸이 비난을 받아야 하는지, 분노로 몸이 부들부들 떨리더군. 그리고 그런 건 꼭 익명으로 와서 복수할 방법도 없었어."

"1심에서 무죄가 나온 뒤로 도치노 씨의 행방을 좇으려고 하지는 않으셨습니까?"

"했지."

히우라의 목소리에서 원통함이 배어났다.

"모두 진술에서 인정 신문을 들은 보도 관계자에게 부탁해 도치노의 주소를 전해 들었네. 와라비시인가 어디 언저리였는데, 난 그저 만나서 이야기만 좀 할 생각이었어. 도치노의 입으로 사죄 한마디만 들으면 족하다고 생각했네. 그런데 막상 가 보니 이미 오래전에 이사했더군. 견디다 못해 담당 검사에게 부탁하기도 했지만 피고인의 개인 정보는 규칙상 알려 줄 수 없다더군. 살해된 우리 딸 주소와 얼굴 사진, 주변의 평판 같은 건 전국에 훤히 알려졌는데도 말이지. 거기서 도치노를 찾는 건 포기했네. 아무리 무죄 판결을 받았다고 해도 사람을 죽인 인간이 제대로 된 삶을 살아갈 리 없다. 분명 그늘 속에 숨어서 지낼 거라고 스스로 되뇌었지만 설마 보호사 일을 그 뒤로도 계속했을 줄이야."

"보호사 자격은 이미 오래전에 취득한 것 같더군요."

"자격 연장에 전과 기록 같은 건 영향을 못 끼치나?"

"무죄였으니까요. 하지만 조금 전 말했다시피 보호 시설 안에서 도치노는 재앙 그 자체였습니다. 그는 몸이 불편한 입소자들에게 일상적으로 폭력을 행사했죠."

또다시 히우라의 눈빛이 어두워졌다.

"저항하지 못하는 사람에게 말인가."

"그렇습니다."

"그렇다면 재판 때와 전혀 변하지 않았다는 말이군. 그 비열한 성격이."

"인간은 변할 수 있는 인간과 그럴 수 없는 인간이 있습니다."

"그 둘이 어떻게 다른 것 같나? 변호사 선생."

미코시바는 "글쎄요" 하고 어깨를 움츠려 보였다.

"다만 작금의 재판 제도는 범인을 교정하는 것이 대전제이자 목적이라서요. 판결문에 갱생 가능성 등이 반드시 명시되는 게 그 증거입니다."

"일본 법률과 여론은 도대체 왜 가해자에게 무르고 피해자와 유족들에게는 엄격하지?"

그것은 상상력이 부족하기 때문이다. 미코시바는 속으로 그렇게 생각했다.

모두가 자신이 사건의 당사자가 되리라고는 진심으로 생각하지 않는다. 어느 날 갑자기 자신의 운명이 진흙투성이가 되리라고는 털끝만큼도 상상하지 않는다. 그러므로 어떤 사건이 일어나도 안전지대 안에서만 모든 사안을 떠올리는 것이다.

"선생은 도치노를 죽인 입소자의 변호를 맡고 있는 건가?"

"네, 피고인의 무죄를 주장하고 있습니다."

"그래. 도치노 같은 놈은 살해돼도 싸지. 그를 죽인 사람은 법률을 대행해 준 거나 마찬가지야. 그러니 죄를 물을 수 없다고 생각하네. 아, 그래. 선생은 지금 그 사람의 무죄를 위한 재료들을 찾으러 온 건가?"

"네."

"도치노를 죽인 사람은 어떤 사람이지?"

질문을 받은 순간 미코시바는 대답을 망설였다.

"비뚤어진 걸 싫어하는 전형적인 옛날 사람입니다. 한번 범한 죄는 어떤 사정이 있어도 속죄해야 한다며 지독하게 고집을 피우고 있죠."

그러자 히우라는 오, 하고 감탄한 듯 신음했다.

"나랑 잘 맞을 만한 사람이군."

"정말로 다루기 힘든 의뢰인입니다. 무엇보다 변호사의 말을 아예 들으려고 하지를 않아요. 이 세상에 아군은 담당 변호사 한 명뿐인데도 말이죠."

"그런 사람이 도치노 같은 놈을 죽인 건가. 그렇다면 분명 자신이 아닌 타인을 위해서였겠군."

미코시바는 허를 찔린 듯이 히우라를 응시했다.

자신이 지금껏 고생해서 찾아다니며 모은 진실을, 히우라는 그의 인품을 듣는 것만으로 맞혀 버린 것이다.

"왜 그러지, 선생?"

"아뇨……. 제 부족한 식견을 다시금 깨닫게 되는군요."

"식견이라. 그런 게 재판에 필요한가? 도치노 재판 때 검사는 재판에 필요한 건 첫째도 둘째도 증거라고 하던데."

"가끔은 범죄 쪽의 식견이 필요할 때도 있습니다."

'특히 나처럼 악랄한 변호사에게는' 하고 속으로 덧붙이는 것을 잊지 않았다.

"그래서 선생. 이런 촌구석까지 대체 뭘 찾으러 온 건가?"

"히우라 씨 부부 외에도 도치노를 증오한 인물. 바꿔 말해 가오리 씨를 소중하게 여기신 분이 혹시 있습니까?"

"가오리는 누구나 좋아하는 아이였지. 아니, 물론 싫어하는 사람이 있었을지도 모르지만 적어도 난 들은 적이 없네. 그리고 가오리를 좋아해 준 사람은 예외 없이 도치노를 증오했겠지."

"가오리 씨의 친족분들은?"

"가오리의 친조부모. 그러니까 내 아버지와 어머니는 가오리가 중학교 때 연이어 돌아가셨어. 외가 쪽은…… 음, 그쪽도 장인이 비슷한 시기에 뇌출혈로 돌아가신 건 기억하지만 가오리의 장례식을 기점으로 사이가 멀어져서 잘 모르겠군."

"친척 외에도 교류가 깊었던 사람은 없습니까? 이를테면 특정한 친구라든지 약혼자라든지."

"약혼자라." 히우라는 쓸쓸하게 미소 지었다. "살아 있었으면 벌써 나이가 서른이군. 남편은 물론 아이도 있었을 텐데……."

"히우라 씨."

"그래, 미안하네. 죽은 아이 나이나 세고 있다니. 한심한 모습을 보였군. 잠시만 기다려 주게나. 예전 앨범을 가져올 테니."

"앨범?"

"아비들이 대부분 그러겠지만 딸이 누구와 친하고 어떻게 지냈는지 잘 모르네. 내 희미한 기억에 의지하는 것보다 가오리의 앨범을 보여주는 게 더 빠르겠지."

그렇게 말하고 히우라는 미코시바를 남겨 두고 안쪽 방으로 들어가 버렸다. 설마 앨범을 가져올 줄은 몰라서 미코시바는 그저 멍하니 기다릴 수밖에 없었다.

눈앞에 놓인 찻잔에 손을 뻗었다. 차는 이미 차갑게 식어 있다.

찻잔은 다소 모양은 뒤틀렸지만 검은 유약과 맞물려 형용하기 어려운 분위기를 뿜낸다. 다소 뒤틀린 쪽이 정취가 느껴진다는 게 스스로 생각해도 잘 들어맞는 표현이다. 인간도 마찬가지다. 강인하고 보통내기가 아닌 인간일수록 정신면에서는 어딘가가 미묘하게 뒤틀려 있다. 곧은 실일수록 끊어지기 쉽고 가지런할수록 무너지기 쉽다.

잠시 후 히우라가 앨범 몇 권을 옆구리에 끼고 돌아왔다.

"얼마 전까지만 해도 집마다 이렇게 앨범 대여섯 권은 있었지. 요즘은 핸드폰과 디지털카메라 같은 걸로 찍어서 그런지 이런 것들도 거의 사라졌다더군."

눈앞에 놓인 앨범은 전부 합쳐 일곱 권이나 됐다.

"그럼 선생, 천천히 보게나. 난 아직 공방에 할 일이 남아서."

히우라가 나가자 미코시바는 가장 위에 있는 앨범부터 펼쳤다. 여기서 새로운 정보를 얻을 확률은 제로에 가깝겠지만 아무것도 하지 않는 것보다는 낫다.

다른 사람의 앨범을 보고 있는 것만큼 따분한 것도 없다. 티 없이 웃는 얼굴을 봐도 공감이 안 되고 가족사진을 보면 괜히 우울해질 뿐이다.

생각해 보면 미코시바는 의료소년원을 나오고 개인적인 사진을 찍은 기억이 없다. 신분증용으로 얼굴 사진을 찍은 건 기억나는데 그런 건 좁은 의미에서 사진이라고 부르지 않을 것이다. 재판과 관련해 기자에게 찍힌 적도 있지만 역시 의미가 조금 다르다.

나에게는 함께 사진을 찍을 만한 사람이 없어서일 것이다. 미코시바가 담담하게 그렇게 결론 냈을 때 불현듯 시선이 어느 사진 한 장에 꽂혔다.

아마 가오리의 생일 파티 사진으로 보인다. 방 안에서 가족으로 보이는 이들에게 둘러싸여 있는 사진이다.

드디어 찾았다.

두 번째 공판을 마친 직후 미코시바의 뇌리를 스치고 간한 줄기 섬광. 형태를 미처 이루지 못한 힌트. 끼워야 할 곳을 모르던 퍼즐 조각.

사진 속에는 정확히 그것이 존재했다.

2

4월 16일 세 번째 공판 최종 변론일.

사이타마 지방 법원 앞은 보도진과 방청석을 원하는 구경꾼들로 인산인해를 이루었다. 미코시바는 멀리서 인파를 바라보며 차를 서쪽 주차장으로 향했다. 얼핏 보니 사회부 기자 외에도 얼굴을 아는 사법 기자가 몇 명 온 듯하다.

지난 두 번의 공판에 비해 언론과 여론의 관심이 급속도로 높아진 데는 이유가 있다. 당연히 미코시바의 변호 주장 때문이다.

미코시바가 '긴급 피난'을 변호 쟁점으로 삼자마자 방청석에 있는 기자들이 기사를 송출했는지 이튿날부터 보호사 살해 사건에 세간의 주목이 쏟아졌다. 시끄러워진 요인 가운데 하나는 '긴급 피난'을 쟁점화하는 것이 일본의 판례 사상 블루오션호 사건 이후 처음 있는 일이라는 점이다.

다음으로 이번 사건의 피해자가 블루오션호 사건의 피고

인이라는 것도 영향을 끼쳤다. 당시에는 타인의 구명조끼를 빼앗은 것을 피할 수 없는 선택으로 인정받은 도치노가 결국은 살해되었다는 사실에 인과응보를 떠올리는 사람도 많았다.

세 번째로 '백락원' 안에서 학대가 일상적으로 일어났다는 점도 크게 작용했다. 그전까지 사건의 그늘에 감춰져 있던 요양원의 실태가 겉으로 드러나자 관할 경찰서에서 다른 사건으로 수사를 시작한 것도 언론의 이목을 끌었다.

이 세 가지가 법조계와 언론의 호기심을 자극하는 모양새가 됐다. 법조계의 관심은 과연 이나미의 행위가 긴급 피난 요건을 충족하는지에 쏠렸고, 그 긴급 피난이 적용돼 무죄 판결을 거머쥔 인물이 살해된 사건에서 또다시 변호인 측이 긴급 피난을 주장하는 아이러니한 상황이 사람들의 관심을 불러 모았다.

그리고 마지막으로 하나. 과거 '시체 배달부'로 불린 미코시바 레이지가 과연 스스로 살의를 인정하는 피고인에게 무죄 판결을 선사할 수 있을지에 대한 것이다. 미코시바와 이나미의 관계까지 파고든 보도는 없었다고 해도 한때의 범죄자가 어떻게 불리한 형세를 역전할지에 세간의 저속한 관심이 집중됐다.

개정은 오후 1시. 미코시바는 변호사 대기실에서 묵묵히 시간이 되기를 기다렸다.

최종 변론일 때만큼은 늘 약간 긴장한다. 승소가 확실한 안건에서도 최종 진술에 의해 판결이 좌우될 때가 있다. 지금껏 여러 번 판결을 뒤집어 온 미코시바는 위험성을 더욱 잘 알고 있다. 따라서 패소했을 때도 영향을 받지 않고 마음을 전환하는 데 힘썼다. 어차피 재판은 한판의 싸움이다. 승리가 있고 패배도 있다.

그러나 이번만큼은 느긋하게 있을 수 없었다. 무엇보다 이나미의 명운이 걸린 재판이다. 실패는 용납되지 않는다. 아니, 재판에서 져도 과연 나 자신을 용서할 수 있을 것인가.

마지막 증인을 어떻게 추궁할 것인가. 최종 진술을 어떻게 마무리 지을 것인가.

여러 번 머릿속에서 시뮬레이션을 반복해 논증에 빈틈이 없는지 확인한다. 상대가 내 안색을 보고 낌새를 차리지 않을까. 몸짓에 동요하는 듯한 느낌이 배어나지는 않을까.

나름대로 핵심을 하나하나 확인하고 시간을 확인했다.

1시 5분 전.

미코시바는 대기실을 나가 403호 법정으로 향했다.

"재판관 입정. 모두 자리에서 일어서 주십시오."

서기관의 신호로 법정에 있는 모두가 자리에서 일어섰다. 착석하기 직전 도야마는 미코시바 쪽을 힐끗 본 것 같았다.

"그럼 개정하겠습니다. 지금부터 2013년 와 제1254호 심리를 진행합니다. 이번이 최종 변론이 될 예정이니 검찰 측과 변호 측 모두 그렇게 임해 주십시오. 피고인은 앞으로 나와 주십시오."

도야마의 말을 듣고 휠체어를 탄 이나미가 앞으로 나갔다. 최종 변론인데도 이 피고인은 변호인보다 훨씬 냉정하고 침착해 보인다.

야노 검사 쪽을 보니 예의 그 가면을 다시 뒤집어쓴 채로 미코시바에게는 눈길 한 번 주지 않는다. 뭔가 비장의 무기라도 있는 걸까. 아니면 그저 자제심이 강할 뿐일까. 여전히 감정을 읽기 어렵다.

재판관석 바로 옆에는 지난번처럼 대형 모니터가 놓여 있다. 미코시바의 요청으로 설치됐는데 모니터를 쓰는 타이밍까지 법원에 알리지는 않았다.

어쨌든 마지막 라운드를 알리는 종이 울렸다. 미코시바는 곧장 몸을 일으켰다.

"재판장님, 변호 측에서 마지막 증인을 불러도 되겠습

니까?"

"그러시죠."

그러자 법정 문을 열고 노부인 한 명이 들어왔다. 하체가 쇠약해 지팡이를 짚으며 천천히 증언대로 다가온다. 그녀의 옆얼굴을 본 이나미가 또다시 미코시바를 노려봤다.

"그럼 증인의 인정 신문을 진행합니다. 증인은 이름, 주소, 나이, 직업을 말씀해 주십시오."

"오가사와라 사카에. 주소는 사이타마현 가와구치시 미나미하토가야 9번지 35-4 '백락원'. 86세. 직업은 없습니다."

"선서문을 낭독하고 서명 날인을 해 주십시오."

오가사와라 부인의 글씨는 힘이 없지만 중간에 끊김이 없다. 서명을 마치기를 기다렸다가 미코시바는 오가사와라 부인 앞에 섰다.

"증인은 피고인의 입소 동기이고 피고인과 같은 조였죠?"

"네."

"사건이 일어났을 때 상황을 기억하십니까?"

"네. 또렷이 기억해요. 어떤 분의 제안으로 그곳에 있던 사람이 다 함께 뒤에서 입을 맞췄으니까요. 그래서 더 자세히 기억합니다."

"사카에 씨!"

이나미가 버럭 소리쳤지만 곧장 도야마가 제지했다.

"피고인. 하고 싶은 말은 최종 진술에서 하시고 그전까지는 발언을 삼가 주십시오. 변호인, 계속하세요."

"증인. 뒤에서 입을 맞추자고 제안한 사람이 누구죠? 혹시 이 법정 안에 있다면 그 인물을 손가락으로 가리켜 주시겠습니까?"

그러자 오가사와라 부인의 가는 손가락이 이나미를 가리켰다. 이나미는 불만 가득한 표정으로 손가락을 노려봤다.

이나미의 계획을 다시 오가사와라 부인이 증언하게 하는 것은 지난번 구니무라 증언을 보충하기 위해서다. 입소자 두 명의 증언이 일치하면 검찰 측이 반론하기도 까다로워진다.

다만 오가사와라 부인을 증언대에 세운 것에는 다른 목적도 있었다.

"그렇다면 증인. 시설 안에서 폭력이 일상적이었는데 그걸 피할 수는 없었습니까?"

"분위기가 아주 독특했어요. 뭐랄까, 보호사들이 입소자들의 실수를 꾸짖을 때가 있잖아요? 그럴 때 이따금 손이 나갈 때도 있지만, '백락원'의 보호사들의 폭력은 그 연장선 같은 분위기가 있어 어디까지가 요양 보호이고 어디서부터

폭력인지 모호했죠. 그리고…….'

"그리고?"

"저희는 '백락원'을 인생의 마지막 거처로 마음먹고 들어와서 그곳에서 쫓겨나면 더는 갈 곳이 없어요. 입소자 대다수는 자식들과도 연이 끊긴 상태나 마찬가지니까요. 그리고 뱀 앞의 개구리라고 할까요. 그 건물 안에 있으면 보호사들에게 반항할 마음이 사라져 버려요. 폭력을 행사하지 않을때 보호사들은 정말로 자상하니까요. 얻어맞는 사람도 그게 폭력인지 단순한 교정인지 알 수 없게 되는 거예요."

오가사와라 부인의 담담한 말에 법정 안이 숙연해졌다. 그녀의 증언은 극한이 극한이 아니게 되는 것에 대한 상황 묘사였다. 범죄가 일상화되는 과정을 그리고 있다.

"피해자 도치노 마모루 씨가 가장 자주 학대한 분이 누구였죠?"

"고토 씨였어요. 움직임이 굼뜨다, 음식을 자주 흘린다고 매일같이 면박당하고 얻어맞았죠."

"고토 씨는 골다공증을 앓고 있습니다. 증인은 그 사실을 알고 있습니까?"

"네. 저뿐만 아니라 저희 조원 모두 알고 있을 거예요."

"도치노 보호사의 폭력이 계속되면 고토 씨가 위중한 상태에 빠질 수도 있다고 예상하셨습니까?"

"언젠가는 큰일이 벌어질 거다……. 그런 예감은 늘 들었어요."

"그런데 증인은 그저 가만히 바라보고만 계셨던 건가요?"

"저는, 여자라……."

"여자라? 다시 말해 자신의 힘으로는 보호사들에게 맞설 수 없다고 생각하셨군요."

"맞아요."

"그럼 다른 누군가에게 도움을 요청하지는 않았습니까?"

미코시바의 질문에 오가사와라 부인은 입을 다물었다.

여기서 뜸 들이게 해서는 안 된다. 미코시바는 여유를 주지 않고 신문을 이어 갔다.

"이대로는 언젠가 큰일이 벌어지고 말 것이다. 같은 입소자로서 그저 방관하고 있을 수 없다. 하지만 자신이 힘이 약하니 맞설 수 없다. 그럴 때는 보통 다른 사람에게 도움을 요청하기 마련입니다. 증인은 다른 사람에게 도움을 요청하지 않았던 겁니까?"

"그건……."

"요청했습니까? 안 했습니까?"

미코시바는 위압하듯 얼굴을 가까이했다. 오가사와라 부

356   은수의 레퀴엠

인에게 이런 깡패 같은 위협이 먹힐 거라고는 생각하지 않았다. 위압의 대상은 그녀의 가슴속에 있는 정의감과 선량함이다.

그러나 거기서 야노가 방해하고 나섰다.

"재판장님. 이의 있습니다. 변호인은 지금 증인에게 위협적으로 증언을 강요하고 있습니다."

"이의를 받아들입니다. 변호인, 질문 방식을 바꿔 주세요."

오가사와라 부인은 문득 천장을 바라보았다. 미코시바의 추궁에서 벗어나 안도하는 듯했다.

증언대 앞에서 선서한 이상 허위로 진술하면 위증죄로 처벌받는다. 그러나 침묵하는 정도면 질책은 당할지언정 처벌받지는 않는다. 상황을 보아하니 오가사와라 부인은 핵심에 해당하는 증언은 하지 않을 것 같다.

그렇다면 어쩔 수 없다.

"질문을 바꾸겠습니다. 증인은 피해자 도치노 보호사가 2003년에 일어난 블루오션호 사건의 피고인이었다는 사실을 알고 있습니까?"

"네. 도치노 씨가 자기 입으로도 종종 언급했으니까요."

"그럼 이걸 봐 주십시오."

미코시바는 대형 모니터에 옛 신문의 일부, 즉 블루오션호 사건에 관한 자세한 내용이 적힌 기사를 띄웠다. 중단 부분에는 구명조끼를 빼앗긴 후 실종된 히우라 가오리의 얼굴 사진이 실려 있다.

"그리고 또 한 장."

다음으로 나타난 것은 미코시바가 히우라 가오리의 집에서 찾아온 확대 사진이었다.

"이는 블루오션호에서 도치노 씨에게 구명조끼를 빼앗긴 히우라 가오리 씨의 본가에서 빌려 온 사진입니다. 부친의 말에 따르면 가오리 씨의 열여덟 살 생일 파티 사진이고 사진에 찍힌 이들은 그녀의 부모님과 외할아버지, 외할머니라고 합니다."

설명하는 도중에 법정 이곳저곳에서 탄식에 가까운 소리가 들렸다. 도야마를 비롯한 재판관과 야노도 허를 찔린 것 같은 표정으로 모니터에 나타난 사진에 집중하고 있다.

"이곳에 찍힌 외할머니의 성함도 부친에게 전해 들었습니다. 이름이 오가사와라 사카에라더군요. 증인, 여기 찍힌 사람이 증인이 맞습니까?"

미코시바가 이렇게 추궁하자 오가사와라 부인의 표정이 굳어졌다.

"증인이 '백락원'에 입소한 건 2008년 4월 20일. 즉 피고인의 입소일보다 정확히 닷새 전입니다. 임의로 고른 요양원에 우연히 손녀딸을 죽인 사람이 있었던 겁니까?"

미코시바가 캐묻자 오가사와라 부인은 고개를 살짝 기울인 채 천천히 미코시바 쪽을 바라봤다.

"우연이 아니에요."

"우연이 아니었다?"

"TV에서 도치노를 봤습니다."

이제는 도치노에게 존칭도 쓰지 않는다.

"저녁에 하는 뉴스였어요. 유명 호텔 요리사가 음식을 만드는 요양원이 있다더군요. 그 무렵에는 남편과 딸이 모두 세상을 뜨는 바람에 식구라고 할 사람이 없어 요양원이라는 곳이 그리 멀게 느껴지지 않았어요. 그래서 흥미가 동해 뉴스를 자세히 봤죠."

"그리고 '백락원' 내부를 촬영한 영상에서 도치노 보호사의 모습을 봤다. 맞습니까?"

"네."

오가사와라 부인의 목소리에는 힘이 쭉 빠져 있었다.

그 뉴스의 시청률이 몇 퍼센트였는지 몰라도 간토 지역에서 1퍼센트면 40만 명 이상의 사람이 시청했다는 말이 된다. 10퍼센트면 4백만 명. 떨어진 곳에 있던 이나미와 오가사와라 부인이 같은 방송을 봤어도 이상하지 않다.

그러나 같은 방송을 봤어도 두 사람의 시점은 달랐다. 이나미는 고토 노인을 발견했고, 오가사와라 부인은 도치노를 발견했다. 그리고 두 사람은 각자 다른 목적을 가슴에 품고 '백락원'에 모였다. 한 명은 아들이 구해 낸 생명을 지키기 위해. 다른 한 명은 손녀딸을 죽인 원수에게 복수할 기회를 노리기 위해.

"증인. 증인은 '백락원'에 입소하기 전부터 도치노라는 남자가 어떤 인물인지 알고 있었습니다. 맞습니까?"

"그만해! 미코시바!"

또다시 끼어드는 이나미를 도야마가 찌푸린 얼굴로 흘겨봤다.

"피고인. 벌써 세 번째 경고입니다. 앞으로 허가 없이 발언하면 퇴정 조치합니다."

그렇습니다. 교관님은 입 다물고 계십시오. 미코시바는 마음속으로 중얼거렸다.

이제 한 발짝만 더 가면 이 증인의 벽이 무너진다. 변호 측에 유리한 증언을 전부 내뱉을 것이다.

"그런 사악한 사람인 걸 알면서도 증인은 도치노 씨가 고토 씨에게 폭력을 행사하는 모습을 묵묵히 지켜봤습니까?

아니, 그러지 않았겠죠. 증인은 피고인이 하반신을 쓸 수 없는 몸이지만 도치노 씨의 폭력에 굴하지 않을 사람인 걸 깨닫고 피고인에게 고토 씨를 지켜 달라고 부탁했습니다. 그부탁이 피고인을 '긴급 피난'으로 향하게 한 요인 중 하나라고 생각하지 않습니까?"

오가사와라 부인은 여전히 입을 꾹 다물고 있다. 야노가 더는 못 참겠다는 듯이 목소리를 높였다.

"재판장님! 변호인은 지금 자신의 추론을 증인에게 강요하고 있습니다."

"이의를 받아들입니다. 변호인은 질문 방식을 바꿔 주십시오."

"알겠습니다. 재판장님."

미코시바는 지시에 따르는 척하면서 절로 지어지는 미소를 애써 감췄다.

"그럼 다시 질문하겠습니다. 증인은 도치노 씨의 폭력으로부터 고토 씨를 지켜 달라고 피고인에게 부탁했습니까?"

오가사와라 부인은 도야마와 이나미의 얼굴을 번갈아 보더니 잠시 후 기어들어 가는 목소리로 말했다.

"……기억나지 않습니다."

이걸로 됐다.

그녀는 지금 증언을 주저하고 있지만 미코시바가 제시한 추론이 거의 진실에 가까울 것이다. 여섯 명의 배심원이 강렬한 인상을 받았으면 그것으로 충분하다. 오가사와라 부인이 이나미에게 부탁했다고 증언하는 것은 중요하지 않다. 중요한 것은 그녀가 손녀딸의 원수를 갚기 위해 이나미를 부추겼다고 배심원들이 생각하게 하는 것이다.

이 재판은 오가사와라 부인의 살의를 입증하는 재판이 아니다. 어디까지나 이나미의 '긴급 피난'을 인정받는 게 목적이다.

"다음으로 검사, 반대 신문을."

야노는 마치 오가사와라 부인의 움직임에 맞추는 것처럼 천천히 일어섰다.

"조금 전 변호인의 질문을 받고 증인은 기억에 없다고 증언했습니다. 현명합니다. 확실하지도 않은 일을 현장의 기세와 분위기에 따라 입에 담으면 심리에 오류를 초래할 수 있으니까요."

야노의 변은 선서문에 넣어도 좋을 만큼 정론이지만 미코시바를 향한 빈정거림이 분명하다.

"다시 묻겠습니다. 증인은 피고인이 피해자에게 위해를 가하도록 교사했습니까?"

"아니요."

오가사와라 부인은 망설임 없이 대답했다. 사실관계면 몰라도 인간의 진의는 입증하기 어렵다. 입증하기 어려우므로 무엇을 말해도 허위로 단정할 수 없다.

"구체적으로 피해자를 살해하게끔 부추기는 말을 한 적이 있습니까? 피고인에게 피해자를 증오한다고 말한 적이 있습니까?"

"아뇨. 절대 그런 말은 하지 않았어요."

"이상으로 반대 신문을 마칩니다."

미련 없이 끝낸다. 배심원들의 상상력을 자극하는 미코시바의 변론에 맞서 야노는 오직 입증할 수 있는 사실만을 심리에 채택해야 한다고 주의를 재촉했다. 불을 끄는 방법으로써 가장 효과적일 것이다.

주 신문과 반대 신문이 다 끝나자 마치 노린 것처럼 도야마가 법정을 둘러봤다.

"그럼 지금부터 검사, 변호인 양쪽의 최종 의견을 듣겠습니다. 우선 검사의 논고를 듣겠습니다. 검사, 시작하십시오."

야노가 몸을 쓱 일으켰다. 조금 전 언뜻 보인 온화한 말과 태도는 어느덧 찾아볼 수 없다. 그가 헛기침을 한 번 하자 법정 안은 찬물을 끼얹은 듯 조용해졌다.

"논고, 구형합니다. 저희 검찰 측은 피고인 이나미 다케오를 도치노 마모루 보호사 살해 사건의 범인으로서 공소 사실 내용에 대해 근거를 들어 가며 입증했습니다."

야노는 재판관석을 똑바로 쳐다보며 꿈쩍도 하지 않았다. 지금껏 감정을 얼굴에 드러낸 적이 없는 만큼 진지한 눈빛에는 호소하는 기운이 서려 있다.

밋밋한 가면은 이를 위한 포석이었나. 미코시바는 야노를 새삼 다시 봤다. 엄숙하게 변론만을 진행하는 평범한 검사들 중에서 이 남자는 앞으로도 꽤 상대하기 어려운 적이 될지도 모른다.

"우선 말씀드리고 싶은 건 피해자 도치노 마모루 씨를 흉기로 때려 살해한 행위는 과실 치상 등이 아닌 엄연한 살인에 해당한다는 것입니다. 변호인 측은 피고인이 입소자 중 한 명을 보호하기 위해 어쩔 수 없이 흉기를 휘둘렀다는 이른바 '긴급 피난' 요건을 제시했습니다만, 진술 조서 외에도 피고인 본인이 공판에서 피해자에 대한 살의를 고백했고 피고인이 퇴창에서 자의로 가져온 흉기는 방어가 아닌 공격에 쓰였습니다. 이 사실에서도 형법 제199조 조문에 해당합니다."

미코시바가 폭로한 사실을 검찰 측 논고에 적용했다. 이런 임기응변과 당찬 태도는 매우 보고 배울 만하다.

"다음으로 '긴급 피난' 요건에 대해 반증하겠습니다. 이미 진술에 나온 대로 '긴급 피난'이 성립하려면 보충성과 법익 균형이라는 두 가지 요건을 충족해야 합니다. 그러나 변호 측의 주장은 억지에 불과합니다. 우선 보충성의 요건입니다만, 과연 피해자의 폭력을 제지하기 위해 흉기로 때리는 것 외에 다른 방법은 없었는가. 이건 아니라고 할 수 있습니다. 그 자리에 함께 있던 입소자들에게 협력을 요청해 다 함께 제압하거나, 혹은 피해자를 간곡하게 설득하는 방법도 있었습니다. 피고인은 전직 의료소년원 지도 교관입니다. 피고인의 지도를 받아 갱생한 소년들이 적지 않을 것입니다. 그렇다면 왜 그 경험을 살리지 못했을까요. 법익 균형의 요건에서는 더욱 의문이 생깁니다. 피해자의 폭행을 방치한 것으로 과연 사망자가 발생했을지를 떠올리려면 비약적인 상상력이 필요합니다. 왜냐하면 피해자는 장기간에 걸쳐 요양보호 업무에 종사했고, 폭력과 그렇지 않은 행위의 경계선을 충분히 파악하고 있었다고 추측할 수 있기 때문입니다. 이 이상 구타하면 위중한 사태를 초래한다. 그 정도의 판단력은 마땅히 있었을 것이고, 따라서 피해자가 도중에 폭행을 그만뒀을 가능성도 크다고 할 수 있습니다. 위험을 회피

한 것으로 얻어진 이익은 확정적이지 않다고 할 수밖에 없습니다. 그러나 한편으로 침해된 이익은 피해자의 생명이라는 확정적인 사실입니다. 양쪽이 균형 상태에 있다고 도무지 말하기 어렵습니다."

야노는 일단 숨을 한 번 돌리고 다시 말을 이었다.

"셋째로 사회 통념과 사회 정의에 미치는 영향에 대해서입니다. 긴급 피난의 요인이 있으면 쉽게 법률을 위반해도 되는지. 그리고 불이익을 피하기 위해서라면 장해가 되는 것을 안이하게 제거해 버려도 좋은지. 이는 예외 사항의 확대 해석을 너무 쉽게 연결 짓는 달콤한 속삭임이라고 해도 과언이 아닙니다. 사건의 배경을 참작할 수는 있어도 해당 범죄 행위 자체를 없는 것처럼 취급하는 것은 책임 주의의 법체계를 뿌리부터 부정하는 행태라고 할 수 있습니다. 형사 사건 재판에서는 오로지 행위만을 심리해야 합니다. 따라서 검찰은 피고인 이나미 다케오에게 징역 15년을 구형합니다."

징역 15년. 검찰은 시설 내 폭력과 도치노의 행태를 고려하지 않은 것처럼 보인다.

"다음으로 변호인의 최종 변론을 듣겠습니다. 변호인, 시작하십시오."

필요 이상으로 기 쓰지 말고 겁먹지 마라. 미코시바는 전직 특수부 검사의 충고를 떠올리며 자리에서 일어섰다.

"변호인은 피고인 이나미 다케오의 행위가 검찰 측이 주장하는 살인이 아닌, 무고한 제삼자를 구하기 위한 긴급 피난이었다고 주장합니다. 긴급 피난이라면 그곳에 살의는 개입하지 않았고, 피고인이 이미 여러 차례 표명한 살의에 대한 진술과 증언은 오랜 기간 법무 교관으로 근무해 온 피고인 특유의 윤리관에 따른 속죄의 마음에서 나온 것이라고 유추해 볼 수 있습니다. 조금 전 검찰은 긴급 피난의 보충성과 법익 균형의 요건에 의구심을 제기했습니다. 우선 보충성에 대해서입니다만, 피고인 이나미 다케오와 같은 처지인 입소자들의 증언과 감시 카메라에 담긴 시설 내 정황을 보면 '백락원'이 일종의 극한 상태에 놓여 있었다는 것에는 논의의 여지가 없습니다. 극단적인 비유일지 모르겠지만 아우슈비츠 수용소에서 나치스와 유대인 수용자들의 관계와 일맥상통하는 것입니다. 그런 상황에서 주변 입소자들과 순식간에 협의해 학대 본능에 불을 지핀 지배자를 제지하는 게 과연 가능했을까요? 검찰관은 많은 소년원 원생을 지도해온 피고인의 과거 이력을 언급했습니다만, 열네댓 살의 소년과 마흔이 넘은 성인을 같은 선상에 두는 거야말로 억지 아닐까요. 법익 균형 요건도 마찬가지입니다. 한창 폭력을 행사하고 있는 도치노 보호사의 판단력을 피고인이 냉정하게 추측할 수 있었을까요. 이 역시 대단히 의문스럽다고 할 수 있습니다."

이로써 야노의 주장에 충분히 맞설 수 있다. 도야마를 비롯한 재판관들도 집중해서 이야기를 들으며 납득한다는 듯이 가볍게 고개를 끄덕인다.

"다음으로 사건의 양태에 대해서입니다. 공판을 통해 밝혀진 것처럼 '백락원'은 악덕의 소굴이었고 고령자 지원, 요양 보호 같은 본래의 사회적 기능에서 크게 이탈한 것은 물론, 약자 학대의 온상이 돼 있었습니다. 입소자 모두가 시설 내 학대의 희생자가 되었고, 지금 눈앞에서 위중한 피해가 발생하려는 순간 피고인은 움직였습니다. 심지어 자신을 위해서가 아닌 타인을 위해서 말이죠. 영웅적인 행위라고까지는 하지 않겠지만 도치노 씨에게 흉기를 휘두른 행위에 대해 아무런 변명을 하지 않고, 그러기는커녕 오히려 타인을 보호하려고 한 것조차 감추려고 한 피고인의 심정을 이해해 주셨으면 합니다. 현행 재판 제도가 벌칙 주의가 아닌 피고인의 갱생을 목적으로 한다면 피고인 이나미 다케오는 충분히 참회하고 그 이상으로 속죄의 마음을 품고 있습니다. 그에게 이 이상 처벌을 내릴 이유는 없습니다."

헛기침 소리 한 번 들리지 않는 법정에서 미코시바의 목소리가 낭랑하게 울려 퍼진다. 스스로 발산한 목소리가 몸 안에서도 메아리친다.

신기한 감각이었다.

지금껏 최종 변론은 골백번 해 왔다. 저속한 의뢰인을 마치 고결한 인물처럼 말하고 악랄한 피고인을 '격차 사회의 피해자' 같은 표현을 써 가며 적당히 추켜세우기도 했다. 다 그만한 보상이 있는 일이었기 때문이다.

그러나 이번 변론은 다르다. 가슴속에서 터져 나오는 말에는 모두 실체가 있고 온도가 있다. 이야기하면 할수록 마치 힘이 충만해지는 듯한 착각에 빠진다.

그래도 미코시바는 스스로에게 도취되지 않았다. 최종 변론에서 중요한 것은 배심원 한 명 한 명에게 피고인을 '피고인'이라는 속성이 아닌 고유의 이름을 지닌 인간임을 자각시키는 것이다. 따라서 변론 중에 뻔뻔할 정도로 이름을 연신 입에 담는다.

"이나미 다케오의 지난 반생은 범죄 소년의 지도와 교정의 연속이었습니다. 한 번이라도 남을 꾸짖고 길을 제시한 사람이라면 누구든 알겠죠. 그것이 결국 자기 자신을 질타하고 자신이 앞으로 나아갈 길을 좁게 만든다는 것을요. 이나미 씨에게 교육받은 원생은 수천 명, 아니 수만 명에 달할 것입니다. 그때마다 이나미 씨는 계속해서 자기 자신과 싸워 왔습니다. 소년들의 가슴속에 파고든 불신과 싸우고, 세간의 편견과 맞서 싸웠습니다. 그리고 이번에도 역시 하반신 마비라는 핸디캡을 떠안고 부조리한 폭력에 맞섰습니다. 그 상대는 자신이 살아남기 위해서라면 약한 자에게 아무렇지 않게 주먹과 발길질을 휘두르고, 죄에서 벗어난 뒤로는 일상적으로 약자를 짓밟아 온 짐승이었습니다. 피고인은 허약한 노인을 구하려고 결과적으로 야수를 죽이고 만 것입니다. 본 변호인은 이나미 다케오의 행위를 무죄라고 주장합니다. 이상 말씀드린 사정을 고려해 배심원 여러분께서 판단해 주시기를 부탁드리고 싶습니다."

말을 마치자 만족감과 자기혐오가 동시에 고개를 들었다. 만족감은 변론을 마친 것에 대한 것이고 자기혐오는 바로 조금 전 욕한 짐승이 나 자신이기도 하다는 사실에 대한 것이다.

자리에 돌아갈 때 문득 이나미와 눈이 마주쳤다. 이나미는 웬일인지 곤혹스러워하는 얼굴이었다.

"피고인은 증언대에 서 주십시오."

교도관이 미는 휠체어를 타고 이나미는 앞으로 나아갔다.

"심리를 마치기 전에 마지막으로 하고 싶은 말이 있으면 간략하게 해 주십시오."

"우선 제 변호를 맡아 준 미코시바 선생에게 감사하다는 말을 전하고 싶습니다."

아무 예고도 없이 자신의 이름이 튀어나와 미코시바는 흠칫 놀랐다.

"피고인인 제가 유죄가 확실하다고 하는데도 미코시바 선생은 다양한 논리와 말재주를 구사해 무죄 판결을 받아 내려 하고 있습니다. 옆에서 듣는 제가 오히려 설득당할 정도로요. 한때 같은 시설에 있었던 식구를 칭찬하는 건 아니지만, 수재 중의 수재들만 모인 변호사 중에서도 우수한 축에 속한다고 자랑할 수도 있겠지요."

"피고인, 짧게."

"네, 죄송합니다. 하지만 그런 우수한 변호인이 모처럼 땀을 흘려 줬지만, 그래도 저는 제게 벌을 내려 주었으면 합니다. 변호인은 강하게 부정하고 있지만 도치노를 때리는 순간 저는 자제심을 잃었습니다. 적당한 선에서 멈추려고 하지 않았습니다. 자제심을 잃었다면 저 역시 짐승과 마찬가지였고, 그 당시 제게 살의가 있었다는 것을 뜻합니다."

그만.

미코시바는 세 번 외치고 싶어졌다. 왜 앞장서서 목을 내밀려는 것인가.

"제가 하고 싶어서 한 일이건 남이 시켜서 한 일이건 행동에는 반드시 책임이 따릅니다. 그 책임에서 도망치는 건 지금껏 법무 교관으로 먹고살아 온 저 자신의 삶을 부정하는 거나 마찬가지입니다. 그리고 변호인은 '긴급 피난'이라는 묘수를 들어 저를 변호해 주었지만, 그 논리로 처벌을 피하면 저는 도치노 씨와 똑같이 되겠죠. 죽은 도치노 씨에게는 미안하지만 그런 건 사양하고 싶습니다."

피해자와 똑같은 사람이 되고 싶지 않으니 유죄를 내려 달라. 그런 요청이 과연 가당키나 한가.

"재판장님. 이유가 어떻든 저는 사람을 죽였습니다. 속죄하는 방법은 저마다 다를 겁니다. 타인에게 최선을 다해 속죄하는 방법도 있겠죠. 그러나 저는 이제 앞으로 살날이 얼마 남지 않았고, 이런 몸이니 살아 있어 봐야 속죄할 길도 없습니다. 그러면 극형에 처하거나 죽을 때까지 감옥 안에 있어야 마땅합니다. 그러지 않으면 저는 제 인생에 오점을 남기고 맙니다. 다시 한번 부탁드립니다. 제게 벌을 내려 주십시오."

재판관 두 명과 배심원 여섯 명은 믿지 못하겠다는 표정을 짓고 있다.

도야마 재판장은 이마에 깊게 주름이 잡힌 얼굴로 잠시 후 짧게 탄식했다.

"이상으로 피고인 이나미 다케오의 살인죄 변론을 마칩니다. 선고 기일은 5월 16일. 폐정."

3

화단에 흐드러지게 핀 꽃은 어느새 제비꽃에서 장미로 바뀌었다.

오가사와라 부인은 화단 앞 탁자 옆에 앉아 평소와 똑같이 CD 카세트에서 흘러나오는 모차르트의 '레퀴엠'에 귀를 기울이고 있다. '백락원'을 찾아올 때마다 늘 같은 모습이라 마치 그녀가 풍경의 일부처럼 느껴졌다.

CD 카세트의 빈약한 스피커로도 죽은 자를 애도하는 곡의 장엄함이 전해진다. '레퀴엠(죽은 자를 위한 미사곡)'은 모차르트가 작곡 도중 병사하는 바람에 미완으로 남은 곡을 제자들이 완성했다는 사연이 있는 곡이다. 당시 모차르트의 정신 상태가 반영됐는지 매우 우울한 분위기여서 오랫동안 미코시바의 마음에는 와 닿지 않았다.

지금 흐르는 곡은 모차르트가 마지막으로 쓴 부분이라고 알려진 제8곡 라크리모사 '눈물의 날' 첫머리 부분이다. D단조 라르게토 8분의 12박자.

흐느끼는 듯한 바이올린 선율에 맞춰 여성들의 합창이 비애를 노래한다. 반주는 단조롭지만 상승했다가 멈추고 또 상승했다가 멈춤을 반복하는 선율이 제단으로 향하는 참배객 대열을 연상시킨다.

제단의 계단을 다 올라간 곳에서 곡조가 멈추고 여성의 노랫소리가 조용히 흐느낀다. 죽은 자에 대한 추억과 비극을 맞이하는 통곡이 가슴을 옥죈다. 상향과 하향을 천천히 반복하는 동안 상실감과 기도가 하나로 합쳐져 마음의 주름에 파고든다.

멜로디가 일단 평온해져 고인의 생전 추억을 되새기지만 그것도 한때에 그친다. 어루만지면서 달랜 지 얼마 지나지 않아 곡은 단조로 떨어지고 느닷없이 들이닥치는 남자들의 합창 소리가 더 큰 슬픔을 노래한다.

"오랜만에 찾아뵙습니다."

미코시바가 말을 걸자 오가사와라 부인은 그제야 눈치챈 듯 고개를 들었다.

"응? 미코시바 선생님."

최종 변론일이 끝나고 아직 2주밖에 지나지 않았는데도 부인은 몹시 반가운 듯이 웃었다.

"재판하시느라 정말 고생하셨어요."

"제가 드릴 말씀이죠. 다리가 불편하신데 그런 곳까지 오 가게 해서 죄송할 따름입니다."

"아뇨. 가끔 요양원 밖으로 나가는 것도 자극이 돼요. 법 정에서는 더 자극적인 상황과 맞닥뜨리기도 했고요."

증언대에 서서 미코시바에게 신문당한 상황을 풍자하는 게 틀림없다.

"법정에서 저지른 무례를 모쪼록 용서해 주십시오."

"그런 식으로 증인에게서 증언을 끌어내는 게 선생님 의 방식이죠? 의뢰인을 위해서라면 수단과 방법을 가리 지 않고 사회 상식이나 절차, 평판 같은 것도 신경 쓰지 않 는……. 변호사로서는 가장 이상적일지도 모르겠어요."

"잠깐 앉아도 될까요?"

"네. 저도 다른 사람이 위에서 내려다보는 건 별로 좋아하 지 않아서요."

미코시바는 정면에 앉아 부인과 마주 봤다. 오가사와라 부인은 마치 불상처럼 티 없이 미소 짓고 있지만 가면인지 아닌지는 잘 분간할 수 없다.

"이곳이 전보다 왠지 분주해진 느낌이네요."

"시치미도 잘 떼셔요. 전부 미코시바 선생님 때문이잖아요."

미코시바 역시 '백락원'을 둘러싼 언론 보도를 접했다. 일부 언론이 법정에서 폭로된 시설 내 학대 소식을 다음 날 조간에 신자 며칠 후 가와구치시에서 조사를 나간 것이다. 법정에서 증거로 채택된 감시 카메라 영상을 통해 개호 보험법 위반 책임을 물어 '백락원'에 6개월간 신규 입소자 모집 정지, 6개월간의 개호 보수 2할 감액 조치가 검토되는 중이라고 한다.

마에하라와 우루시자와 같은 보호사들은 물론 원장인 쓰노다도 징계 대상에 올랐다. 비난의 도마 위에 오른 경영 모체인 사회 복지 법인은 기존 입소자에 대한 보상과 전 직원 교체를 발표했다. 다만 현재 상황에서는 새로운 직원을 바로 구할 수 없으므로 시에서 파견된 담당자의 감시 아래 기존 체제 그대로 업무를 이어 가고 있다.

"기존 입소자분들이 계실 곳은 확보한다고 들었습니다."

"그것도 선생님이 법정에서 모든 걸 밝혀서죠. 소문과 내부 고발 정도였으면 경영자들도 문제를 감추기에 급급했을 거예요. 그러면 저희에게 가해지는 학대가 전보다 더 심해졌을지도 모르고요. 결국 가장 좋은 형태로 해결될 것 같아요. 이런 걸 전화위복이라고 하나요? 어쨌든 선생님의 유능함이 실제로 증명된 셈이네요."

"비꼬시는 건가요."

"비꼬다니요. 그냥 말 속에 뼈가 있는 거죠."

오가사와라 부인은 입가를 가리며 웃었다.

"그건 그렇고, 법정에서 그 사진을 보여주실 때는 정말 질겁했어요. 설마 가오리를 눈여겨보고 계셨을 줄은 상상도 못 했으니까요."

미코시바는 대답하지 않았다. 히우라 가오리의 집을 찾아간 것도 명확한 노림수가 있어서는 아니었다. 도치노에게 원한을 품은 사람을 찾는 중 우연히 오가사와라 부인에게까지 도달한 것이다.

"제가 이나미 씨를 부추겼다고 곧장 떠올리신 건가요?"

"아뇨. 다만 가오리 씨를 죽인 사람과 그녀의 외할머니가 같은 곳에 있었으니 이런저런 상상을 할 수 있었지요."

"가오리는 말이죠. 제 뒤를 졸졸 따라다니던 손녀딸이었답니다."

오가사와라 부인은 환하게 웃었다.

"사위가 공방을 경영하고 있잖아요. 당시에는 부부가 둘 다

바빠서 다지미에 사는 제가 자주 가서 뒷바라지를 했어요."

"이웃집에 사신 겁니까?"

"이웃이라고 할 정도는 아니에요. 그런데 무슨 일이 생기면 곧장 달려갈 거리는 됐죠. 그래서 집에서 자주 가오리를 돌봤답니다. 아마 열 살 정도까지는 자기 집보다 저희 집에 있는 시간이 더 길었을지도 모르겠네요."

"그럼 할머니 뒤를 따라다닐 수밖에 없겠네요."

"이웃에 괴롭힘을 당하는 아이가 있는데 어쩌면 좋냐, 학교에 맘에 안 드는 선생님이 있다 등등. 제가 늘 부모 대신 고민을 들어 줬죠. 참, 제가 시대극 팬이라 가오리도 어느새 같은 것을 보기도 했어요. 덕분에 친구들 사이에서 특이한 아이 취급을 받는다며 종종 툴툴거렸지요."

눈가에 주름을 깊게 만들며 웃는 부인은 어디에나 있는 기품 있는 노부인처럼 보인다.

"저희도 아이가 딸 하나뿐이라 손녀도 가오리 한 명뿐이었어요. 실제로 손자 손녀를 보면 그저 귀찮기만 할 것 같았는데 그 아이는 정말로 귀엽고 착했답니다. 끌어안으면 볼이 포동포동한 게 천사 같았죠. 눈에 넣어도 안 아플 거라는 말이 꼭 거짓말은 아니겠구나 생각했을 정도예요. 그래서 그 아이가 혼자 한국으로 여행을 간다는 말을 처음 들었을 때는 정말 걱정이 굴뚝같았답니다. 여러 번 말리고 타일러 보기도 했지만 한번 마음먹은 건 바꾸지 않는 아이라……. 그렇게 될 줄 알았으면 여권을 빼앗아서라도 못 가게 해야 했다며 뒤늦게 딸 부부와 후회했죠.”

그전까지 환하던 오가사와라 부인의 얼굴에 그림자가 드리웠다.

“블루오션호가 전복되고 승객 명부에서 가오리의 이름을 발견했을 때는 정말 까무러칠 뻔했어요. 어떻게든 기적이 일어나 부디 돌아와 주기를……. 저희는 매일같이 딸 부부의 집에 모여 가오리가 무사히 살아서 돌아오기를 기원했어요. 하지만 사고일로부터 이틀이 지나 뉴스에 그 영상이 나온 거예요.”

“도치노가 가오리 씨에게서 구명조끼를 빼앗는 장면이 찍힌 영상 말이군요.”

“그 뉴스로 저희의 기도는 덧없이 날아가 버렸죠. 기도 다음에 찾아온 건 도치노를 향한 원망뿐이었어요. 미코시바 선생님, 가족 관계가?”

“가족이라고 부를 만한 사람은 없습니다.”

“그럼 가족을 그렇게 잃은 사람의 심정도 모르시겠네요. 원통하고 또 원통해서 울면 피눈물이 나올 것 같았죠. 도치노라는 인간은 인두겁을 뒤집어쓴 짐승이라고 생각했어요. 그래서 그놈이 폭행죄로 체포됐다는 소식을 들었을 때 저희는 십 년 묵은 체증이 내려가는 것 같았어요."

부인은 하지만, 하고 일단 말을 멈췄다.

"결국 도치노는 처벌받지 않았어요. 자기 혼자 살려고 다른 사람을 희생양으로 삼는 그런 짓이 법률로 인정된다니, 대체 그런 나라가 세상에 어디 있느냐며 분통을 터뜨렸죠."

"도치노의 재판을 방청하셨습니까?"

"마침 그 무렵부터 다리가 쇠약해져서요. 하지만 방청석 경쟁률이 상당했다고 하니 거기까지 갔더라도 방청은 못 했을 거예요."

"도치노의 얼굴은 어떻게 알게 되셨습니까?"

"신문은 가오리의 얼굴은 실어도 도치노의 얼굴은 절대 실어 주지 않았죠. 도치노에 대해서는 오로지 '남성 승객'이라고만 적었어요. 피해자보다 가해자를 더 배려하는 건 잘못된 거 아니냐고 가족 모두가 분노했어요. 그런데 사진 주간지라고 하나요? 그런 종류의 잡지들이 앞장서서 도치노의 얼굴을 노출해 준 덕에 도움이 됐죠. 저는 말이죠. 두 권을 샀답니다. 그 사진 주간지를."

"두 권? 왜죠?"

"한 권은 보존용. 다른 한 권에서는 사진을 오려 시침바늘을 잔뜩 꽂아 줬어요."

부인은 입가를 올리며 웃었지만 눈은 절대 웃고 있지 않다.

"미코시바 선생님, 이래 봬도 전 부잣집에서 태어났답니다. 그래서인지 전부터 얌전하다는 말을 줄곧 듣고 자랐죠. 실제로 지금까지도 딱히 다른 사람을 미워하거나 부러워하는 일 없이 자라 왔어요. 하지만 그런 사람이라도 소중한 가족을 그렇게 잃으면 악마도 될 수 있는 법이에요."

"도치노의 행방을 좇으셨군요."

"안타깝게도 찾기 바로 직전 단계에서 좌절했어요. 딸 부부가 경찰과 검찰에 여러 번 부탁해 봐도 주소를 포함해 도치노에 관한 건 하나도 알려 주지 않았거든요. 그래서 도치노의 변호사도 찾아가 봤지만 그쪽 역시 쌀쌀맞기 그지없는 태도로 거의 문전박대를 했답니다."

"이 나라는 범죄자에게 천국 같은 곳이니까요."

"한때 '시체 배달부'로서 조롱하시는 건가요?"

"당치도 않습니다. 그 덕에 저는 변호사도 됐으니까요. 진심입니다."

"적어도 변호사님은 예전의 은인을 구하려고 뛰는 분이니 괜찮죠. 도치노는 달랐어요. 그 남자를 좇을 단서가 더는 없다는 걸 깨닫고 저희 가족은 모두 몸과 마음이 병들었답니다. 가오리의 엄마, 그러니까 제 딸은 자궁암이 악화해 순식간에 저세상으로 가 버렸죠. 그리고 제 남편도 마치 가오리의 뒤를 따르는 것처럼……. 미코시바 선생님, 사람이란 말이죠. 기력을 잃으면 수명도 줄어드는 법이에요. 그런데 다행히 사위는 건강했죠. 외동딸과 부인을 연이어 잃었는데도 끝까지 공방을 홀로 지키면서……. 하지만 아마도 속은 병들었을걸요. 직원과 그 가족들의 생계를 책임지고 있으니 그저 묵묵히 참고 견디고 있을 뿐이에요."

미코시바는 새삼 오가사와라 부인을 바라봤다. 여든여섯 살인데도 주름이 적고 등은 굽어도 허리까지 굽지는 않았다. 후기 고령자 중에서도 아주 정정한 축에 속할 것이다.

불현듯 생각이 스쳤다. 바로 지금 본인이 입에 담지 않았나. 가족들이 모두 몸과 마음이 병들었다고.

오가사와라 부인이 병든 곳은 정신이었다. 자산가 집안에서 태어난 얌전한 아가씨가 악마로 변한 것이다.

"법정에서 말한 대로 어느 뉴스 방송에서 도치노의 얼굴을 봤을 때, 저는 늦었지만 드디어 제 기도가 하늘에 닿았다고 여겼어요. 하늘은 선행에는 보답을, 악행에는 천벌을 내린다는 말이 믿어지더군요. 그리고 다행인지 불행인지 그 무렵 제 몸 상태는 요양 보호가 필요했으니까요. '백락원'에 입소하기에 안성맞춤이었던 거예요."

"운 좋게 부인은 원수인 도치노에게 다가갈 수 있었군요. 구체적인 복수 방법도 정해 두고 계셨습니까?"

"아뇨. 그런 건 없었어요."

오가사와라 부인은 싱긋 웃었다. 행색은 늙고 초라해졌어도 미소에서 야릇한 매력이 느껴진다.

"제게 시간과 기회가 주어졌지만 딱히 서두를 필요는 없었죠. 천천히 그 남자를 관찰하다 보면 언제가 빈틈이 생길 거라고 봤어요."

"그건 즉 제 의뢰인이 도치노를 살해하는 건 전혀 예상하지 못했다는 말씀입니까?"

"어머. 선생님은 설마 제가 그날 사건을 전부 사전에 준비했다고 말씀하시려는 건가요? 그건 터무니없는 과대평가예요."

"오가사와라 부인. 공판은 이미 끝났습니다."

미코시바는 그녀에게 얼굴을 들이댔다.

"하물며 이곳은 법정도 아니죠. 옆에서 보고 듣는 사람은 아무도 없습니다. 저와 부인만의 밀담이에요. 만약을 위해 말씀드리면 저는 지금 녹음기 같은 것도 갖고 있지 않습니다. 그러니 공판 때 증언대에서 말씀하지 못한 것도 이곳에 서라면 하실 수 있지 않을까요?"

"선생님, 제가 그곳에서 위증이라도 했다는 말인가요? 전 선서할 때 확인했답니다. 증언대에서 거짓말을 하면 죄가 된다는 것을요. 그러니 그곳에서 한 말은 전부 사실이에요."

"부인이 거짓말을 했다고는 하지 않았습니다. 그날 말하지 못한 게 있을 거라는 거죠. 당시 검사의 질문은 이랬습니다. '피해자에게 위해를 가하도록 교사했습니까?' '구체적으로 피해자를 살해하게끔 부추기는 말을 한 적이 있습니까?' 그리고 '피해자를 증오한다고 피고인에게 말한 적이 있습니까?' 부인은 모든 질문에 아니라고 답했습니다."

"네. 그건 절대 거짓말이 아니에요."

"그러나 제가 드린 '고토 씨를 지켜 달라고 피고인에게 부탁했습니까?'라는 질문에는 기억에 없다고 대답하셨죠. 기억에 없다? 그럴 리가요! 저는 이나미 씨가 도치노를 꽃병으로 내려쳤을 당시 그곳에 있던 입소자에게 그날 상황에 대해 들으러 다녔는데 이나미 씨의 진술과 가장 일치하는 증언을 한 사람은 부인이었습니다."

오가사와라 부인은 미코시바를 정면에서 바라본 채로 잠시 입을 다물고 있었다.

"제가 오늘 이곳을 찾은 건 그 대답을 부인의 입으로 직접 듣고 싶어서입니다."

"들어서 어쩌시려고요? 이제 재판은 끝나지 않았나요? 그럼 그 얘기를 들어 봐야 소용 있겠어요?"

"제가 아는 의뢰인은 단순한 충동과 변덕으로 흉기를 휘두를 만한 사람이 아니니까요. 법정에서 변호를 위해 힘쓴 건 변호인으로서 당연한 일이지만, 제가 혹시 잘못된 변호를 한 건 아닐까 하는 호기심도 생깁니다."

또다시 부드러운 눈싸움이 이어진다.

침묵을 먼저 깬 쪽은 오가사와라 부인이었다.

"제가 대답하지 않으면 계속 이곳에 계실 건가요?"

"요즘은 저도 시간에 여유가 있어서요."

"그럼 솔직히 대답해드리죠. 제가 이나미 씨에게 한 말은 딱 한마디예요. '모쪼록 고토 씨를 지켜 주셨으면 해요'."

"정말 그뿐입니까?"

"네. 그걸로 충분했어요. 그런 분에게는."

"그런 분?"

"선생님은 이나미 씨를 어떻게 보고 계시는지 모르겠지만, 그분은 기본적으로 남자아이와 똑같아요. 아니, 세상에 널리 존재하는 남자들은 대부분 그럴지도 모르죠."

부인은 또다시 기묘한 매력이 있는 미소를 지어 보였다.

"자기희생, 영웅 심리, 의리, 멸사봉공. 무슨 말을 써도 되겠지만, 남자라는 존재들은 흔히 자신의 그런 모습에 도취되고는 해요. 어린 시절에 하는 영웅 놀이의 연장선일까요? 아무튼 저희 여자들은 전혀 이해할 수 없는 기질이에요. 이나미 씨는 말이죠. 그런 기질이 유독 더 도드라졌어요. 분명 오랜 세월 범죄 소년들을 도맡아 온 과거와 관련 없지는 않겠죠. 그런 남자를 상대로는 사주 같은 것도 필요 없어요. 매일매일 반복해서 간청하면 그만이죠. 도와주세요, 도와주세요, 하고."

목소리에 전혀 변화가 없다. 그만큼 입에 담는 말의 냉담함이 두드러진다.

"처음 봤을 때부터 전 이나미 씨에게 대신 복수를 부탁하기로 마음먹었답니다. 이나미 씨가 고토 씨를 끊임없이 신경 쓰고 있다는 건 옆에서 봐도 알 수 있었으니까요. 저는 도치노가 고토 씨를 학대한다는 걸 이나미 씨에게 보여주거나 알리는 것만으로 충분했어요. 이나미 씨의 정의감과 의협심에 불을 붙이고 어느 순간 폭발하기만을 기다리는 거죠. 어차피 시간은 충분했으니까요. 그러던 어느 날 이나미 씨는 훌륭하게 제 기대에 부응해 줬어요. 도치노의 폭력을 멈추기 위해 자기가 나선 것까지 비밀에 부치도록 모두를 입막음까지 한 건 예상 밖이었지만 말이죠."

고개를 갸웃하는 몸짓이 극히 자연스럽게 보인다.

"미코시바 선생님. 법률 전문가로서 알려 주시겠어요? 제가 한 일이 어떤 법률에 저촉되죠?"

"어떤 법률에도 저촉되지 않습니다. 만약 범죄로 가정하면 완전범죄라고 할 수 있겠죠."

"그래도 범죄는 맞다는 말씀인가요? 도치노의 긴급 피난과 비교하면 제가 한 일은 아무것도 아니에요."

불현듯 등줄기가 오싹해졌다.

"게다가 이런 말씀 드리기 망설여지지만, 선생님이 지금 하시는 일은 무의미하지 않을까요?"

"무의미?"

"선생님이 이나미 씨가 처벌받지 않도록 아무리 열심히 뛰어도 정작 이나미 씨 본인은 벌을 받기를 원하고 있으니까요. 제가 한 일은 과연 이나미 씨에게 좋았을까요, 나빴을까요."

더 이상 이곳에 머무를 이유가 없다. 미코시바는 의자에서 몸을 일으켰다.

"고맙습니다. 부인의 이야기를 들어서 다행입니다."

"저를 비난하지 않으세요?"

"제게는 그럴 권리도 자격도 없습니다."

그렇게 말하고 미코시바는 오가사와라 부인에게 등을 돌렸다. 더는 입을 열 생각이 없었지만 갑자기 마음이 변했다.

"다만 저는 오래전에 저지른 죄에서 도망친 사람으로서 깨달은 게 있습니다."

"뭐죠?"

"법률로 처벌받는 게 훨씬 행복합니다."

미코시바는 부인의 반응을 확인하지도 않고 그곳을 떠났다.

CD 카세트에서는 여전히 '레퀴엠'이 흐르고 있었다.

4

5월 16일 선고 기일.

403호 법정에서는 미코시바와 이나미, 야노 검사가 재판관들의 입정을 기다리고 있었다.

선고 기일은 이미 수없이 경험했다. 그러나 이날 미코시바를 둘러싼 분위기는 섬뜩할 만큼 고요했다. 가득 들어찬 방청석에서 술렁거리는 소리가 들리는데도 미코시바 주변만은 찬물을 끼얹은 듯이 조용했다.

선고 기일 피고인은 대부분 동요하고 침착하지 못한 모습을 보인다. 그러나 이나미는 휠체어에 몸을 깊숙이 기대고 앉아 태연자약하게 선고를 기다리고 있다. 야노 검사를 보니 그쪽도 예의 그 가면을 쓰고 방청석에 차가운 시선을 보내고 있다.

침착하지 못한 건 나뿐인가. 씁쓸하게 기다리고 있자 드디어 도야마를 비롯한 재판관들이 등장했다.

"모두 기립해 주십시오. 경례!"

가장 먼저 도야마가 자리에 앉고 재판관 두 명과 배심원 여섯 명이 뒤를 잇는다. 그 뒤로 법정 안에 있는 모두가 자리에 앉았다.

"2013년 와 제1254호 요양 보호사 살해 사건의 피고인 이나미 다케오에게 판결을 선고합니다. 피고인은 앞으로."

도야마의 목소리가 낭랑하게 울려 퍼진다. 그러나 뒤잇는 말을 듣는 순간 미코시바는 몸이 얼어붙었다.

"주문. 피고인을 징역 6년에 처한다. 미결 구금 일수 가운데 60일을 형에 산입한다."

말도 안 돼.

자기도 모르게 허리가 들썩였다.

"이유.

죄가 되는 사실

피고인은 2008년 4월에 특별 노인요양원 '백락원'에 입소했지만 그보다 먼저 요양원에서 근무하던 요양 보호사 도치노 마모루의 시설 내 폭력에 저항하다가 2013년 3월 4일 같은 요양원 식당에서 도치노가 입소자 중 한 명인 고토 세이지에게 폭행을 가하는 것을 보고 이를 제지하기 위해 식당 안에 있는 꽃병으로 도치노의 머리 부분을 구타, 그를 사망케 했다.

법령 적용

벌조 형법 199조

형종 선택 유기 징역형을 선택

작량 감경 형법 66조

미결 구금 일수 본형 산입 형법 21조

양형 이유

1. 본건은 피고인이 동료 입소자를 요양 보호사의 폭력에서 구조하려고 그 보호사를 살해한 사안이다.

⑴ 입소자의 증언과 변호 측에서 제시한 증거물로 동 시설의 학대 행위가 일상화돼 있었음을 추측할 수 있다. 그런 상황에서 피고인이 학대자인 피해자의 폭력 행위를 제지하

려고 한 것은 정당한 행위라고 평가할 수 있다.

그러나 폭력 행위를 제지하려고 흉기를 들어 피해자를 구타한 행위 자체는 피고인이 하반신 장애라는 사실을 고려해도 적절한 판단이었다고 보기 어렵다. 또한 피고인은 진술 조서와 법정 증언에서 피해자에게 명확한 살의가 있음을 고백했고, 이 같은 사실로 제삼자의 이익 침해를 회피하려고 하는 정당방위 요건과도 괴리된다.

(2) 변호인은 피고인의 행위가 '긴급 피난'의 요건을 충족한다고 주장했다. 본 법원은 이에 대해서도 심리했다. 우선 보충성에 대해서는 그 밖에 제지할 방법이 있었는가가 쟁점이 됐지만 여러 사람이 보는 곳, 그것도 다른 직원에게 구조를 요청할 수 있었던 상황을 고려하면 피고인의 행위가 즉각 보충성의 요건에 합치한다고 판단하기 어렵다.

(3) 다음으로 법익 균형 요건에 대해 언급한다.

변호인은 피해자의 폭력 때문에 고토 세이지가 사망할 수도 있다는 것을 쉽게 예측할 수 있었다는 취지로 법익 균형 요건을 주장했다. 그러나 피해자가 소지한 호신봉이라는 무기의 구타에 따른 손상 정도는 예측하기 어렵고, 또한 폭행을 당한 고토 세이지가 골다공증을 앓고 있다는 점은 피해자도 당연히 알고 있었을 테니 피해자가 치명적인 타격을 가했다고 추측하기 어렵다. 그에 반해 피해자가 침해받은 것은 생명이므로 이 역시 법익 균형으로 판단할 재료로 삼기에는 결함이 있다.

2. 한편 이번 사안은 피해자의 시설 내 학대가 일상화돼 있었다는 사실도 고려해야 한다. 그렇다면 피고인의 행위가 곧 '긴급 피난' 요건을 충족하지는 않아도, 이미 발생한 침해가 회피하려고 한 침해보다 큰 것을 고려해 과잉 피난으로 형의 감면 요인을 들 수 있다.

3. 이상에 의해 본건에서는 작량 감경을 적용해 피고인을 살인죄의 법정형 하한을 약간 웃도는 징역 6년의 실형에 처하는 것이 타당하다고 판단했다.

2013년 5월 16일
사이타마 지방 법원 형사부
재판장 재판관 도야마 하루키
재판관 히라누마 이쿠코
재판관 가스가노 데쓰야"

도야마는 판결문 낭독을 마치고 헛기침을 한 번 하더니 이나미를 내려다봤다.

"피고인, 마지막으로 하고 싶은 말이 있습니까?"

이나미는 고개를 들었다.

"없습니다. 고맙습니다."

그러자 도야마는 판결문을 내려놓고 이나미 쪽으로 몸을 뻗었다. 그 모습을 보고 미코시바는 순간 냉정을 잃었다.

이 망할 놈의 재판관. 또 무슨 설교를 늘어놓으려고.

"오랜 세월 재판관을 해 왔지만 이번처럼 다른 사람을 구하기 위해 살인을 저지른 피고인을 재판하는 건 처음이었습니다."

지금까지의 엄격한 말투와는 전혀 다르다.

"재판관들이 주고받은 협의 내용을 하나하나 설명할 수는 없지만 배심원 중에는 판단 내리기를 몹시 어려워한 분도 계셨다는 걸 말씀드리겠습니다. 그리고 만약 건강상의 이유로 일반 교도소에서 복역하기 어려울 것 같다면 변호인과 상의해 의료 교도소로 보내 달라는 요청서를 제출하기를 권합니다."

"마음은 감사합니다만, 재판장님. 이런 몸으로도 작업 정도는 남들 못지않게 할 수 있습니다. 마음만 고맙게 받겠습니다."

도야마는 가볍게 고개를 끄덕이고 곧장 고개를 위로 들

었다.

"폐정."

순간 방청석에서 몇 명이 뛰어나갔다. 아마 언론 관계자일 것이다. 그러나 미코시바의 관심은 그쪽에 없었다. 그는 곧장 이나미 쪽으로 달려가 정면에 섰다.

"내일 바로 항소하시죠. 이나미 교관님."

"응?"

그러나 뒤에서 기다리던 교도관이 둘 사이에 끼어들었다.

"이나미, 퇴정이다."

"미안하네, 교도관 양반. 내 변호인과 중요한 할 얘기가 있어서. 딱 5분만 시간을 주겠나?"

그러자 집행관은 어쩔 수 없다는 듯이 다시 뒤로 물러섰다.

"자, 5분 받았어, 미코시바 선생."

"이런 말도 안 되는 판결이 어딨습니까? 재판관들은 '긴급 피난' 요건에 이쪽 주장을 전혀라고 해도 좋을 만큼 고려해 주지 않았습니다. 그런 주제에 66조를 작량 감경의 근거로 삼아 적당히 얼버무렸죠. 이건 그냥 '긴급 피난' 전례를 만들지 않으려고 도망친 겁니다."

"어이, 미코시바 선생."

"어차피 하급심 판단입니다. 2심에는 배심원이 없으니 조금 더 '긴급 피난'을 고려한 판단을 기대할 수 있습니다. 항소심에서는 반드시⋯⋯."

"진정해, 미코시바. 자네는 이제 해고야."

"⋯⋯네?"

"난 항소하지 않겠어. 1심 판단에 따르겠네. 그러니 이제 자네가 설 자리는 없어."

"잠깐만요."

미코시바는 자기도 모르게 휠체어 팔걸이에 손을 얹었다.

"대체 무슨 생각을 하시는 겁니까. 1심에서 포기하는 게 어딨어요? 이 나라에 왜 3심 제도가 있겠습니까? 다 부당 판결에 맞서기 위한 제도 아닙니까. 항소는 우리의 당연한 권리예요."

"난 이번 판결로 충분히 만족해. 이 이상은 바라지 않아."

이나미가 한번 마음먹으면 절대 바꾸지 않는 성격인 것은 넌더리가 날 만큼 잘 알고 있다. 어설픈 설득은 통하지 않는다.

되도록 당사자에게는 끝까지 숨기고 싶었다. 그러나 진실을 알리지 않으면 이 남자는 절대 바뀌지 않을 것이다.

"교관님께 반드시 말해야 하는 게 있습니다. 오가사와라 부인에 대한 겁니다."

"사카에 씨에 대해? 뭐지?"

"교관님은 이번 일을 자발적으로 한 범행으로 생각하고 계시겠죠. 그러나 실상은 다릅니다. 이건 처음부터 오가사와라 부인이 꾸민 일이고……."

"사카에 씨가 매일매일 나한테 고토 영감을 지켜 달라고 부탁한 거 말인가? 그런 건 처음부터 알고 있었어."

느리고 고지식한 말투지만 미코시바의 가슴을 꿰뚫기에는 충분했다.

"……뭐라고요?"

"사주라고 하기도 어려운 사주. 하지만 나처럼 단순한 인간한테는 잠재의식에서부터 효과가 올라오는 주문일 수도 있겠지. 분명 나 같은 나이대의 남자들은 그 부인에게 그토록 간곡히 부탁받으면 선동되고 말 거야. 하지만 이번에 내가 한 짓은 그녀의 복수와는 전혀 상관이 없네. 자네가 변론하다가 대변해 줬다시피 나는 다케시가 목숨을 걸고 구한 고토 영감을 지키려고 했을 뿐이야. 고토 영감을 호신봉으로 때리려는 도치노에게 순간 살의가 끓어올랐다는 것도 거짓말이 아니고. 증언대에서 한 말은 전부 사실일세. 그리고 말이지. 이건 사카에 씨도 모를 텐데, 나는 어쩌면 사카에 씨가 도치노가 죽인 아가씨의 친척이 아닐까 하고 전부터 희미하게 눈치채고 있었어."

"어떻게……."

"블루오션호 사건은 TV에서 많이 나왔지. 난 몸 상태가
이 모양이라 하루 종일 TV 앞에 있어. 히우라 가오리 씨 장
례식 풍경도 TV로 봤고. 자네는 그걸 기억하나?"

"아뇨. 그 뉴스는 못 본 것 같습니다. 하지만 그게 왜?"

"그 고별식에서는 끊임없이 똑같은 클래식 곡이 흘러나
왔지. 워낙 유명한 곡이라 나 같은 문외한들도 곡명까지는
몰라도 멜로디는 들어 봤을 거야. 그게 말이지. 사카에 씨가
늘 화단 앞에 앉아 듣고 있던 곡 있지?"

"모차르트의 '레퀴엠'."

"그래, 그거. 그 곡이었어."

"아주 대중적인 곡입니다. 우연의 일치라고는 생각하지
않으셨습니까?"

"물론 처음에는 나도 그렇게 생각했네. 그런데 자세히 보
니 히우라 가오리 씨와 사카에 씨의 눈매가 꼭 닮았더군. 또
무슨 일이 있을 때마다 나에게 도치노의 악행을 부단히 알
리는 모습을 보고 사카에 씨가 도치노에게 뭔가 못된 짓을
꾸미고 있다는 건 어렴풋이 눈치채고 있었어. 비록 사카에
씨 본인에게 직접 확인한 적은 없지만. 후후. 사카에 씨도 제

법 똑똑하지만 그래 봐야 부잣집 아가씨야. 나를 얕본 거지."

이나미는 팔걸이에 얹은 미코시바의 손을 슬며시 풀었다.

"사카에 씨는 틈만 나면 그곳에 앉아 '레퀴엠'을 들었네. 아주 오랜 시간 질리지도 않고 말이야. 그래서 한 번 물어본 적이 있어. 왜 그 곡만 듣느냐고. 그러자 이 곡은 손녀딸이 좋아하는 곡이라더군. 그 말을 듣고 난 사카에 씨의 집념을 알게 된 거야."

"거기까지 눈치채셨으면 왜 오가사와라 부인의 증언을 막지 않으신 겁니까? 아니, 알고 있었다면 왜 부인의 계획을 언급하지 않으셨죠? 그러면 틀림없이 정상 참작 재료도 늘었을 텐데."

"내가 말하지 않았나? 내가 저지른 짓은 그녀의 복수와는 관련이 없다고."

"관련이 없을 리 있습니까. 의뢰인의 이익이 되는 거라면 뭐든 이용하는 게 변호사입니다."

"바로 그게 자네와 내가 조금 다른 부분이야."

이나미는 자신을 정면에서 바라보는 미코시바에게서 도망치듯 시선을 피했다.

"자네는 머리가 좋으니까. 내가 숨기고 있었던 것, 그리고 사카에 씨가 가슴속에 품고 있었던 것도 모조리 밝혀내서 변호에 활용할 거라는 예감이 들었네. 그래서 자네를 변호사로 삼는 데 망설였던 거야. 이봐, 미코시바 선생. 범죄에서 동기란 건 죄의 경중을 좌우하지?"

"동기의 유무로 죄상이 바뀌어 버리니까요."

"그래서 미코시바 선생은 동기가 없는 것을 들며 싸우려고 했고."

"당연합니다."

"근데 말이지. 내가 생각하기에 범죄에 동기 같은 건 그렇게 중요하지 않아. '이 자식을 죽여 버릴까' 같은 생각은 누구든 한 번쯤은 떠올리지. 하지만 그걸 실행에 옮기는가 아닌가에 따라 그 사람의 영혼의 형태가 정해지네. 아무리 미사여구를 늘어놓아도 실제 자신의 손을 피로 물들인 인간은 악인이야. 재판관 앞에서 변명할 수는 있어도 스스로에게는 할 수 없지. 그래서 도치노를 죽인 난 벌을 받아야 해. 그러지 않으면 나는 앞으로도 계속 짐승으로 남을 거야."

"적당히 좀 하십쇼!"

미코시바는 참지 못하고 소리쳤다. 그 목소리에 화들짝 놀란 교도관들이 두 사람을 돌아봤다.

"아무런 해명도 하지 않고 조문을 곧이곧대로 전부 받아들여 그저 자신이 범한 죄를 갚으려고만 한다면 변호사 같은 것도 필요 없지 않습니까!"

"그렇지 않네."

이나미는 울퉁불퉁한 손으로 미코시바의 어깨를 툭툭 두
드렸다.

"가퇴원 날 자네는 원장들 앞에서 갱생 이후의 삶을 맹세
했을 거야. 설마 잊었나?"

잊었을 리 없다.

잊지 않았으니 지금 이렇게 변호사가 되어 당신 앞에 선
것이다.

"자네는 그 맹세를 실천하지 않았나? 그럼 자네가 하는
일을 필요 없는 일이라고 말하지 마."

"하지만 제가 한 일은 교관님께 아무 도움도 되지 않았습
니다."

"자네와 나는 서로 속죄하는 법이 다를 뿐이지. 심각하게
받아들일 필요 없어."

"이나미, 이제 가지."

기다림에 지친 경호원이 강제로 휠체어를 밀었다. 출구로
향하는 이나미는 고개를 돌리는 게 힘들어 보였다.

"고맙네, 미코시바 선생."

그 말이 마지막이었다.

우두커니 선 미코시바의 시야에서 은사의 모습은 시간이 갈수록 점점 작아졌다.

사무소에 돌아가자 요코가 들뜬 목소리로 맞으러 나왔다. 아무래도 실망하는 기색이 얼굴에까지 나타나지는 않은 듯하다.

"선생님. 자리를 비우고 계시는 동안 깜짝 놀랄 일이 있었어요!"

들뜬 목소리의 이유가 느낌이 왔다. 어쨌든 이 이상 신경에 거슬리는 이야기는 사절하고 싶었다.

"무슨 일이지?"

"고문 계약을 맺고 싶다는 요청이 들어왔어요. 그것도 두 곳이나."

"오, 그래. 이번에는 어느 조직이지?"

"아니에요. 조직이 아니라 제약 회사와 건설 회사예요. 두 곳 다 건실한 상장 기업이라고요."

대체 무슨 일인가 싶었다.

"분명 이번 건으로 유명해져서일 거예요. '긴급 피난'이 쟁점인 재판으로 인터넷에서 엄청나게 주목 받았으니까요."

요코는 아마도 사무소의 수입이 느는 것은 물론 고류회

가 아닌 다른 고객이 돌아왔다는 것 때문에 흥분하는 것처럼 보인다.

언론의 주목을 좀 받았다고 고문직을 의뢰해 오는 기업이다. 폭력단만큼 수상쩍지는 않다고 해도 어차피 내부에 크고 작은 폭탄을 안고 있는 기업이 틀림없다.

그러나 지금은 그런 독설을 날리고 싶지 않았다.

"계약 내용에 빠진 게 없으면 수락하겠다고 해."

"네."

요코는 신이 난 모습으로 자기 책상으로 돌아갔다. 그 명랑한 모습조차 왠지 거슬렸다.

미코시바는 의자에 깊숙이 앉았다. 나 자신의 몸이 몹시 무겁게 느껴진다.

이나미의 말이 아직도 귓가에서 맴돌았다.

자신의 일을 필요 없는 일이라고 말하지 말라, 라.

그러나 그 일로 소중한 사람을 지키지 못했다. 그런데도 정작 의뢰인이 늘어났으니 이보다 더 아이러니할 수가 있을까.

그건 그렇고 이나미가 보인 기이할 정도의 청렴함의 정체는 대체 무엇일까. 공판 초기 도야마에게 벌을 내려 달라고 요청한 것은 다른 사람을 감싸기 위해서도 아니고 그 무엇을 위해서도 아닌, 정말로 자기 자신을 벌하기를 원해서였다.

판결을 들은 순간 이나미는 몹시 만족스러워했다. 무죄 판결을 거머쥔 피고인도 그런 표정은 짓지 않을 것이다. 마치 황홀경에 빠진 자의 얼굴이었다.

문득 미코시바는 이해했다.

그것은 순교자의 얼굴이다. 쾌활도 자학도 아닌 자신만의 만족에 잠긴 열락. 그것이 오가사와라 부인이 보인 미소와 겹쳐 보였다.

결국 이나미와 오가사와라 부인은 같은 부류의 사람이었던 것이다. 아들이 지킨 생명을 위해 자신의 손을 더럽힌 이나미. 그리고 손녀딸을 위해 악마로 변모한 노부인. 두 사람은 죽은 자를 위해 스스로 지옥에 몸을 던졌다.

이나미의 자기희생과 노부인이 꾸민 계획은 모두 법의 울타리 밖에 있다. 이나미를 구할 법조문은 없거니와 부인을 비판할 법조문도 없다.

법의 한계를 맞닥뜨린 듯한 기분이 들었다. 그리고 법의 한계는 그 세계에서 살아가는 자의 한계이기도 하다. 미코시바는 이나미를 구하지 못했다. 마찬가지로 야노 검사는 노부인을 추궁하지 못했다.

대체 무엇이 법의 질서인가 싶었다.

나락에서 손을 뻗은 자들을 목숨 바쳐 지킬 것이다. 그렇게 맹세한 대로 살아왔다. 법률의 힘을 믿기 때문에 가끔은 그것을 악용했고 나 자신의 목적을 위해 바쳐 왔다.

그러나 그조차도 전지전능하지는 않았다. 법률이란 나이든 두 사람에게는 글자 그대로 육법전서에 적힌 문장을 나열한 것에 불과했다.

손녀딸의 복수를 완수한 오가사와라 부인은 요양원에서 만족스럽고도 평온하게 여생을 마칠 것이다. 이나미는 얼마 남지 않은 삶의 대부분을 싸늘한 교도소에서 지낼 것이다. 그 사실을 아는데도 미코시바는 아무것도 할 수 있는 게 없다. 그토록 열심히 뛰고 그토록 법정에서 열변을 토해도 덧없는 저항일 뿐이었다.

이 얼마나 무력한 존재인가.

절망과 자기혐오가 가슴속까지 파고들었다.

절망이란 이렇게나 정신을 갉아먹는 것일까.

자기혐오란 이렇게나 기운을 앗아 가는 것일까.

세상의 악평 등은 신경 쓰이지도 않았다. 변호사 동료들이 뒤에서 손가락질을 해도 간지럽지도 않았다. 그러나 지금 나는 마치 오물을 뒤집어쓴 것 같은 패배감에 짓눌리고 있다.

미코시바는 시선을 떨궜다. 옷깃에 단 변호사 배지가 마치 과자에 딸린 경품처럼 느껴졌다.

갑자기 다 포기하고 싶어졌다.

변호사 배지도 사무소도 내팽개치고 홀가분해진다. 그러면 얼마나 편할까.

그래, 그만둬 버리자.

너라면 변호사 말고 다른 길이 있을 것이다. 원생 시절 보고 배운 악행으로 입에 풀칠은 할 수 있을 것이다.

속죄라고? 웃기지 마. 그딴 걸 위해 네놈의 일생을 바칠 셈인가.

"선생님?"

달콤한 유혹에 귀를 기울이고 있자 방해꾼이 나타났다.

"이거, 얼마 전에 도착했는데 깜빡하고 있었네요."

요코가 편지 한 통을 내밀었다.

"그럼 저는 이만 가 볼게요. 수고하셨습니다."

"그래. 수고했어."

요코가 사라지자 미코시바는 봉투를 뒤집었다.

보낸 사람의 이름은 '쓰다 린코'였다.

소스라치게 놀랐다. 예전에 변호했던 의뢰인의 자녀다.

분명 올해로 여덟 살이 됐을 것이다. 그래서 그런지 글자가 삐뚤빼뚤하다.

호기심에 이끌려 봉투를 열었다. 편지지는 팬시 용품이라고 해야 할까. 애니메이션 캐릭터가 그려진 편지지였다.

미코시바 선생님께.

선생님, 잘 지내고 계시죠? 저는 건강히 잘 지내고 있어요. 지금은 친척 집에서 살고 있어요.

TV에서 선생님을 봤어요. 우리 엄마 때처럼 열심히 하고 계시더라고요. 이나미 씨라는 분도 억울한 거죠? 못된 짓을 저지르지 않은 사람을 구하는 선생님은 역시 멋진 분이에요. 앞으로도 계속 응원할게요. 저도 나중에 크면 선생님 같은 변호사가 되고 싶어요.

힘내세요, 선생님.

린코

미코시바는 잠시 편지지를 지그시 내려다봤다.

얼마 지나지 않아 글자가 부옇게 번져 보였다.

은수의 레퀴엠

1판 1쇄 인쇄 2018년 8월 14일
1판 1쇄 발행 2018년 8월 21일

지은이   나카야마 시치리
옮긴이   이연승
책임편집   민현주
디자인   디자인비따
제작   송승욱

발행인   송호준

발행처   블루홀식스
출판등록   2016년 4월 5일(제 2016-000100호)
주소   경기도 파주시 회동길 483-1
전화   031-955-9777
팩스   031-955-9779
이메일   blueholesix@naver.com

ISBN 979-11-961234-8-2 03830